INTERSTELLAIRE
INTERIM

INTERSTELLAIRE INTERIM

Roman de science-fiction.

Du même auteur :

AMITIE FRANCO –MARIALE

ET

GEOMETRIES UFOLOGIQUES

Editions Lulu.com 2012

ISBN 979-10-91595-00-1

DE L'ECORCE TERRESTRE

AU

DIEU INCONSCIENT

Editions LULU.com 2012

ISBN 979-10-91595-01-8

DE L'ART RUPESTRE

A

L'ÂME DES ROBOTS.

Editions LULU.com 2013

ISBN 979-10-91595-02-5

ONZE AUTRES AVATARS

DE LA BELLE

AU BOIS DORMANT

Editions LULU.com 2014.

ISBN 979-10-91595-03-2

DU FORTEEN

AU

NOMBRE D'OR

Editions LULU.com 2014

ISBN 979-10-91595-04-9

OVNI, A.M., DUAT, OSMI.

Editions LULU.com 2015

ISBN 979-10-91595-05-6

DES OVMI DE L'ABEILLE

A

LA MORT DU PANTIN

Editions LULU.com 2016

ISBN 979-10-91595-06-3

DE MARIE

AUX

UFONAUTES.

Editions LULU.com 2018

ISBN 979-10-91595-07-0

RAYMOND TERRASSE

INTERSTELLAIRE INTERIM

ROMAN DE SCIENCE-FICTION

INTERSTELLAIRE
INTERIM

Note de Copyright et première édition janvier 2019.

Contact auteur :

Imprimé en Europe par : www.lulu.com

Dépôts légaux Bibliothèque Nationale de France en 2019

© 2019 par Raymond Terrasse. Tous droits réservés.

Livre autoédité, également vendu sur :

www.lulu.com

ISBN : 979-10-91595-08-7

EAN : 9791091595087

Une fois encore mes remerciements, et mon éternelle reconnaissance à Thierry Van De Leur et à sa fille pour l'aide inestimable, et le travail accompli grâce auquel mes livres purent être publiés.

*   *   *

Je rends toujours à César ce qui n'appartient pas à quelqu'un d'autre.

Couverture et 4è de couverture :

Composition de Cindy Van de Leur.

EXERGUE :

''A présent grâce à '' *la Cosmogonie d'Urantia* '' nous complétons l'identité de notre système solaire avec : Monmatia. Urantia étant bien sûr notre planète, la Terre.

'' *Mais environ un monde sur dix est désigné comme planète décimale et inscrit sur le registre spécial des Porteurs de Vie. Sur ces planètes, il leur est permis d'entreprendre certaines expériences sur la vie pour essayer de modifier, ou peut-être d'améliorer, les types universels courants d'êtres vivants* ''.(fascicule 58).

'' **La vie sur Urantia est unique et a son origine sur cette planète… Il n'y a pas d'autre monde dans tout Satania, ni même dans tout Nébadon, qui ait une existence vivante exactement semblable à celle d'Urantia**.'' (58 / 4) (c'est moi qui souligne). (extrait de '' *De l'écorce terrestre au dieu inconscient* '').

* * *

PROLOGUE
* * *

Une invention révolutionnaire ne fut pourtant diffusée que dans un cercle très restreint, dont Storks Kranocks fit partie de par ses accointances avec le milieu scientifique.

Elle n'était évidemment pas la première à ne pas être officiellement divulguée. Bien d'autres, jugées trop dangereuses, car pouvant semer une mort irrémédiable, ou terrifiantes par leur pouvoir de destruction, se trouvaient reléguées dans des tiroirs secrets sous forme d'équations impénétrables à un non initié, ou dans des souterrains blindés, prêtes à entrer en action.

Tout en étant profondément pacifistes et vivant dans la sérénité depuis des millénaires, les Galactiques ou plus précisément Nébadoniens, n'étaient pas naïfs au point de ne pas disposer d'un minimum de défense pour le cas où....

Pourtant, cette dernière invention n'entrait pas dans la catégorie des armes ; sauf si on la modifiait en conséquence. Mais telle quelle, paradoxalement, elle ne paraissait pas avoir une application pratique dans l'immédiat, alors qu'elle concernait la téléportation.

Celle-ci, utilisée principalement pour des matières non humanoïdes pour cause de ségrégation religieuse et de méfiance généralisée, exigeait impérativement l'association d'un transmetteur et d'un récepteur. Faute de quoi, toute dissociation atomique initiale restait en l'état et se perdait irrémédiablement si un récepteur ne la reconstituait ; encore fallait-il que ce récepteur soit accordé avec l'émetteur.

C'est d'ailleurs en se basant sur ce principe de non reconstitution des agrégats atomiques que les désintégrateurs de diverses tailles et puissances avaient été élaborés.

Le transfert se faisait de manière unidirectionnelle, les deux appareils étant reliés suivant une fréquence bien précise, préalablement introduite dans les cerveaux hyper quantiques – qui faisaient la distinction entre les arrivées et les départs -, correspondant à la destination finale, quelle que soit la distance de celle-ci.

Ce mode de transport était quasi instantané, car il naviguait dans une zone de non-temps où la barrière de la vitesse de la lumière n'offrait aucune résistance.

Ce couloir de non-temps ne se confondait pas avec celui emprunté par les vaisseaux de lignes et commerciaux ; il suffisait simplement pour le commun des mortels de le savoir, tant cette bizarrerie paraissait irréelle. (voir la deuxième partie).

La démonstration mathématique était tellement compliquée, que seule une poignée de savants pouvait l'expliquer. Ce sont ceux-là justement qui mirent au point la nouvelle invention.

Tout allait ainsi pour le mieux depuis des millénaires, et la routine ronronnante s'était imposée sans que l'on cherchât plus loin. En effet, sur chaque nouveau monde s'inscrivant à la Fédération des Mondes Interstellaires (F.M.I.), on installait systématiquement conjointement un émetteur et un récepteur ; les départs et les arrivées se faisaient ainsi simultanément sans interférences.

Le nouvel allié était désormais connecté à tous les autres après avoir reçu sa fréquence personnelle. Et suivant les besoins de chaque monde, le nombre de couples en service variait en conséquence.

Et en cas de panne (rarissime) de l'un des appareils, l'autre faisant double emploi, assurait les deux services en attendant la réparation ; un délai d'attente légèrement allongé pour gérer les envois et les réceptions, en était la faible gêne provisoire.

Cependant, si une planète ne possédait pas cette installation, elle restait isolée, et les vaisseaux spatiaux étaient la seule possibilité de la joindre. Inconvénient mineur, puisque la traversée d'un bout à l'autre de la Galaxie ne demandait que quelques jours, voire moins, en cas d'extrême urgence.

Néanmoins, pour tenter d'obvier à cette carence, certains mathématiciens / théoriciens s'étaient secrètement attelés à la tâche de trouver le moyen de se passer du récepteur. Peu évident à première vue, car il fallait regrouper à un point précis un corps dans son état original, alors qu'il était dispersé dans la nature suivant une ligne droite au bout de laquelle il n'y avait justement pas de convertisseur.

Les Nébadoniens actuels n'ignoraient pas que dans la série télévisée '' *Star Trek*'' diffusée sur Urantia, ce procédé était très courant et parfaitement au point ; mais il ne s'agissait que d'une fiction. C'était précisément celle-ci à qui il fallait donner une réalité.

Cependant, cette recherche avait déjà commencé depuis bien longtemps, alors que sur Terre, on ignorait tout de l'électricité.

Ce ne fut qu'après des siècles d'essais ratés, de tâtonnements, et d'échecs répétitifs qui semblaient pourtant proches de la réussite, que les lointains descendants de ceux qui avaient initialisé le projet, virent le miracle s'accomplir.

Il fallut peu à peu perfectionner le système, jusqu'à la certitude qu'il était complètement, et régulièrement opérationnel ; une série d'expériences sur différentes distances confirma sa fiabilité. On pouvait désormais transmettre n'importe quoi à un endroit précis en parfait état ; même un animal vivant ou un humanoïde, ce qui avait été tenté et réussi.

Le rayon émis par l'émetteur après dissociation moléculaire, gardait la cohésion d'ensemble dans sa forme originelle.

Jusque-là rien de nouveau, à part le fait que ce rayon était aussi son propre récepteur qui rendait sa tangibilité et sa complète personnalité – pour un être vivant -, arrivé à sa destination programmée auparavant.

Aucun obstacle ne s'opposait à cette immatérialité, la reconstitution se faisait parfaitement, sans la moindre perte ou séquelle.

Il convenait toutefois d'être très précis sur l'endroit où le corps devait se reconstituer de lui-même. Il ne s'agissait pas de rematérialiser une personne à cent mètres de hauteur, ce qui aurait été synonyme d'écrasement et de mort.

Il va de soi que l'émetteur était bien différent du modèle classique en service ; mais pour le moment, celui-ci faisait parfaitement l'affaire.

Le nouveau système resta donc secrètement et soigneusement sous clé, en attente d'un besoin spécifique correspondant à son profil.

Cette occasion se présenterait-elle ?

Sans encore le savoir, Storks Kranocks détenait la réponse.

* * *

En ce qui concernait le vol par vaisseau spatial, c'était en partie la théorie de la relativité qui prenait le relais. En partie seulement, et c'était celle qui éliminait la conclusion d'Albert Einstein le Terrien, qui affirmait que lorsqu'un véhicule atteint la vitesse de la lumière, il voit sa masse devenir infinie.

Les mathématiciens galactiques dont la science est bien évidemment supérieure, puisqu'elle se chiffre par centaines de milliers d'années pour les plus vieilles, sont allés beaucoup plus loin, en peaufinant leurs équations de manière définitive. Et ils aboutirent à une autre définition, qui sur le plan pratique, permit à un astronef atteignant les deux cents quatre-vingt-dix-neuf mille sept cents quatre-vingt-douze kilomètres / seconde (plus quelques centaines de mètres), de basculer dans un couloir intemporel ; et ce tunnel hors du temps, cette gaine immatérielle protectrice faisait toute la différence entre la destruction et la sécurité.

Ce passage dans le tunnel offrait une autre particularité ; non seulement la vitesse acquise était conservée, mais on pouvait l'accélérer jusqu'à atteindre l'illimité. Ce qui dans la pratique ne servait à rien, si on ne savait pas maîtriser mathématiquement ce facteur à volonté.

A quoi bon en effet parcourir en un éclair des milliers d'années-lumière en aveugle, et ressortir dans l'espace normal en franchissant à rebours le seuil luminique, si c'était pour se retrouver au milieu de l'océan d'une planète, ou au sein d'une étoile ?

Casse-tête qui demanda encore bien des siècles de calculs et d'expérimentations, pour aboutir enfin au contrôle parfait. Le principe de base se comparait à un déplacement en voiture sur Terre de cinq cents kilomètres. Si l'on voulait arriver à destination au bout de cinq heures, il fallait rouler à cent kilomètres/ heures.

Dans le couloir, on savait donc quelle vitesse on devait atteindre si l'on voulait sortir dans l'espace normal au bout de dix-mille années-lumière par exemple à une heure donnée.

Les ordinateurs hyper-quantiques possédaient dans leurs mémoires la carte détaillée de la Galaxie, où tous les obstacles connus étaient consignés précisément. Ces computeurs traçaient donc en toute sécurité la route à suivre.

Le champ antigravitationnel des vaisseaux agissant au niveau de tous les atomes, la pression écrasante de l'accélération sur les corps n'existait plus, et l'on atteignait ainsi la vitesse luminique dans un temps assez court, au bon vouloir du commandant de bord, et sans que le moindre malaise affecte les passagers.

Cependant, pour le confort de ceux-ci, et alors que le temps de chaque trajet entre les escales aurait pu être ridiculement bref, d'un commun accord toutes les compagnies privilégiaient '' *l'extension psychologique temporelle''* ou EPT, afin que chacun puisse se détendre et profiter des agréments du vol. Il était d'ailleurs fréquent que des affaires s'amorcent ou se concluent dans les salons de loisirs ; ainsi que des amitiés allant parfois jusqu'au mariage. C'était presque devenu une tradition. Ce qui ne se serait jamais produit si le voyage avait été ultra rapide. Les passagers auraient eu l'impression d'avoir été escroqués ; du moins, c'est ainsi que cela se serait passé sur Terre. Mais la mentalité des Nébadoniens était bien différente. En tout, ils prenaient le temps (qu'ils dominaient sans en être esclaves) de la réflexion et de la décision, contrairement aux Urantiens qui, privilégiant une rapidité trompeuse, bâclaient parfois les dossiers étudiés, et tranchaient dans la précipitation, bien souvent au détriment du bien-être des peuples.

*   *   *

CHAPITRE I
* * *

Un léger sourire se dessina sur les lèvres charnues de la responsable de l'agence. Son visage lunaire et son habillement très banal, sans recherche, contrastaient visiblement avec la jolie tête blonde et l'élégance, que l'on sentait naturelle, de la postulante.

Un sourire vraiment amusé, mais aussi rêveur, comme à l'évocation d'un bon souvenir.

- Je croyais bien me connaître, et pourtant j'ai ressenti un sacré choc quand j'ai appris tout ce que je devais savoir pour tenir ma place ici ; croyez-moi, on se trompe lorsque l'on pense être une bonne encyclopédie de soi-même. Il y a toujours une gifle qui vous attend quelque part dans le temps pour vous ramener à une modestie, somme toute normale.

Mais je m'y suis faite, j'ai vite compris, et je peux dire à présent, sans me leurrer, ni tromper qui que ce soit, que je suis parfaitement heureuse. Qui plus est, je gagne très bien ma vie. Et ce côté financier ne peut qu'ajouter à mon bonheur.

Elle parlait normalement, posément, non pas comme un discours-propagande destiné à endormir l'électeur, le client, ou le simple badaud, mais pour énoncer une vérité que son interlocutrice ne songea pas à mettre en doute. Bien qu'inattendu, c'était le genre de confidence que l'on sentait spontané.

Il émanait d'ailleurs de cette femme une paix intérieure, une sérénité qui rassurait un peu dans cette pièce quasiment vide, à l'exception de deux sièges confortables, d'un bureau directorial accompagné de son fauteuil ; près de la fenêtre une table supportait une photocopieuse et un télécopieur, et chose surprenante, aucun classeur. Sur les murs propres et fraîchement repeints d'une couleur apaisante, quelques tableaux qui exsudaient une étrangeté indéfinissable, presque impalpable, malgré des paysages apparemment classiques. Deux d'entre eux, franchement incompréhensibles, ne ressemblaient pourtant pas aux productions navrantes dites modernes. Un invisible et silencieux purificateur d'air envoyait par vagues successives des effluves odorantes de différents parfums. Et à côté d'une porte fermée donnant probablement sur les toilettes, en grand format trônait en lettres de feu, la reproduction des prospectus distribués dans les boîtes aux lettres et de la publicité télévisée.

''Vous vous sentez déprimé par une vie monotone ? Vous voulez gagner plus dans un meilleur cadre de vie ? Quelles que soient vos aptitudes, nous pouvons les utiliser, même si vous êtes à la retraite et que vous vous croyez devenu inutile.''

Suivaient les noms des villes et le numéro de téléphone correspondant à chaque agence en France. Il devait en être de même pour chaque pays.

La jeune femme, Sylvia Lambard, présentement assise en face du bureau s'était laissée convaincre par cette annonce sibylline.

En relisant le texte machinalement, elle réalisa subitement qu'aucun courriel Internet n'y figurait ; cette absence la troubla, et elle s'en ouvrit à la directrice de l'agence, qui avait elle-même accueilli la visiteuse ; car autre particularité, il n'y avait pas de secrétaire. Elle venait de lui poser les questions on ne peut plus classiques : patronyme, prénoms, âge, profession, situation de famille. Sans toutefois prendre aucune note. Ce qui accentuait le mystère.

Et c'est pour tempérer un peu l'assurance de celle qui s'annonçait comme hôtesse de l'air qu'elle avait eu cette tirade moralisatrice.

- Ah oui, répondit-elle, le fait que nous n'utilisons pas Internet pour recruter, peut surprendre ou choquer à notre époque où il est omniprésent.

Voyez-vous, n'importe qui peut envoyer un message tapé de manière anonyme, en prenant le temps de choisir ses phrases ; alors qu'un appel téléphonique révèle beaucoup de choses sur la personnalité du candidat éventuel, par le son de la voix et sa manière de s'exprimer sans préparation. C'est en quelque sorte un discret premier examen de passage.

Puis, elle se pencha en avant, après avoir sorti d'un tiroir un imprimé comportant de nombreuses questions. Elle le fit glisser vers sa cliente :

- Je vous prierais de bien vouloir remplir ce questionnaire en lisant à haute voix chaque question et chaque réponse ; certaines appelleront des commentaires aussi bien de votre part que de la mienne. Si vous n'êtes pas sûre de répondre correctement sur votre état de santé, c'est sans importance. Dans le cas où vous seriez agréée, vous subirez un bilan absolument complet.

Tout en acquiesçant de la tête, l'hôtesse de l'air commença à noircir le questionnaire, rapidement d'abord, pour arriver à buter sur un point très personnel.

- Quelles sont vos attaches sentimentales actuellement ???

Elle leva les yeux, regarda d'un air perplexe la directrice. Celle-ci, habituée aux réactions des postulants, l'encouragea :

- Lisez les autres questions avant de répondre. Dans une certaine mesure, je tâcherai de satisfaire votre curiosité. Je vous rappelle également qu'à tout moment, vous pouvez emporter ce document et partir. Il ne restera aucune trace de notre entretien, et j'oublierai tout ce qui vous concerne.

La visiteuse haussa les épaules, fataliste, et commenta sa réponse :

- Libre. Aucune attache sentimentale durable actuellement.

Mais la suite la mit franchement mal à l'aise :

- Etes-vous disposée à quitter parents et amis pendant un an sans leur donner aucune nouvelle, c'est-à-dire, disparaître totalement de leur existence ?

- un an c'est relativement court, je veux bien l'admettre, mais de là à ne contacter personne !!!

- Je suis désolée, mais c'est une question primordiale, et même éliminatoire en cas de refus. En aucune manière votre entourage ne devra savoir ce que vous devenez pendant ce laps de temps.

- Et après ?

- Après ? Un sourire énigmatique coupa la réponse. Cela dépendra uniquement de vous. Oui, de vous. Ou bien votre contrat est renouvelé tacitement pour une autre année, et vous jugerez vous-même ce que vous devez dire ou taire.

Ou votre contrat arrive à expiration sans renouvellement, et vous rentrerez chez vous avec des souvenirs plausibles, mais faux.

- Quoi ! la jeune femme se dressa d'un bond.

La directrice sans s'émouvoir, laissa passer ce moment de tension, puis reprit calmement :

- Il n'est pas question de laboratoire, de chirurgie ou quoi que ce soit d'aussi brutal. Tout se passe en douceur, je peux vous l'assurer. Les gens ne se rendent comptent de rien. Ils ont des souvenirs qu'ils croient être bien à eux, un point c'est tout.

Il y a eu malheureusement quelques cas isolés de personnes sûres d'elles, comme vous l'étiez tout à l'heure, et qui ont flanché avant la fin de la première année.

La postulante se sentit pâlir, ses jambes se dérobèrent sous elle et elle dut se rasseoir :

- C'est donc si terrible ! Puis, horrifiée, prête à s'enfuir, elle agrippa les accoudoirs de son siège. Oh, je vois ...

- Rien du tout, chère amie. Il ne s'agit pas de prostitution, de drogue ou autres saletés de ce genre. Nous sommes une chaîne de maisons d'intérim à travers le monde tout ce qu'il y a de plus légale. Nous avons registre de commerce et pignon sur rue. Nous sommes contrôlés régulièrement. Par contre, même si je le voulais, je ne pourrais pas dire où sont ceux qui travaillent pour nous.

Un peu moins morte de frayeur, mais pas encore rassurée pour autant, la jolie blonde demanda d'une voix vacillante :

- Alors, de quoi s'agit-il ? Qu'est-ce qui fait craquer les gens ?

- Vous êtes hôtesse de l'air ? Eh bien, si vous acceptez, et si vous nous convenez, vous serez hôtesse de l'air. Vous fixerez vous-même votre salaire qui sera intégralement versé sur un compte bloqué que vous nous indiquerez. De plus, vous toucherez une somme appréciable pour vos loisirs, et vous serez gratuitement nourrie, logée, habillée de pied en cap, et vous bénéficierez d'un tas d'autres avantages qui vous seront énumérés plus tard.

Tout ceci sera d'ailleurs inscrit sur le contrat. Ah oui, pour terminer, il n'y a vraiment pas beaucoup de gens qui craquent en réalité. Le pourcentage est très faible. D'ailleurs vous comprendrez pourquoi si vous êtes acceptée.

- A vous entendre, c'est merveilleux. Alors ce sont les conditions de travail qui sont très dures ?

- Absolument pas. Nous ne recrutons pas des esclaves. Votre activité sera certainement moins pénible et bien plus agréable qu'actuellement.

Désorientée, Sylvia Lambard soupira :

- Je n'y comprends plus rien. Il s'agit alors du climat. Au fait, dans quel pays vais-je travailler ?

- Voilà une question à laquelle je ne peux répondre pour le moment. D'abord, parce que je l'ignore. Je ne suis que la directrice de l'agence et non pas votre futur employeur. Ensuite, certains points ne seront éclaircis qu'après la signature du contrat.

- Mais je ne peux rien signer sans savoir....

- Je sais. Vous êtes entièrement libre. Mais de mon côté, je ne peux rien dire de plus tant que nous ne sommes pas liées. Je vous ai décrit les avantages, il reste d'ailleurs à préciser votre salaire ...

Butée, espérant secrètement faire renoncer l'agence, l'hôtesse grogna d'un ton qui n'admettait aucun démenti :

- Je veux dix mille euros par mois sur quatorze mois.

- Vous pouvez inscrire sur la fiche à l'emplacement prévu, rétorqua, imperturbable, la directrice. Si nous acceptons votre candidature, vous toucherez le double de cette somme.

Négligeant les yeux ronds et la stupéfaction de son interlocutrice, elle ajouta :

- Nous nous accordons mutuellement une semaine de réflexion, ce qui vous permettra de raconter notre entretien à vos proches, et même si cela peut vous rassurer, en faire part à la police. Je le répète, tout est parfaitement légal, et je n'ai rien dit qui puisse mettre votre vie en péril. Réfléchissez bien aux conditions.

Un ange passa. Les deux femmes se toisèrent du regard, l'une se débattant intérieurement, l'autre attendant patiemment, puis :

- Sachant tout cela, êtes-vous décidée à remplir jusqu'au bout le questionnaire, ou préférez-vous partir ?

La jolie blonde soupira, et reprit le stylo :

- Bon, allons-y jusqu'au bout. Après tout, votre annonce promet un changement de vie, et je trouve la mienne insipide.

- Oh, alors, dans ce cas, vous avez bien fait de venir. Car du changement vous en aurez, je vous le promets. Pour commencer, vous apprendrez un tas de choses dont vous ne pouvez supposer l'importance. Quant au reste, ... mais je vous laisse continuer de répondre au questionnaire.

- J'accepte la condition de rester coupée de mes proches, indiqua fermement l'hôtesse de l'air.

Je commets peut être la plus grosse bêtise de ma vie, mais je vous fais confiance et à Dieu va !

- Je vous remercie pour cette confiance. Mais il reste encore des questions qui peuvent vous arrêter.

- Quelle est votre religion ? Catholique non pratiquante. En fait, j'entre rarement dans une église.

- Un bon point pour vous, nota la directrice ; car voyez-vous, tous les fanatiques religieux sont refoulés systématiquement. Leur croyance est sans rapport avec ce que nous recherchons.

- C'est effectivement une chance pour moi.

- Etes-vous xénophobe ? Sûrement pas. Dans mon métier, je rencontre et je côtoie tellement de gens de races et de mœurs différents.

- Je vous mets en garde ; cette question est à prendre dans le sens le plus large du terme. D'ailleurs, la suivante va mieux vous le préciser.

- Ah ? voyons : - Seriez-vous prêt (prête) à côtoyer de très près dans votre activité des canards, des vaches, des crocodiles, voire des éléphants ou des ptérodactyles ? Quelle ménagerie ! Mais que viennent faire les ptérodactyles là-dedans ? C'est une bête horrible et méchante.

La directrice eut un rire franchement amusé.

- On sait très bien que les ptérodactyles ont disparu depuis longtemps. Après une courte pause, elle ajouta : sur Terre.

 C'est simplement pour insister sur le côté xénophobe, et, surtout rassurez-vous, amical.

- En tant qu'hôtesse, j'aurais à m'occuper de tous ces animaux- là ? Ce n'est pas ce que j'espérais.

- Non, vous n'y êtes pas du tout. Je vous ai dit que c'était pour cerner le côté xénophobe de votre travail. Quelle que soit leur profession, tous les candidats doivent répondre à cette question de manière positive s'ils veulent avoir une chance d'être acceptés. A ce stade, nous ne pouvons être plus précis, j'en suis désolée. Mais il ne s'agit pas de chouchouter un africain, un anglais, un musulman ou un chinois. A ce niveau, pour nous, la xénophobie n'existe plus.

- Vous êtes vraiment très mystérieuse. Tant pis pour moi, puisque j'ai décidé d'aller jusqu'au bout, ma réponse sera : OUI.

- Bravo. Je ne sais encore si vous serez acceptée, mais si tel est le cas, et si vous-même ne changez pas d'avis, vous ne regretterez pas votre décision. Je vais vous donner une photocopie du questionnaire que vous pouvez étudier à loisir, et en parler avec vos proches.

Peut-être vous feront-ils douter au point de renoncer.

Devant le signe de dénégation, la directrice ajouta :

- On ne sait jamais. C'est d'ailleurs pour éviter une décision hâtive que nous accordons une semaine de réflexion aux postulants, et le temps à moi-même et à mes employeurs de juger votre candidature.

Elle se leva, photocopia le document, en remit un exemplaire à la jeune femme, et la poussant doucement vers la porte :

- Revenez dans exactement une semaine même jour à la même heure, avec cet exemplaire signé si vous êtes toujours d'accord. Inutile de m'appeler avant. Je ne pourrai rien dire.

Mais si nous signons le contrat, vous ne ressortirez d'ici que pour vous rendre directement à votre nouveau travail. Sinon, vous rentrerez chez vous tout simplement. Pas de bagages, nous pourvoyons à tout.

Si les jours se traînèrent pour la jeune candidate, impatiente à présent de retourner à l'agence, ils passaient extrêmement vite pour la directrice, occupée à recevoir d'autres postulants pour différentes fonctions.

Deux ou trois n'allèrent pas au bout du questionnaire. Un autre qui avait précédé la jeune hôtesse, téléphona pour signifier son renoncement. Quatre partirent pour leur nouvelle destination, deux furent refusés car ils ne semblaient pas convenir, paraissant peu fiables sur le plan mental. La directrice elle-même s'absenta deux fois mystérieusement. Nul doute que parmi les dossiers qu'elle emportait figurait celui de sa blonde visiteuse qui allait bientôt connaître son sort.

Avec à peine cinq minutes d'avance, rare chez une femme, mais normal pour quelqu'un voulant faire bonne impression, Sylvia Lambard sonna à la porte. Accueillie avec le même cérémonial, elle se retrouva assise dans le même fauteuil. Elle croisa les jambes, s'appuya en arrière contre le dossier pour se donner une assurance qu'elle ne ressentait absolument pas.

La directrice, joignant les mains, sembla compter ses doigts, puis son regard s'anima, et remonta jusqu'aux yeux de la candidate :

- Je vous ai trouvé un employeur. J'oserais dire qu'il est enthousiaste. Suffisamment pour vous accorder, en plus des quatorze mois souhaités, une prime substantielle si votre travail est bien noté. Qu'elle est votre réponse ?

Question directe d'une personne ne pouvant se permettre de perdre du temps en ronds de jambes. Mais Sylvia était prête ; le retour fut aussi bref et franc que la question.

- Je suis d'accord. Voici le questionnaire signé.

- Bien, voici votre contrat, il n'attend plus que votre paraphe. Mais avant de le lire attentivement, je dois ajouter une mise en garde ; après en avoir pris connaissance, ou vous le signez définitivement, ou bien vous renoncez. Auquel cas, comme je vous l'ai déjà précisé, vous ne repartirez d'ici qu'avec des souvenirs légèrement modifiés de nos entretiens. Entre autres, que le poste que l'on vous proposait ne vous convenait pas financièrement ou que vous ne le jugiez pas suffisamment motivant. Mais ce contrat ne doit sortir de cette pièce que muni de votre paraphe.

La jolie blonde, qui tendait la main pour prendre le précieux document, se rembrunit et stoppa son geste :

- Ce que vous dites ressemble fort à une menace. Je n'apprécie pas beaucoup.

- C'est tout à votre honneur, susurra la directrice. Cela signifie que vous avez de la personnalité. Mais ne soyez pas alarmée. Quand vous aurez lu, vous comprendrez notre prudence.

- Bon. Eh bien, puisque je suis là pour ça, voyons ce contrat. Elle commença à lire à haute voix .... a été engagée pour la durée tacitement reconductible d'une année terrestre comme ...

QUOI ??? le cri jaillit du cœur, hôtesse INTERSTELLAIRE !!! Mais c'est dingue !

Sylvia leva la tête. La directrice lui renvoya son regard calmement, nonchalamment, presque avec indifférence, comme si la chose allait de soi.

- C'est peut être dingue, mais c'est la vérité. Continuez, vous n'êtes pas au bout de vos surprises, dit-elle d'une voix douce, lénifiante même, qui doucha instantanément la postulante.

- Hôtesse interstellaire entre les systèmes GRIR-SPEROUNIAN et WAERAPORNATCHIAK, traduction la plus approchée française, distance 15.830 années-lumière, avec 3 escales.

- Eh, attendez ! Il doit y avoir une erreur sur la distance ? Si j'en crois mes connaissances sur l'année-lumière, il faudrait des siècles pour la parcourir.

Sylvia Lambard regarda la directrice qui éclata franchement de rire :

- Vous êtes encore sur Terre, mais vous perdrez vite l'habitude de raisonner ainsi. En réalité, si ce trajet représente environ le dixième du diamètre de la Galaxie, le voyage ne durera que sept de nos heures environ. Ce qui correspondra en gros à votre journée de travail.

- Ah bon !

La jeune femme pas franchement convaincue, reprit sa lecture :

- Paquebots de luxe, clientèle entièrement humanoïde, presqu'exclusivement affaires. Atmosphère type terrestre.

- Hé ! un instant ! ''entièrement humanoïde'' Ah je comprends à présent l'histoire du côté xénophobe. Mais alors…

La directrice sembla s'amuser de son désarroi :

- Non, rassurez-vous, il n'y aura pas de ptérodactyles. En réalité, il y a très peu de variantes entre les races galactiques, ainsi que vous l'apprendrez. C'est pourquoi nous insistons sur la xénophobie qui peut avoir encore plus d'importance encore que sur Terre. Et comme nous, toutes respirent une atmosphère basée sur l'oxygène.

- Eh bé ! Moi qui voulais du changement, je suis servie.

Le premier mois de travail sera entièrement consacré à l'étude des diverses langues indispensables par méthode hypno rapide, des races intelligentes côtoyées, de la fonction d'hôtesse, et bien sûr, de la connaissance générale de la Fédération des Mondes Interstellaires (FMI).

Le souffle coupé, la jeune femme arrêta sa lecture. Ses yeux relisaient mécaniquement les phrases précédentes, sans croire à leur réalité. Puis, un mot attira son attention et la ramena sur terre :

"Le salaire prévu et souhaité par la postulante est de 10.000 euros au cours de la date du contrat, sur quatorze mois. Salaire automatiquement doublé pour tenir compte du dépaysement de la postulante - c'est le moins que l'on puisse dire ! - et versé sur un compte bloqué au choix de la candidate. D'autre part, une prime de fin d'année est prévue suivant les notes obtenues par son travail, et fournies par ses supérieurs hiérarchiques ; cette prime peut atteindre la valeur du salaire annuel. Le gain total possible est de 560.000 euros, nets d'impôts, ceux-ci étant à la charge de l'employeur. ''

La directrice coupa sa lecture en précisant :

- Il s'agit d'ailleurs d'un impôt très particulier, ainsi que vous l'apprendrez.

'' Enfin, outre les impôts, l'hébergement, la garde-robe complète, la nourriture, les soins éventuels en cas de maladie ou d'accident seront également pris en charge par l'employeur, la Société Interstellaire de Navigation Galactique (SING). S'y ajoutera pour les dépenses personnelles, une somme forfaitaire mensuelle correspondant à 10.000 euros au cours de la date du contrat, versés à l'hôtesse dans la monnaie qu'elle choisira, sur le compte bancaire ouvert à cet effet, quand elle aura pris connaissance des différents systèmes économiques de la Galaxie.

Dernier point : les horaires de travail, les jours de repos et les différents congés seront déterminés d'un commun accord entre le représentant de la SING et l'hôtesse à la fin du stage d'adaptation.''

Arrivée au bout de la lecture, la jeune femme resta les yeux dans le vague, en proie à des sentiments contradictoires. La directrice, consciente de ce désarroi, lui laissa le temps de se reprendre. Deux minutes s'égrenèrent ainsi, lien invisible entre deux modes de vie totalement différents ; choix important à déterminer le temps infime d'un battement de paupière cosmique.

La postulante soupira en reprenant vie :

- Si on prend ce contrat au pied de la lettre, c'est merveilleux, peut-être un peu trop.

- Non, c'est VRAIMENT merveilleux, et ce sera merveilleux, vous pouvez me croire. J'ai l'habitude de ces mondes dont vous ignorez encore tout. La mentalité galactique est radicalement opposée à la basse mesquinerie des peuples de la terre. Dans quelques jours, vous penserez à cet instant, et vous comprendrez alors combien il m'est pénible de rester sur ce monde où je dois accomplir un travail intéressant certes, et indispensable, mais qui me prive de la joie d'être LA-HAUT.

Elle pointa son doigt vers le ciel. Puis, sur un ton plaisant :

- Vous remarquerez en passant que nous participons activement à la lutte contre le chômage.

Et si nous restons plus ou moins marginaux, c'est parce qu'il est interdit à la Terre de faire partie de la Fédération Galactique, à cause de ses luttes intestines. Du travail il y en a dans l'espace.

Ah, j'attire votre attention sur un point qui vous a échappé, mais qui peut vous revenir. Autant vous rassurer tout de suite.

Vous avez demandé un salaire pour une fonction terrestre. Eh bien, ce que vous toucherez est bien supérieur en valeur absolue par rapport au coût de la vie galactique. C'est un avantage de plus.

- Merci pour cette précision. C'est vrai que j'avais oublié ce qui est loin d'être un détail.

Une pause marqua la transition :

- Bon, à présent, passons aux choses pratiques. Tout d'abord, voici un double de votre contrat. Ensuite, il reste à m'indiquer les coordonnées de votre banque. Je suppose que vous avez sur vous votre carnet de chèques ; oui ? Bien, alors donnez-moi un RIB, afin que je puisse faire le nécessaire pour le versement de votre salaire…merci.

Après avoir parcouru le petit coupon, la directrice releva les yeux :

- Ah, ceci me rappelle une précision concernant ce compte. Il restera bloqué durant la première année. Après, si votre contrat est renouvelé, ce que je vous souhaite, vous pourrez en user comme il vous plaira : le garder tel quel ou en transférer le montant sur votre banque galactique.

- Et si je ne renouvelle pas ?

- Alors, vous aurez un joli pécule à votre actif, qui vous permettra de voir venir. Mais il n'y a aucune raison qu'il en soit ainsi.

Puis avec un sourire radieux, elle ajouta :

- Dans quelques instants, vous allez partir vers votre nouvelle destination ....

- Comment vais-je partir ? coupa son interlocutrice, en soucoupe volante ?

Une fois de plus, un sourire franchement amusé éclaira le visage lunaire de la directrice.

- Non, rien de tel. Mais vous aurez l'occasion d'en voir. Il s'agit d'un procédé qui, s'il est parfaitement au point, ne peut être utilisé pour les transports de voyageurs. Vous apprendrez pourquoi lors de votre stage. Ce qui justifie d'ailleurs votre emploi.

Vous serez accueillie, comme pour tous les embauchés, par une équipe française comprenant des médecins et infirmières, psychologues et instructeurs. Vous vous acclimaterez ainsi en douceur. Il va de soi que chaque postulant est chaperonné par une équipe correspondant à son pays d'origine. Vous verrez, tout s'apprend rapidement et sans effort. Fini les ânonnements et le rabâchage systématique d'une phrase compliquée.

Si vous avez un problème quelconque, vous pourrez me contacter. Je serais votre lien avec la Terre.

Voilà, je crois que tout est dit. Je vous souhaite un agréable travail et un heureux séjour. Vous allez acquérir des connaissances que vous envierait plus d'un astronome cloué à son observatoire.

- Ah, le procédé de transfert dont nous parlions, est recherché sur terre sous le nom de radio-transmission de la matière ou RTM. Mais il est plus connu sous le nom de téléportation.

Ce disant, la directrice appuya discrètement sur un bouton placé sous son bureau, et avant que la visiteuse ait pu esquisser le moindre geste, ou prononcer une parole d'adieu, une lueur bleutée monta en spirale autour d'elle, et s'évanouit en atteignant le sommet de sa chevelure, emportant sa blonde passagère vers son futur destin.

*   *   *

CHAPITRE II
* * *

Et elle se reconstitua entièrement dans un fauteuil identique, au milieu d'une salle lumineuse. Un deuxième siège côtoyait le sien, exactement comme dans l'agence.

L'idée lui vint plus tard que parfois c'était un couple qui se présentait comme candidat au grand départ. D'où la nécessité du transport en commun.

Mais sur le moment, outre le léger vertige qu'elle ressentait, l'obligeant à fermer les yeux pour résister au roulis intérieur, elle se demandait dans quelle partie du globe elle avait échoué.

- Vous sentez-vous mieux, mademoiselle Lambard ? s'enquit une voix féminine avec une douceur rassurante.

Sylvia leva les paupières, le vertige étant passé. Devant elle se tenait une femme, probablement doctoresse à en juger par l'ensemble blanc qui la vêtait, à l'âge indéfinissable et à la physionomie agréable mais sans attraits particuliers.

- Oui, merci. J'ai été un peu secouée.

- C'est normal après ce transfert. Ce sont en quelque sorte les atomes qui reprennent leur place.

Réponse accompagnée d'un rire léger, comme pour détendre l'atmosphère et mettre l'arrivante en confiance.

- Où suis-je arrivée ? s'informa Sylvia.

- Demande classique qui attire la réponse non moins classique surprenant tout le monde. Êtes-vous prête à l'entendre ?

Plus que le ton amusé, le regard attentif, professionnel de la doctoresse guettant la réaction de sa patiente, alerta Sylvia :

- Si vous me dites que je suis en Chine ou au sommet de l'Himalaya, je ne serais pas surprise.

Le rire léger se fit à nouveau entendre :

- Je veux bien le croire, mais ce n'est pas tout à fait ça.

Une pause, puis :

- Avez-vous des connaissances astronomiques, mademoiselle Lambard ?

- Pardon ? Sylvia crut avoir mal compris.

Lentement, la doctoresse reprit :

- Que savez-vous du système solaire ?

La jeune femme était franchement désorientée :

- Eh bien….heu…je connais le nom des planètes, et j'ai entendu parler de quelques satellites. Mais…

La réponse qui l'interrompait lui parut être une plaisanterie stupide, bien qu'incompréhensible :

- Vous êtes sur notre station de Ganymède.

Avec toujours cette voix lénifiante, et ce regard scrutateur bleu / vert guettant l'effet de ses paroles.

Sylvia sursauta, agrippant les accoudoirs du fauteuil. Puis elle voulut entrer dans ce qu'elle pensait être un jeu :

- Excellente plaisanterie, s'exclama-t-elle. C'est un des satellites de Jupiter je crois. Et ce dieu de l'Olympe où est-il ?

- En ce moment, juste derrière vous !

Sylvia regarda autour d'elle, et pour la première fois constata que la salle contenait de nombreux appareils qu'elle ne pouvait identifier. Ses yeux firent le tour de la pièce, et machinalement, elle se leva pour se tourner vers la direction indiquée.

Tout d'abord, elle ne vit que le mur absolument nu, sans aucun tableau, gravure ou autre ornement pour l'égayer. Soudain, elle pâlit et poussa un léger cri en s'accrochant au fauteuil.

Des larges hublots ronds étaient encastrés régulièrement dans la paroi, et la vue extérieure qu'ils montraient, était plus qu'impressionnante.

La doctoresse avait saisi le bras de Sylvia, comme pour la rassurer, et lui apporter un réconfort moral, consciente du choc qu'elle ressentait, et qui avait été le sien la première fois. De même que pour tout nouvel arrivant contemplant le spectacle grandiose et affolant.

Les célèbres bandes nuageuses et colorées du seigneur du système solaire, maintes fois montrées à la télévision, étaient nettement visibles sur la majorité des hublots. Le diamètre conséquent de la planète géante barrait tout l'horizon sur plusieurs des ouvertures.

Si Sylvia avait eu un doute sur la véracité de ce qu'elle voyait, en pensant à un décor peint en arrière-plan, elle aurait été détrompée par les remous qui agitaient sans cesse les couches nuageuses, accentués par la lente rotation du géant et le mouvement propre de Ganymède. Ils créaient un kaléidoscope aux couleurs bariolées, devenant hypnotiques si on les fixait trop longtemps.

En abaissant le regard, la jeune femme put voir un avant-plan fait de sol pierreux et sablonneux, que rompaient des monticules rocheux noirs se détachant durement sur le fond clair de Jupiter. Paysage désolé et morne, sans atmosphère ni la moindre vie.

La doctoresse tira doucement le bras de Sylvia un peu hébétée :

- Revenez vous asseoir, dit-elle gentiment, pleine de sollicitude. Pour l'avoir vécu moi-même, je sais ce que l'on ressent. On s'y habitue rapidement, mais la première fois…

Elle tendit un verre remplit d'un liquide vert pâle à la jeune femme affalée dans son fauteuil :

- Buvez ce fortifiant. C'est une invention des Nébadoniens qui agit efficacement sur tous les corps humanoïdes.

- Nébadoniens ?
- C'est le terme générique de toutes les races de Nébadon, c'est-à-dire la Galaxie, ainsi que vous l'apprendrez au cours de votre instruction.

Se rendant compte qu'elle avait soif, Sylvia avala le verre d'un trait sans s'inquiéter outre mesure, tout en pensant qu'elle absorbait pour la première fois un produit extra-terrestre.

Le goût mentholé la rafraîchit, et une minute plus tard, elle se sentit ragaillardie, ayant éliminé en grande partie le choc de la fabuleuse vision.

- Je m'appelle Simone Bonvent, se présenta la doctoresse, et je suis chargée de faire les examens médicaux des arrivants, avant de les remettre entre les mains des psychologues et des professeurs.

Nous sommes tous passés par les agences Intint avant d'arriver ici. Nous avons eu toutefois l'avantage d'être prévenus de notre destination, dans cette station édifiée par les Nébadoniens.

- Excusez-moi, que signifie intint ? La directrice de l'agence a refusé de me renseigner.
- Logique au stade préliminaire ; mais à présent ce n'est plus un secret. C'est la contraction de : Interstellaire Intérim.

Sylvia émis un petit sifflement :
- Je comprends tout à présent. Mais pourquoi Ganymède ? Pourquoi ne pas rester sur Terre ?

En bonne terrienne, Sylvia posait évidemment une question élémentaire.

Toutefois, en vieille habituée, le docteur Bonvent avait la réponse toute prête :
- C'est une préparation psychologique. Passer directement de la Terre à un environnement totalement étranger, pourrait être plus nuisible qu'efficace.

Nous sommes encore dans le système solaire, et bien qu'étant loin de notre planète, c'est toujours notre domaine.

Avec cette étape intermédiaire, le candidat à l'évasion apprend à mieux maîtriser l'espace et les mondes inconnus qui l'attendent.

D'ici quinze jours, vous serez habituée à ce spectacle qui vous paraîtra naturel, et vous serez totalement prête pour le grand saut.

Sylvia hocha la tête :
- Je comprends.
- Bon. Voulez-vous vous reposer dans votre chambre ou préférez-vous passer les examens maintenant ?
- J'ai parfaitement récupéré, docteur, grâce à ce produit miracle. Je suis donc toute à vous.

Les tests furent particulièrement longs et méticuleux. Le docteur Bonvent en expliqua la raison :

- Il est indispensable de nous assurer de votre parfaite santé morale, physiologique et physique. A la fois pour vous et pour les peuples que vous allez fréquenter.

Il faut s'assurer que le ou la postulante à un poste ne risque pas de transmettre un microbe ou un virus qui pourrait provoquer des ravages considérables. Bien que la technologie médicale des Nébadoniens ait atteint des sommets qui ne sont même pas envisageables sur Terre. Elle peut faire face à n'importe quelle situation. Cependant, il est de notre devoir de ne rien négliger pour éviter tout dérapage allant jusqu'à mettre un terme à nos relations.

Nous ne devons jamais oublier que notre planète (Urantia pour les Nébadoniens) est un monde à part ne faisant pas partie de la Fédération.

C'est ainsi que tous les appareils que nous utilisons et qui vous paraissent étranges, sont prêtés par nos amis, avec interdiction absolue de les importer sur notre globe ; ce qui se comprend parfaitement.

- Mais à l'inverse, est-ce que je ne risque pas d'attraper une maladie inconnue sur Terre ? interrogea Sylvia, un peu anxieuse.

- Absolument pas, car vous serez protégée en conséquence. Vous pensez bien que pour cette opération de recrutement, tout a été prévu.

- Ah bon ! Je préfère ça, dit Sylvia soulagée.

- De toute manière, avant votre départ pour le grand saut, vous subirez le même examen complet.

Un temps de silence, puis la doctoresse ajouta :

- A présent, je vais vous remettre entre les mains du personnel chargé de votre éducation générale, ainsi que l'agence a dû vous l'expliquer.

- Effectivement, c'est inscrit sur mon contrat.

- bien, alors suivez-moi.

*   *   *

La station était très spacieuse. Outre que chaque membre du personnel avait sa chambre individuelle très confortable avec salle de bains, une annexe interne possédait des logements pour une dizaine de candidats, maximum prévu, pour que les divers enseignements, soit individuels, soit en commun, notamment pour les connaissances générales des peuples et coutumes de la Galaxie, puissent se dérouler dans les meilleures conditions de détente et de calme.

Une salle de conférences avec écran de cinéma, une bibliothèque, une salle de sport, et une de jeux variés, permettaient d'associer travail et détente. Un réfectoire jouxtait la cuisine.

Toutes les tâches ménagères, la préparation des plats cuisinés et le service de table étaient assurés par des androïdes silencieux et très efficaces.

De même que la maintenance de la pureté de l'atmosphère, de la température et de la lumière.

Pour Sylvia, ce fut une énorme surprise de découvrir ces apparences de femmes et d'hommes aux vêtements bariolés. Elle apprit que cette mixité – bien que les androïdes fussent asexués -, n'existait que pour agir sur l'esprit humain, afin de lui apporter une diversion salutaire.

Au début de leur création, chaque peuple les fabriquait à son image. Ensuite, l'usage s'en répandit tellement, qu'ils se trouvaient disséminés partout dans la Galaxie.

Ils auraient pu passer inaperçus dans une foule, s'ils ne portaient pas, inscrite sur le front la lettre A du langage universel, fluorescente et bien visible, même la nuit.

Par une curieuse association d'idées, Sylvia pensa à Caïn après son crime, et au signe que Dieu lui apposa, afin qu'il fut reconnu ; elle se dit qu'il s'agissait de quelque chose de ce genre. Ce qui paraissait logique.

Elle apprit également qu'il n'existait aucun androïde à l'image exacte d'un représentant quelconque d'Urantia. L'interdiction était absolue, et nul n'aurait songé à la transgresser.

Ganymède recelait dans son sous-sol d'immenses réserves de glace absolument pure. Ce qui permit aux Nébadoniens d'édifier une station de captage et de transformation en eau liquide potable qui alimentait la station.

Ce qui vient d'être décrit pour la base française, se retrouvait exactement à l'identique à l'usage d'autres nations.

Les Nébadoniens connaissant bien Urantia et ses différents peuples, avaient choisi de se limiter à huit langues principales : le français, l'anglais, l'allemand, le russe, le chinois, l'italien, le portugais et l'espagnol.

Si un candidat accepté issu des pays nordiques par exemple, ne comprenait pas une de ces langues, il était facile de la lui inculquer en une heure à l'aide des appareils hypnopédiques.

Ce sont donc huit stations individuelles basées sur un modèle unique qui étaient installées sur Ganymède, et dont les personnels entretenaient entre eux d'excellents rapports.

Le satellite de Jupiter était ainsi devenu un nouveau continent terrestre, totalement ignoré des gouvernements des pays respectifs.

Il allait de soi que chacune des nations représentées avait des agences disséminées sur son territoire. Tandis que dans d'autres pays, leur présence était plus discrète, voire totalement inexistante dans les régions en guerre ou soumises à la férocité de l'inquisition religieuse ; ce n'était pas ce que recherchaient les Nébadoniens. Ils recrutaient des travailleurs sérieux et fiables, pas des propagateurs de la vraie ou de la mauvaise foi.

En fait, ainsi que l'appris Sylvia lors d'une conversation à bâtons rompus, les gens venus de la Terre, planète réputée pour être unique dans toute la Galaxie – monde à part ayant évolué isolément -, étaient très recherchés, aussi bien par les riches particuliers, comme dame de compagnie d'un statut très élevé, ou en tant que secrétaire, que par les gouvernements, universitaires et scientifiques, et par les sociétés commerciales.

A vrai dire, ils exerçaient une véritable fascination sur la grande majorité des peuples des multiples planètes, qui ne possédaient pas la pugnacité, l'agressivité, la volonté du combat pour atteindre un but ; c'est-à-dire tout le contraire des Terriens.

Au point que s'ils avaient des armes, bien plus puissantes que celles en usage sur Terre, l'armée sur chaque monde était plus une institution que l'on qualifierait de '' réconfort moral '' ; et il en était de même pour la police, tant étaient rares, pour ne pas dire inexistants, les agressions et les vols ; ne parlons pas des crimes, inconnus hors Urantia.

La raison de cette carence caractérielle restait inconnue, et ce mystère insoluble justifiait l'attractivité devenue une mode indéracinable.

Cependant, les conflits à répétition, les haines raciales et religieuses, les prétextes fallacieux pour justifier un envahissement du voisin, l'imposition de lois contraignantes, ou de curieux et injustifiés nouveaux impôts, maintenaient la Planète Unique à l'écart de la Fédération des Mondes Interstellaires.

D'où cette contrainte permanente de ne pas prendre contact avec les gouvernements pour solliciter leur aide, qu'ils auraient peut-être refusée, pour la recherche de candidats à l'exil doré. Ou si ces autorités acceptaient le marché, ce serait sans doute pour en tirer un profit important sur le plan technologique, envoyer des espions, se débarrasser d'opposants encombrants, ou d'une faune de bas niveau jugée dangereuse.

Tous ces raisonnements justifiaient la marginalité '' officielle'' des agences Intint, qui, tout en ayant pignon sur rue et registre de commerce, ne pouvaient se permettre le moindre faux pas.

Dès le début de son séjour dans la station, Sylvia fit la connaissance des autres pensionnaires. Les dix logements prévus pour eux n'étaient pas complets, et ils l'étaient d'ailleurs rarement.

Pour le moment, cinq personnes, évidemment françaises, en plus de la jeune femme les occupaient ; trois hommes et deux femmes.

Un homme et une femme, qui seraient respectivement steward et hôtesse comme Sylvia, terminaient leur stage, et devaient partir deux jours plus tard. Jours de vingt-quatre heures de la Terre s'entend.

Pour un autre homme, futur pilote d'astronefs, et l'autre femme secrétaire dans une administration, ils avaient encore huit jours d'études sur les quinze que comportait cette première tranche.

La seconde partie du stage devant se dérouler sur la planète sur laquelle chaque personne serait affectée, afin de s'acclimater avant d'entrer effectivement en fonction.

Quant au dernier homme qui devait être contremaître dans une entreprise de construction d'immeubles, il était arrivé quatre jours auparavant.

Sylvia apprit avec stupeur, que bien que paraissant âgé à peine de quarante ans, c'était un retraité de soixante-dix ans qui avait bénéficié d'une séance de rajeunissement.

Ce qui correspondait à la dernière ligne de l'annonce, se rappela-t-elle.

Toutefois, le docteur Bonvent lui précisa que cette cure de jouvence ne pouvait se réaliser qu'une seule fois par individu ; ce qui était déjà bénéfique, le ou la bénéficiaire voyant sa durée de vie augmenter dans une proportion inimaginable sur Terre. Surtout si on y ajoutait les douches biogéniques revitalisantes, qui elles, n'étaient pas limitées.

Quand Sylvia termina son stage sur Ganymède, munie de toutes les connaissances nécessaires, trois nouveaux pensionnaires venaient d'arriver, dont elle n'eut pas le temps de faire la connaissance.

Elle partait pour rejoindre sa destination finale, qui n'était rien moins que Nébad, la capitale de la Fédération située sur la planète-mère Séraphia ; elle serait désormais son port d'attache.

Quant au siège de la Compagnie SING, son employeur, il se trouvait sur Telvak aux abords de la ville de Blatnirk, à mille années-lumière de Séraphia.

C'était là que trônait Storks Kranocks, président-directeur général à vie, ixième grand patron de cette entreprise familiale.

Les deux planètes et l'ensemble de leurs systèmes solaires, étaient régis par les Manwarss.

*   *   *

CHAPITRE III
* * *

La petite rue était à sens unique, sombre et déserte :
- '' L'idéal pour ce genre d'opération'' songea Salam en professionnel aguerri.
Les trois ans de prison qu'il avait effectués lui avaient permis d'en apprendre encore davantage auprès de vieux briscards dans ce qu'il avait décidé d'être sa profession. Malgré ses vingt-cinq ans, il totalisait un nombre conséquent de casses, en passant à travers les mailles du filet policier.
Ahmed Akhim, son compagnon nocturne, le précéda en silence jusqu'à l'entrée de l'agence. Seules les lettres phosphorescentes vert pâle de l'enseigne luisant faiblement dans la nuit permettaient de la distinguer des autres maisons.
Bien qu'averti, Salam s'étonna qu'une agence aussi particulière soit située dans un pareil endroit ; comme si les propriétaires voulaient la rendre la moins visible possible. Ce qui détonnait avec la publicité faite à la radio et à la télévision, sans lésiner sur le nombre de spots.
De même, l'enseigne se voulait bizarrement anonyme, tout en attirant l'attention sur ses trois lettres doubles : INTINT.
-'' C'est quoi ce charabia ? '' se demanda une fois encore le cambrioleur. Il avait posé la question à Ahmed qui ne le savait pas plus que lui.
- Tu penses bien que j'ai interrogé la bonne femme, avait-il expliqué. Mais tout ce que j'ai obtenu comme réponse : '' C'est la raison d'être de l'agence, je ne peux vous en dire plus.''

* * *

Il s'était présenté devant la porte après avoir pris rendez-vous par téléphone. La directrice était venue l'accueillir à l'entrée d'un corridor peu profond qui s'ouvrait sur deux portes. Celle du fond était fermée, l'autre à gauche donnait sur une pièce sans fenêtre servant de bureau. Derrière le siège directorial, une autre porte fermée devait communiquer avec une annexe.
La femme, âgée de quarante-cinq ans environ, au visage lunaire ne retenant pas l'attention par sa neutralité, fit entrer Ahmed et l'invita à prendre place dans un des deux fauteuils faisant face au sien.
Sous des cheveux blonds coupés courts, deux yeux bleus scrutaient le visiteur.
Un doux parfum de roses frappa les narines d'Ahmed, suivi quelques minutes plus tard par celui de violettes. Au cours de l'entretien, ce

furent plusieurs sortes de senteurs qui se succédèrent. Ahmed nota le fait sans y attacher d'importance.

La femme entra directement dans le vif du sujet. Le visiteur sentit qu'elle devait être très occupée, et qu'elle n'avait pas de temps à perdre.

- Donc vous vous appelez Ahmed Akhim, et vous avez dit être menuisier. Etes-vous à votre compte ou travaillez-vous pour un patron ?

- Je suis salarié chez...

- Peu importe, coupa-t-elle sans élever la voix. Je n'ai pas à connaître votre employeur, mais il était nécessaire d'éclaircir ce point.

Elle ouvrit un tiroir et en sortit un formulaire qu'elle tendit en précisant :

- Veuillez consulter cette liste de questions et y répondre le plus franchement possible. Certaines sont éliminatoires, je ne vous le cache pas, de même si vous refusez de répondre à l'une d'elle. Les employeurs qui nous font confiance sont très pointilleux.

Ahmed agita la main :

- Attendez madame. Avant de remplir cette feuille, je veux savoir si ma profession vous intéresse.

- Bien sûr que oui, sinon je vous l'aurais dit au téléphone. En fait, tout nous intéresse, c'est pourquoi ce questionnaire est indispensable. Mais que tout soit bien clair ; si vous le remplissez je vous en remets un exemplaire, en nous accordant mutuellement une semaine de réflexion, au bout de laquelle nous donnons chacun notre réponse.

Je précise que nous pouvons l'un et l'autre refuser sans avoir à justifier notre choix. Et dans ce cas, votre dossier sera entièrement détruit.

- Est-il possible de raccourcir le délai de réponse ?

- Absolument pas, sauf si c'est vous qui abandonnez. En fonction du questionnaire, vous verrez que c'est une décision très lourde à prendre, et elle demande un sérieux jugement.

Impressionné par cette tirade assénée avec un calme olympien, Ahmed se pencha sur le formulaire. Il démarrait de manière classique avec l'identité complète du postulant.

La condition de ne parler à personne de son entourage de sa destination que la directrice ne pouvait lui indiquer, le fit sérieusement tiquer. Mais sachant qu'un '' non'' amènerait la fin de sa candidature, il accepta.

A la question concernant sa religion, il inscrivit : islamiste, en pensant *in petto* : '' et fier de l'être ''. Par contre '' Êtes-vous raciste ? et '' Êtes-vous prêt à travailler sous n'importe quelle religion monothéiste ou polythéiste ?'' l'intriguèrent fortement.

Bien que n'en pensant pas un mot, mais plus par curiosité, il répondit négativement à la première, et positivement à la seconde, sans faire de commentaire à haute voix, voulant donner l'impression que ces sujets étaient sans importance pour lui.

Il se rendit vite compte que l'ensemble des questions ne lui convenait pas, d'autant qu'il nageait en plein dans l'inconnu. Mais pensant pouvoir connaître le fin mot de l'histoire, il arrangea ses réponses pour qu'elles soient satisfaisantes.

Bien entendu, il demanda un salaire nettement supérieur à ce qu'il touchait, et s'entendit répondre qu'il aurait droit au double avec prime compensatoire.

Ebahi par une telle largesse, il se demanda ce qu'elle cachait réellement, et s'il n'était pas victime d'une escroquerie quelconque, bien que ne voyant pas laquelle.

A présent, sa méfiance était éveillée. Ce bureau quasiment vide, ces tableaux étranges, ce curieux questionnaire, et même ces parfums, lui paraissaient trop mystérieux, et il avait hâte de sortir de là.

D'un naturel peu courageux, il ressemblait plus à un coyote qu'à un loup solitaire.

En fait, bien avant l'échéance fixée pour donner et recevoir une réponse, son choix était fait ; il refuserait.

Mais en plus, il prit une autre décision ; celle de se rendre de nuit à cette agence, pour y pénétrer et découvrir ce qu'elle cachait.

Il s'en ouvrit à un ami, collègue de travail, qui lui recommanda de s'adjoindre un as du cambriolage ; un dénommé Salam qu'il lui présenta. Le courant passa très vite entre les deux hommes.

- Les tableaux doivent avoir une certaine valeur, dit Ahmed. S'il y a de l'argent et tout ce que tu pourras emporter sera à toi. Moi, je veux simplement savoir ce qui se trame dans cette baraque, et peut-être en tirer profit, que nous partagerons.

- Dans ce cas, répondit Salam, il faudra surveiller les allées et venues de ta bonne femme pendant une semaine au moins. Tu la suivras pour savoir si ses horaires d'ouverture et de fermeture sont réguliers, et où elle crèche. Ce qui permettra par la suite de lui rendre une petite visite ; si tu vois ce que je veux dire.

Ahmed voyait très bien, et était entièrement d'accord :

- On lui montrera à cette moukère qui sont les hommes, précisa-t-il avec un rictus obscène, auquel l'autre fit écho.

Le lendemain de cette rencontre, il téléphona pour confirmer l'abandon de sa candidature, que la directrice enregistra de manière linéaire, sans manifester la moindre surprise, ni exprimer du regret ; comme si elle s'attendait à ce renoncement.

Ce qui augmenta encore l'animosité d'Ahmed, qui pensait qu'elle tenterait de le dissuader, persuadé que le formulaire parlait en sa faveur.

C'était ignorer quelques subtilités employées par les différentes agences utilisant toutes un matériel identique, et qui ne se rencontrait nulle part ailleurs sur Terre.

Entre autres, que les fauteuils réservés aux candidats étaient non seulement des téléporteurs (ce qui n'apparaissait qu'en dernier ressort après accord des deux parties), mais aussi des détecteurs de pensées.

Aussi, quand Ahmed répondit faussement aux questions principales, son opposition mentale fut enregistrée et transmise à un appareil se trouvant dans une pièce située derrière la publicité affichée sur le mur.

Cette salle contenait d'autres machines aux fonctions non moins mystérieuses.

Donc, sans le soupçonner, Ahmed s'était trahi tout seul ; et avant même de quitter l'agence, sa candidature était déjà rejetée.

*   *   *

La surveillance préconisée par Salam, pourtant échelonnée sur une dizaine de jours, n'avait absolument rien donné.

Quelquefois, avant l'ouverture de l'agence, la directrice sortait pour aller faire quelques courses chez les magasins d'alimentation ; ce qui indiquait qu'elle mangeait sur place.

Mais jamais, ni le matin ni le soir, Ahmed ne put la voir arriver ou quitter l'agence pour regagner un domicile quelconque. Il en conclut logiquement qu'elle habitait là, peut-être au premier étage. Cependant, il ne vit aucune lumière révélant une présence nocturne.

- Tant mieux, dit Salam à qui il fit son rapport. Ainsi nous ferons coup double.

Et c'est ainsi qu'ils se retrouvèrent devant l'entrée de l'agence sans avoir échangé une parole.

En bon professionnel, Salam examina attentivement la porte, qui lui parut tout à fait banale. La serrure était d'un type courant et même pas sécurisé. Ce qui lui sembla bizarre, étant donné tout ce que lui avait raconté Ahmed. Mais peut-être celui-ci avait-il exagéré, et qu'il n'y avait peut-être rien à cacher ?

Sans se troubler, Salam choisit dans son trousseau la clé qui lui parut la plus adaptée, et l'introduisit dans la serrure, tandis que les yeux d'Ahmed surveillaient les environs, guettant la moindre lueur suspecte, et que ses oreilles essayaient de capter le bruit le plus ténu, annonciateur de danger.

Mais l'obscurité et le silence étaient absolus.

Salam, agissant avec une prudente lenteur, s'escrima un court instant, sans que la serrure lui oppose une grande résistance. Le pêne joua doucement, et Salam pesa lentement sur la poignée pour entrouvrir le battant. Et il écouta.

Mais rien dans la rue et dans la maison n'avait été alerté. Salam poussa plus avant la porte en évitant de la faire cogner contre le mur ; et une surprise teintée de frayeur monta en lui.

L'étroit corridor décrit par Ahmed était plongé dans une obscurité d'une noirceur faisant paraître celle de la rue comme éclairée en plein jour.

Salam sortit de sa poche une minuscule lampe à diodes, dont la lumière blanche fut absorbée par cette obscurité. Le cambrioleur, peu rassuré, hésita à s'avancer ; mais sentant Ahmed qui s'était approché derrière lui, il s'enhardit, et fit un pas en avant, puis deux.

Ahmed, qui ne voyait rien, entendit un :ah… aussitôt étouffé, puis plus rien.

Commençant à s'affoler, sans pour autant perdre la notion de prudence, il chuchota :

- Salam, Salam, où es-tu ?

N'obtenant pas de réponse, croyant n'avoir pas été entendu, il osa s'aventurer à son tour dans l'entrée, et avant même de réagir, il disparut, volatilisé.

Comme si cette deuxième disparition avait déclenché un signal, la porte se referma lentement.

Les énigmatiques machines qui protégeaient l'agence, avaient accompli leur œuvre, sans qu'il en subsistât nulle trace.

Pas besoin de porte blindée, ni même de fermer à clé celle existante ; elle aurait pu tout aussi bien rester grande ouverte. La protection nocturne était telle, que pas une mouche - et encore moins une souris - n'aurait pu se faufiler sans être détectée, et ses constituants atomiques totalement dissociés en électrons libres.

Rien n'avait été négligé pour sauvegarder un secret qui ne devait en aucun cas tomber entre les mains des Urantiens.

*   *   *

Le lundi suivant, le contremaître de l'entreprise de menuiserie signala à la direction l'absence d'Ahmed.

Après une brève enquête à son domicile et audition de ses collègues, la police fut alertée. L'ami qui avait été l'intermédiaire entre Ahmed et Salam, se garda bien de parler de leur association, ce qui l'aurait mis dans un sale pétrin. Il se contenta d'évoquer simplement la visite d'Ahmed à l'agence Intint.

Les policiers suivirent donc cette nouvelle piste qui aboutit à un autre fiasco ; la directrice de l'agence ne put que confirmer la venue du candidat, et son appel téléphonique refusant le poste proposé.

En passant, signalons que cette agence était celle où s'était présentée Sylvia Lambard, sans que cette coïncidence ait un rapport quelconque.

Toujours est-il que la police classa l'affaire, jugeant qu'Ahmed avait disparu volontairement pour des raisons personnelles. Et qu'il n'était pas nécessaire de poursuivre plus avant, aucun délit n'étant à lui reprocher. Quant à Salam, il n'en fut évidemment pas question, au grand soulagement du collègue de travail d'Ahmed.

*   *   *

CHAPITRE IV.

* * *

Pour tous les postulants sans exceptions à cette nouvelle existence extraordinaire, la première leçon consistait à apprendre, par méthode hypnopédique indélébile – outre la langue universelle - les noms, caractéristiques et mœurs de toutes les races pensantes de la Fédération des Mondes Interstellaires.

Ces planètes supportant la vie intelligente étaient au nombre d'un millier environ. Ce qui peut paraître considérable pour un cerveau humain.

Or, et contrairement au potentiel représenté par les quatre cents milliards d'étoiles de la Galaxie, même avec une moyenne d'une planète pour dix soleils, ce chiffre était encore dérisoire. Preuve que la vie intelligente au plus haut niveau avait peu de chance de voir le jour, sans être pour autant un accident de parcours.

Cependant, les globes stériles, trop froids, hyper chauds, trop éloignés ou proches de l'astre central, restés à l'état de géante gazeuse, de petite taille incapable de retenir une atmosphère, ou celle-ci étant méphitique pour un organisme humanoïde, se comptaient par centaines de millions.

La nature était parcimonieuse d'un côté, tout en se montrant dispendieuse inutilement de l'autre.

De plus, à part le joyau unique que représentait la Terre au sein de la Galaxie, les races humanoïdes intelligentes formant la Fédération présentaient peu de différences morphologiques majeures.

Ce peu de différenciation tenait surtout au fait qu'une race initiale avait essaimé, conquis et colonisé d'autres mondes. Répété à plusieurs exemplaires, les variétés se trouvaient donc réduites.

Le questionnaire des agences insistant sur la xénophobie était délibérément exagéré, pour tenir compte de la mentalité particulière des terriens.

Les caractéristiques des planètes influaient évidemment sur la morphologie et sur la physiologie des habitants.

C'est ainsi que les krenggii d'Aldébaran étaient plutôt massifs, avec des jambes / pattes d'éléphant, à cause de la pesanteur triple de celle de la Terre. La face large, le crâne aplati, et les narines très épatées, témoignaient de la résistance à la forte gravité.

Tandis que les Liuugorn d'Antarès se plaçaient totalement à l'opposé avec des pattes d'oiseaux, et des ailes ; la faible gravité, semblable à celle de notre lune, favorisait les prouesses aériennes, auxquelles le torse étroit et long, le visage mince aux yeux étirés sur les côtés, participaient activement.

Et entre les deux, il y avait évidemment toute la variété possible. Ce récit ne se voulant pas être une simple nomenclature, inutile de détailler davantage. Ce qu'il convient de retenir, c'est que, hormis ces particularités, toutes ces races respiraient le même air basé sur l'oxygène, comportant quelques variantes mineures et inoffensives.

Précisons néanmoins que si les visages étaient incontestablement humanoïdes, certains se différenciaient notablement. Tels les gloukinn du système Niamand, situé à l'opposé diamétral de notre système solaire, qui avaient des faces de grenouilles.

Ou la particularité amusante du peuple Tsientsien près du centre galactique, qui, avec ses yeux bridés et son faciès un peu mongol pourrait faire illusion, perdu dans une foule chinoise, sans y regarder de trop près.

La lointaine invention de la ceinture anti-gravité avait permis à tous ces peuples de pouvoir aller sur n'importe quel monde sans être incommodés par la différence de la pesanteur. Les modifications successives apportées à cette ceinture, avaient fini par la rendre légère, adaptable à toutes les tailles, et sans aucune contrainte pour chacun, de retrouver le confort de sa propre planète.

Pourtant, l'enseignement insistait longuement sur une race ayant une influence considérable sur les décisions du Grand Conseil Galactique. Celui-ci regroupant les représentants de chaque planète, ainsi que l'on peut s'en douter. Dont celle des Manwarss, hommes d'affaires et amateurs de gros gibiers.

Cependant, ce qui avait force de loi était une religion. Celle-ci, contrairement à celles de la Terre voulant imposer par la violence l'adoration d'un dieu sans amour et sans âme, assoiffé du sang de ceux qui le rejetaient, avait réussi le tour de magie consistant à refuser l'utilisation de la téléportation des êtres pensants ; obligeant ainsi la Fédération à continuer à employer des astronefs pour transporter des voyageurs entre les étoiles.

Les Braamsunkk de la constellation Drakshelleyd, située à plus de cinquante mille années-lumière de ce bon vieux Oz-Iarès des Terriens, s'enorgueillissaient que leur planète-mère possédât les caractéristiques identiques en matière de diamètre, volume et pourcentage d'océans qu'Urantia. Rapprochement avec la planète unique qui se doublait d'une ressemblance parfaite pour eux, mais en réalité très approximative, et ne trompant pas un Terrien, avec les habitants des pays nordiques.

Et contrairement aux Tsientsienxo (pluriel de Tsientsien) qui ne faisaient pas grand cas de leur quasi similitude avec les asiatiques terrestres, les Braamsunkk en firent un culte divinisé d'une manière très singulière, qu'ils n'imposèrent toutefois sagement qu'aux gens de leur race.

Cet orgueil puéril les amena à développer une religion dont le dieu unique refusait à ses adeptes toute amputation d'un membre ou d'un organe, même provisoire. La plus petite perte - de naissance ou accidentelle - comme un doigt, était considérée comme sacrilège.

Ce qui aurait diminué fâcheusement à leurs yeux l'identité avec les peuples d'Urantia.

Malheureusement, à l'instar de tous les êtres vivants, les Braamsunkk subissaient des amputations accidentelles de membres qu'il fallait compenser par des greffes que la technologie des Nébadoniens maîtrisait à la perfection en un temps record.

En compensation, et pour faire amende honorable, bien qu'involontaire, l'infortunée victime devait verser une obole proportionnelle à la gravité de son état, et effectuer une retraite mystique purificatrice.

Le principe de base de cette curieuse religion imposa donc à ses adeptes de ne pas voyager en utilisant la téléportation. Par définition, celle-ci détruisait le corps avant de le restituer dans son intégralité.

Cependant, on pourrait croire que cette interdiction ne toucherait qu'un nombre limité de personnes, et que les autres membres de la Fédération se serviraient de cette méthode de déplacement instantané.

Il n'en fut rien, pour deux raisons sans commune mesure.

D'une part, les Braamsunkk, qui avaient colonisé plusieurs systèmes solaires, représentaient une force non négligeable au sein du Grand Conseil, déjà suffisante pour faire pencher la balance.

Mais d'autre part, à cette autorité religieuse, s'ajoutait bizarrement une répugnance quasi générale des peuples pour le voyage instantané.

En effet, les Nébadoniens, y compris ceux que l'on qualifierait ''d'hommes d'affaires '', préféraient prendre leur temps pour profiter de l'agrément du voyage, et nouer à bord des vaisseaux des relations plus ou moins durables, mais qui ajoutaient un plus au confort pourtant luxueux.

Bien que n'étant pas interdite aux transports de voyageurs, qui pouvaient la choisir – en cas d'extrême urgence par exemple -, c'est ainsi que la téléportation ne fut employée que pour les animaux, le bétail en général, les denrées alimentaires, les machines et le matériel, et ce que les mines produisaient ; sur des distances considérables, sans que jamais, il n'arrivât le moindre accident, tant la technique était parfaite.

Et aussi pour les humains de la Terre, qui n'étaient pas soumis à cet ostracisme religieux.

Enfin, à ces deux principales raisons, une troisième, mineure en apparence, mais dont l'importance se faisait sentir profondément, était la confiance, confinant à la vénération, des passagers envers les pilotes et le personnel humain issus d'Urantia.

Les voyageurs étaient-ils tous conscients que le commandant de bord et ses adjoints n'étaient que des paravents de réconfort moral ? Bien qu'étant capables d'assumer leurs responsabilités, de prendre les commandes, et de mener l'astronef à bon port, puisque l'enseignement général dispensait cet apprentissage obligatoire, le pilotage résidait entièrement entre les mains expertes des androïdes ; qui étaient également à même de remédier à toute panne.

Les Urantiens, à part les hôtesses et les stewards, faisaient donc de la figuration qui suffisait à rassurer les voyageurs préférant se fier à un humain qu'à un automate, aussi compétent soit-il.

Un exemple montrera combien la différence est grande entre la Fédération des Mondes Interstellaires et l'humanité terrestre.

Chez cette dernière, des dirigeants occidentaux en plus du Japon, misent énormément sur le développement de l'Intelligence Artificielle en général et la robotique en particulier. Sans prendre de précautions pour préserver la sécurité humaine par des garde-fous. Ni sans se rendre compte (ou était-ce voulu ?) que remplacer un humain par un automate, augmentait le chômage, et que l'accroissement de la population allait également dans ce sens.

Tandis que les Nébadoniens utilisent les androïdes pour toutes sortes de tâches ; de la ménagère au pilotage des astronefs ; tous les risques de révolte ou d'insubordination étant évités, par l'introduction de principes sécuritaires.

Comme toutes les idées sont dans l'air, selon le précepte bien connu, Isaac Asimov, le célèbre auteur de science-fiction américain, avait redécouvert (ou avait-il été guidé ?) les trois lois de la robotique qui protégeaient les humains dans ses romans, et que les Nébadoniens utilisaient depuis des dizaines de millénaires au bas mot.

Malgré tout, la présence de Terriens à bord des astronefs restait incontournable.

C'était purement viscéral et psychologique. Néanmoins, cette sorte de vénération pour les Urantiens était tellement puissante, que pas une compagnie intersidérale n'aurait pu passer outre sans faire faillite.

Voilà pourquoi depuis au moins quatre mille révolutions d'Urantia, des agences Intint opéraient sur Terre ; d'abord de manière discrète, secrète même dans les temps passés ; puis, plus ouvertement à présent ; du moins le paraissaient-elles ainsi.

Contrairement à ce qui se passa plus tard, le recrutement de volontaires par petites annonces ne pouvait se mettre en place. Le nombre limité de professions regroupées en quatre grandes catégories ; commerce maritime et terrestre, paysannerie, nobles guerriers, et classe sacerdotale, et la population clairsemée où les nouvelles circulaient lentement, ne laissaient guère le choix.

En fait '' tout avait commencé à Sumer'', comme certains archéologues l'ont affirmé, sans se douter du parallèle qu'ils faisaient avec la décision du Grand Conseil de la Fédération.

Celui-ci opta à une courte majorité pour la seule méthode possible ; enlever des jeunes gens et des jeunes filles, pour les soumettre à la technologie de l'inconscient, afin de les transformer, un peu à leur corps défendant, en pilotes et hôtesses interstellaires ; les postes les plus demandés tant les lignes commerciales et de croisières étaient nombreuses.

Méthode brutale et contraignante certes, mais impérative et indispensable pour, par hypnose parfaitement élaborée, inculquer les notions de base, et transformer ainsi des hommes et femmes incultes en personnes dignes de vivre dans un milieu dont elles ignoraient tout auparavant.

En réalité, si les procédés mis en œuvre furent tous dus aux Nébadoniens, ces derniers se rendirent vite compte qu'ils n'étaient pas les seuls sur Urantia, sans qu'ils sachent qui étaient leurs imitateurs ou leurs concurrents, un contact n'ayant jamais été établi. Et en vérité, peu leur importait, leur but étant apparemment différent de celui des étrangers implantés sur le sol terrestre, au pays de Sumer, pour une raison qui les regardait seuls.

Pourtant, l'auteur de '' *L'épopée de Gilgamesh*'' ne se doutait pas, en parlant de Sidouri '' la cabaretière'' '' Celle qui abreuve de vin les Dieux'', qu'il donnait la description exacte d'une hôtesse de l'espace, les voyageurs galactiques étant considérés comme des divinités par les contemporains du scribe.

De même qu'Our-Shanabi (le batelier d'Outa-Napishtim) était le pilote emmenant Gilgamesh vers le monde de son ancêtre.

Toutefois, si l'explication de ce texte est bonne, curieusement elle ne concernait pas les Nébadoniens eux-mêmes, mais était plutôt en rapport avec les mystérieux étrangers.

Par contre, la Tradition irlandaise faisant état de fougueuses magiciennes emmenant les hommes qui leur plaisaient à bord de leurs chariots volants vers l'île de Tir-Na-Noge la bienheureuse, décrivait effectivement des activités typiquement nébadoniennes.

En Inde, techniquement plus avancée, les livres dits ''manusas'', c'est à dire véridiques, n'hésitent pas à parler de vaisseaux célestes, les vimanas, pilotés par des héros fameux tels : Rama, Arjuna, et le dieu Krishna.

On peut également dire que plus tard, l'une des agences Intint fut installée sur le mont Olympe.

C'est une boutade bien évidemment, mais qui recèle cependant un fond de vérité.

A cette période de l'Antiquité venant après celles présentées, le Grand Conseil de la Fédération utilisa habilement le polythéisme des Grecs pour instaurer un Panthéon qui était situé fictivement sur le fameux mont, qui du coup devint célèbre.

Ce qui permettait à de soi-disant dieux et déesses, venus d'un monde galactique, d'approcher des hommes et des femmes sous cette apparence divine – qui différait quelque peu de celle des humains ordinaires - et de les enjôler et de les enlever.

Pour tous ces jeunes gens, et de même qu'à Sumer, le fait d'avoir été choisis par les dieux les flattait et facilitait leur adaptation, même si celle-ci était conditionnée psychiquement.

Ce ne fut que bien des siècles après, la légende s'amplifiant, que les aèdes, rhapsodes et autres poètes s'emparèrent des bruits et rumeurs qui couraient sur ces enlèvements, pour créer à leur manière des aventures de dieux paillards séduisant plus ou moins brutalement les jolies mortelles et les jeunes éphèbes.

Il convient de dire que ces inventions faisaient parfaitement l'affaire du Grand Conseil, car peu lui importait que l'on transformât outrageusement la vérité.

Seule comptait la réussite du but recherché ; et tant mieux si celui-ci générait des récits merveilleux, bien que trop magnifiés. Mais l'étaient-ils vraiment ?

Puis, avec la prépondérance du monothéisme, il devint impératif de changer de méthode en agissant dans le secret absolu. A une époque où l'obscurantisme religieux dominé par l'inquisition, semait la terreur en niant toute science considérée comme diabolique, la seule façon consista à enlever des jeunes gens de nuit, ou isolés dans la nature, de les étudier, et de garder les plus aptes à devenir pilotes ou servir à bord des vaisseaux. Et même pour d'autres tâches.

Ces disparitions, si elles inquiétaient les familles, tombaient vite dans l'oubli, tant les assassinats crapuleux et les agressions par les bandits de grands chemins ne se comptaient pas, et restaient impunis.

Les plus réfractaires, malgré l'hypnose, car trop profondément endoctrinés par leurs prêtres, et subjugués par une religion ne laissant aucune place à une réflexion personnelle, furent rendus à la circulation tous souvenirs de leur mésaventure effacés.

Ce n'est qu'au milieu du dix-neuvième siècle, avec la propagation des gazettes, que naquirent les petites annonces dont le texte différait sensiblement de celui qui envahissait les écrans télés, mais suffisamment alléchant – en misant énormément sur les salaires – pour attirer nombre de candidats.

Cependant, les esprits n'étaient pas encore prêts pour accepter consciemment, sans l'aide de la technologie de l'inconscient, l'idée de partir loin de la Terre, et de vivre dans un milieu totalement différent, en faisant un bond mental de plusieurs dizaines de millénaires.

*   *   *

CHAPITRE V
* * *

Peter Wilson médita longuement l'annonce qu'il avait vue à plusieurs reprises sur son écran télé.

Ce qui le frappait le plus dans cette profession de foi, c'est : '' *Vous êtes à la retraite, et vous pensez être trop vieux pour être utile ? N'en croyez-rien, nous pouvons utiliser vos compétences.*''

Peter se demandait si une telle possibilité pouvait se réaliser, et pour combien de temps ? Ce point n'était pas précisé. Si c'était seulement pour un an ou deux, le jeu n'en valait pas la chandelle.

Néanmoins, il était alléché, tout en doutant que sa spécialité pût intéresser cette curieuse agence.

Cet homme âgé de quatre-vingts ans avait perdu son épouse il y avait six mois.

Leurs deux enfants, garçon et fille, et leurs rejetons étaient éparpillés sur le territoire américain, ayant organisé leurs propres vies familiales.

Les aïeuls les voyaient donc rarement, et seuls les échanges téléphoniques, les lettres, et les discussions Internet par la webcam, les reliaient. Ils ne s'étaient réunis tous ensemble que pour l'enterrement de leur mère, grand-mère, et arrière-grand-mère.

Donc, plus rien ne retenait Peter.

Après plusieurs jours d'intenses réflexions, entrecoupées de désirs d'abandon, suivis d'un renouveau de tenter sa chance, sans grand espoir cependant, il saisit brusquement le téléphone, et composa rapidement le numéro ; il était lancé, et voulait en finir avant qu'un nouveau doute l'arrêtât.

Pourtant, que risquait-il ? un refus clair et net qui résoudrait définitivement la question. Mais la voix masculine, calme et lente qui répondit, l'assura, après qu'il eut fourni quelques explications sur ce qu'il proposait, que son offre pouvait être discutée, et que son âge n'était pas un obstacle. Rendez-vous fut pris pour le lendemain après-midi.

Bizarrement, cette acceptation ne rassura pas complètement Peter. Il se demanda si le responsable de l'agence ne lui annoncerait pas '' *qu'à son grand regret, il ne pouvait donner suite à sa demande. Avec mes excuses pour le dérangement, etc...*'' Il se faisait tout un scénario, qui dura jusqu'au matin suivant, avant de se dissiper peu à peu. Et en arrivant à l'agence, il avait acquis une sorte de fatalisme résigné sur ce qu'il prévoyait.

La surprise fut d'autant plus grande. L'homme qui le reçut – l'agence ne payant pas de mine extérieurement-, avait les cheveux courts grisonnants, le visage franc et éveillé, les yeux vert clair. Les petites rides qui apparaissaient faiblement au niveau des tempes dénotaient un esprit rieur. Il se dégageait de sa personne une sérénité de bon aloi.

Avant même que Peter Wilson attaque le sujet qui le tarabustait, à savoir son âge, son interlocuteur, devinant ses craintes, le rassura avec un grand sourire :

- Je sais, vous avez quatre-vingts ans et même si vous êtes en bonne forme pour votre âge, vous pensez que c'est un obstacle irrémédiable. Détrompez-vous ; je vais vous avouer ce que nous ne pouvons mettre dans notre publicité.

Les moyens scientifiques de mes employeurs permettent de réduire de moitié l'âge atteint, en en supprimant tous les inconvénients.

Devançant la protestation incrédule de Wilson, il enchaîna très vite en levant un doigt avertisseur :

- Je ne puis vous en dire plus à ce stade de notre entretien ; et je ne risque rien, car si vous répandez cette révélation, personne ne vous croira.

Puis sans transition :

- Quel âge me donnez-vous ?

Pris de court, Wilson répondit en hésitant :

- Heu…plus ou moins la cinquantaine ?

- Eh bien, quand j'ai été coopté pour tenir ce poste, j'approchais des quatre-vingt-huit ans. Et tout comme vous, je ne croyais pas à cette belle promesse.

Oh bien sûr, vous pouvez penser que je raconte des blagues. Mais où serait notre intérêt ? Il y a suffisamment de jeunes volontaires pour ne pas aller chercher des retraités.

Peter était sidéré :

- Mais même si ce rajeunissement est possible, pourquoi alors embaucher des personnes âgées ?

- Si nous le faisons, c'est pour leur expérience de la vie en général, et de leur métier en particulier, cher monsieur ; mais à condition de pouvoir l'utiliser avec leurs pleines capacités physiques.

Par exemple, pour ce travail de recrutant qui demande un certain doigté, des jeunes gens débutant dans l'existence ne se satisferaient pas de ce poste. Et de plus, n'auraient pas les capacités nécessaires pour trier le bon grain de l'ivraie.

Pour préciser ce point, ne croyez pas que l'on prend n'importe qui. Les candidats sont assez nombreux.

L'homme balaya l'air d'un large geste désignant toute la pièce :

- Malgré sa nudité apparente, nous pouvons déterminer si le postulant répond bien aux critères requis.

Phrase sibylline que Wilson ne put déchiffrer.

Néanmoins, la voix aussi calme et posée qu'au téléphone, agissait comme un baume sur le visiteur. Cette histoire d'expérience de la vie lui semblait parfaitement logique, et mentalement, il accorda une note positive à son vis-à-vis.

Celui-ci, après un instant de silence pour marquer la transition, en arriva au sujet principal :

- Monsieur Wilson, au téléphone vous avez dit que vous étiez tireur sportif, et que vous avez chassé le gros gibier ici en Amérique, et en Afrique. Pourriez-vous préciser tout ceci ?

- Pendant de longues années dans ma jeunesse, j'ai participé aux compétitions diverses et aux championnats de tir à l'arme de poing ; notamment sur silhouettes métalliques jusqu'à 200 mètres ; en utilisant des calibres du genre .44 magnum et plus, si vous connaissez ?

Sur un signe de tête approbateur du directeur, il poursuivit :

- Je me suis aussi lancé dans le rechargement et la transformation des cartouches, et j'ai publié de nombreux articles dans les revues spécialisées.

En dehors de ce sport, j'ai chassé l'ours grizzly, l'orignal au Canada, et les pachydermes d'Afrique, lorsque c'était encore possible avant le contingentement.

Wilson se tut, satisfait d'avoir si bien résumé ses activités passées.

- Bien, bien. Et pratiquez-vous toujours le tir ?

- Avec l'âge, j'ai ralenti. A présent, je ne m'entraîne plus qu'à la carabine à lunette sur appui, à cent mètres.

- Mais vos connaissances en la matière sont restées intactes ?

- Oui, car je me tiens régulièrement au courant de l'évolution du matériel.

- Bien, bien. Le directeur jeta un rapide coup d'œil sur l'écran placé devant lui, et reprit :

- Excusez-moi de vous poser cette question qui vous paraîtra stupide, mais essayez de répondre sérieusement.

Il marqua une légère pose, et avec un sourire malicieux que démentait sa question :

- A votre avis, connaissez-vous les calibres pouvant abattre les plus gros dinosaures ?

Stupéfait, doutant de son audition, Wilson interrogea :

- Pardon…Vous avez bien prononcé : dinosaures ?

L'autre hocha affirmativement la tête, toujours souriant.

- Mais que viennent-ils faire dans la conversation ?

- Peu importe. Nous discutons librement. Je suppose qu'en tant que chasseur, vous avez dû évoquer quelquefois ce sujet ?

- En effet. Des films comme '' *Jurassic park*'' m'ont amené à en discuter avec des collègues.

- Et vous en avez conclu ?
- Eh bien, d'après ce que je sais de ces animaux, il y en avait de toutes sortes. Du plus petit gros comme un poulet aux énormes brontosaures. Je pense donc que tous les calibres actuels peuvent convenir suivant la catégorie.

Parlant d'un sujet qu'il connaissait bien, Wilson reprenait un peu d'assurance :
- Toutefois, concernant le fameux et terrible tyrannosaure, je pense que le minimum est le .458 Winchester qui sert pour l'éléphant. Sinon, le .460 Weatherby, et le .50 BMG conviennent mieux encore.
- Bien, bien, redit encore le directeur ; ce qui semblait être son expression favorite. Je vois que vous connaissez bien votre sujet.

Il sortit d'un tiroir la feuille questionnaire qu'avaient remplie en France Sylvia Lambard et Ahmed, et la poussa vers son hôte en disant :
- Veuillez répondre honnêtement à chaque question. Je vous préviens que certaines peuvent être éliminatoires. Néanmoins, je vous assure que nous pouvons utiliser vos compétences avec rajeunissement à la clé bien entendu, selon les critères retenus.

Haussant les épaules avec fatalisme, Wilson se pencha sur la feuille, et se plongea dans la rédaction demandée. Dans un coin de son cerveau trottait la question de la chasse aux dinosaures. Quel rapport avec ses aptitudes ? Le directeur avait paru très attentif à ses réponses. Tout en remplissant les premières cases traditionnelles, il se dit que ça avait un rapport avec l'Afrique.

Et justement, la question concernant son isolement futur vis-à-vis de son entourage, lui permit de lancer une boutade / perche :
- Si je pars en Afrique, je peux toujours joindre ma famille par téléphone ou tout autre moyen de communication.
- D'abord, vous n'êtes pas certain d'aller en Afrique. Ensuite, il est impératif que vous acceptiez cette condition.

Malgré son affabilité, la réponse sonna comme un couperet. Wilson ayant échoué dans son ballon d'essai, n'insista pas :
- Bof, si je suis venu ici, c'est justement parce que mes enfants sont loin ; alors ma réponse sera : oui.
- '' Êtes-vous raciste ?''. Ben, comme tout Américain, j'aime les noirs dans une tasse ou à distance.
- Si vous allez en Afrique comme vous le pensez, vous devrez les côtoyer comme vos égaux, et non pas en tant que supérieur.

Le sourire narquois de Wilson s'effaça. Son interlocuteur sentit sa réticence, et mit les choses au point :
- Rassurez-vous ; en ce qui vous concerne, cette question n'a pas un caractère définitif. Passez-là. Eventuellement, vous comprendrez plus tard. Continuez simplement à répondre.

Lorsque le formulaire fut rempli de façon apparemment satisfaisante aux yeux de Wilson, le directeur s'en saisit en se levant :

- Je vais vous en donner un double sur lequel vous pourrez réfléchir à loisir.

- Pourrai-je en parler avec mes enfants ? car si je dois disparaître de la circulation, je ne voudrais pas qu'ils s'inquiètent.

- C'est tout à fait normal, et c'est pour cela que nous accordons une semaine de réflexion avant de nous revoir et donner une réponse définitive.

- Mais je n'aurai pas besoin de tout ce délai, protesta Wilson.

- désolé cher monsieur, mais c'est une règle non modulable. Ah, à ce propos, connaîtriez-vous un ou deux collègues tireurs / chasseurs susceptibles d'être intéressés pour partir avec vous ?

Wilson médita la proposition avant de répondre prudemment :

- Peut-être. Mais partir pour où et pour quoi faire ? Que leur dirai-je ?

- Où ? je ne peux répondre avant la semaine prochaine, si réponse favorable il y a. Pour quoi faire ? eh bien, tirer et chasser. Ce sont bien vos compétences, n'est-ce pas ? Et c'est ce que je demande à vos collègues.

- Mais ils me poseront des questions.

- Montrez-leur le questionnaire, expliquez notre entretien. S'ils sont curieux, qu'ils me téléphonent pour prendre rendez-vous.

En poussant doucement son candidat vers la porte, le directeur prit cordialement congé :

- Au revoir monsieur Wilson. A la semaine prochaine, même jour même heure.

Suivant fidèlement la formule, Peter Wilson se retrouva devant l'entrée de l'agence sept jours plus tard, avec plusieurs minutes d'avance sur l'horaire prévu.

Ayant discuté avec ses enfants, inquiets d'une telle démarche qui à leurs yeux ne rimait à rien, mais auxquels il avait fini par faire adopter son point de vue ; et tâté le terrain chez les collègues tireurs qu'il soupçonnait d'être favorables, il revenait décidé à tenter l'aventure.

Restait à connaître le verdict de l'agence.

*   *   *

CHAPITRE VI
* * *

Il existe une tradition, si ancienne qu'elle se perd dans les couloirs temporels de l'oubli, et dont nul ne connaît vraiment l'origine. Chaque monde de Nébadon (notre Galaxie donc) la revendique pour son propre compte, sans toutefois pouvoir en fournir les preuves ; ce qui démontre l'importance qu'elle a acquise au fil des millénaires. Elle est devenue en quelque sorte le Graal du Mystère Suprême.

Chacun des peuples humanoïdes se rattachant naturellement à la Fédération des Mondes Interstellaires au cours de l'expansion de celle-ci, se voulait être une parcelle d'Urantia.

A chaque fois, et prétendument, on affirmait haut et fort ce qui se révélait vite être une illusion.

Tel monde présentait un type d'insecte directement issu de la Planète Unique.

Pour un autre, c'était un animal à corne ; et pour un troisième, une plante exactement semblable.

Mais hélas, l'examen minutieux et sévère démentait la futilité de toutes ces assertions.

Hormis les abeilles qui butinaient sur tous les mondes, dont également Urantia - autre grand mystère universel irrésolu -, rien parmi les grands règnes ne pouvait être comparable ; les minéraux mis à part. Chaque globe tellurique étant formé quasiment, et à peu de variantes près dans leur composition, des mêmes roches.

Sur la Terre, on ne compte plus les millions de représentants de la faune et de la flore, dont un nombre considérable reste encore à l'heure actuelle entièrement à répertorier.

Sur le plan de la vie supérieure intelligente, seuls les Braamsunkk et les Tsientsienxo (pluriel du peuple Tsientsien) pouvaient prétendre à une parenté partielle et discutable. Et nous avons vu que si les premiers, poussés par leur puéril orgueil en vinrent à créer une religion dominatrice inflexible, les seconds n'en faisaient pas grand cas.

La vigne aussi existait sur une majorité de planètes, mais sans commune mesure avec ce qui poussait sur Terre. Néanmoins, les autochtones en tiraient d'excellents vins, et distillaient des alcools de divers degrés et saveurs, que la communauté urantienne savait apprécier.

Tandis que sur les mondes de Nébadon, les animaux et les plantes ne présentaient absolument pas des variétés aussi diversifiées ; on peut parler de simplicité, qui stupéfierait plus d'un Terrien, même peu instruit en la matière.

A croire que la nature avait tout misé sur Urantia, en y épuisant ses réserves, et en laissant la portion congrue à ses autres créations planétaires.

Bien sûr, il y avait des fleurs, mais ce n'étaient ni des roses, ni des pivoines, ni des hortensias, ni des tulipes, et encore moins des œillets ou des orchidées.

Des animaux à cornes domestiqués donnaient un lait crémeux et à la saveur douçâtre, mais ce n'étaient ni des vaches, ni des chèvres. Et ceux qui fournissaient une sorte de laine soyeuse ne ressemblaient aucunement aux moutons.

Les arbres ne se comparaient ni aux chênes, ni aux hêtres, ni à aucune autre essence, qu'elle soit commune ou exotique.

Une plante en particulier ne poussait pas à l'état sauvage, ni n'était cultivée, puisque n'offrant absolument aucun intérêt, à part un cancer pratiquement assuré ; il s'agissait bien sûr du tabac.

Ce qui fait qu'il n'existait aucun fumeur chez les Nébadoniens, et ils ne s'en portaient pas plus mal. Quant aux Terriens de l'époque dite moderne, ceux qui étaient accros à la nicotine durent se passer bon gré mal gré de leur poison favori. Heureusement, la technologie de l'inconscient aidant, cette fâcheuse habitude disparut sans qu'ils en ressentent le moindre regret.

En conclusion de cette comparaison avec Urantia, tous les mondes de la Fédération différaient très peu dans leur offre de variétés animales et végétales.

Et cet enseignement faisait partie de ce qu'apprenaient les futurs travailleurs expatriés du sol terrestre.

Pourtant, une particularité typiquement terrienne se rencontrait chez une minorité des gens des étoiles. Certains peuples la trouvaient inutile et exagérée ; alors que d'autres auraient bien voulu la posséder persuadés qu'elle était indissociable de la richesse ; tandis qu'une majorité l'ignorait ou faisait semblant de s'en désintéresser.

Il s'agissait tout simplement de la fatuité. Ceux qui possédait ce défaut, n'en tiraient aucune fierté, puisque faisant naturellement partie de leur personnage, mais ne s'en vantaient pas non plus, sachant le peu d'attrait qu'il suscitait.

En évoquant la richesse, nous devons préciser que la pauvreté en général était inconnue ; tous les peuples, toutes les races mangeaient à leur faim, habitaient des logements confortables, et possédaient suffisamment d'argent en monnaie locale pour s'offrir des menus et grands plaisirs ; et bien souvent au-delà.

Mais rien n'étant jamais placé sur un même niveau, la variété de la richesse s'étalait pour chaque catégorie sur : aisée, très aisée, nantie, riche, opulent, et richissime.

La race des Manwarss survolait ce dernier étage. Ils occupaient plusieurs systèmes solaires, dont la principale étoile, Manwarssni trônait à mi-chemin entre le centre et la périphérie ouest de Nébadon.

Ces petits humanoïdes ne dépassant pas un mètre soixante- cinq, au visage entièrement rond à la peau jaune / vert ridée dès l'enfance, aux courtes oreilles pointues, étaient de redoutables négociants dans toutes les branches. Ils n'avaient pas leurs pareils pour créer des entreprises et faire rapidement fortune.

Aussi, pour se distinguer et montrer à leurs relations la somptuosité de leurs demeures, ils s'ingéniaient à dénicher et exposer, qui, des tableaux magnifiques des plus grands maîtres ; qui des poteries rares et multimillénaires merveilleusement décorées ; qui enfin, un zoo personnel dont les cages contenaient les plus curieux et étranges des animaux sauvages. Et comme ceux-ci n'étaient pas très variés chez les mondes galactiques, ces ultra-riches commerçants les faisaient venir des savanes et jungles terrestres, par l'intermédiaire des agences Intint qui recrutaient des spécialistes de ce genre de capture. Utilisant les techniques de haut niveau de la science de la Fédération, ces trappeurs modernes gagnaient des sommes coquettes à peu de frais et de dangers. Pourtant, ce dont rêvaient ces esthètes de la magnificence, et qu'ils ne pouvaient réaliser, c'était de posséder un assortiment de têtes naturalisées des animaux carnivores ou herbivores, du moment qu'ils sortaient de l'ordinaire.

Et ce désir qui les faisait bouillir d'impatience et de frustration, était né de la découverte des planètes où régnaient les dinosaures. Elle datait pourtant déjà de plusieurs siècles terrestres, et donc les Manwarss auraient déjà pu s'offrir le safari de leurs rêves.

Eh bien non, car chose impensable et stupéfiante, il leur manquait l'armement adéquat pour parvenir à leurs fins. Paradoxalement, les armes à rayons, bien qu'imparables, étaient trop destructrices pour jouer efficacement ce rôle.

De plus, même en prenant grand soin de préserver la tête de la victime choisie, il n'y avait aucun mérite, car il manquait cette petite touche de danger ; ce qui aurait ôté toute considération pour le possesseur du trophée.

Et par leur fatuité instinctive, les Manwarss refusaient cette sorte de déshonneur.

Il y avait bien une solution pour résoudre le problème ; l'utilisation des fusils à poudre et à cartouches ; ce qui suscitait de nouvelles complications.

Ces armes n'existaient que sur Urantia, l'usage s'en étant perdu depuis des millénaires dans tout Nébadon. Quant à les reconstituer, il ne fallait pas y compter. Pour ceux qui ne s'y intéressaient pas, c'eût été perte de temps et d'argent. Et à l'époque où l'idée était née d'ajouter ces pièces prestigieuses et dangereuses aux collections existantes, les armes terrestres étaient encore très primitives, et ne pouvaient faire l'affaire.

Il fallait donc ronger son frein en attendant que la technique progresse très lentement, pour en arriver enfin à l'invention des cartouches métalliques et des poudres ultraperformantes ; avec en parallèle, la fabrication des armes correspondantes.

Les siècles s'étaient écoulés, et des générations de Manwarss disparurent en gardant un vain espoir jusqu'au dernier moment.

Quelques tentatives avaient bien vu le jour, mais s'étaient vite soldées par un échec aux multiples visages, et dont la faute n'incombait pas aux agences Intint, mais au personnel peu compétent, ce qui se comprend en partie ; chasser le dinosaure n'est pas tirer un paisible pachyderme ne se doutant pas du risque qu'il encourait, en prenant bien son temps pour ne pas le manquer ; et encore moins plomber un lièvre pour le repas de midi. D'où mauvaise organisation pour former les apprentis chasseurs à l'usage d'armes pas encore à la hauteur.

Ces tentatives s'étaient déroulées à la fin du dix-neuvième siècle et début du vingtième. Des calibres comme le .600 nitro-express auraient pu correspondre à ce que recherchaient les chasseurs de gros et féroces prédateurs. Mais outre que les fusils ne contenaient que deux cartouches dont la poudre encrassait rapidement les canons, les cerveaux n'étaient pas préparés à vivre dans un environnement galactique dépassant de loin la petite mentalité humaine.

Pourtant, '' *La guerre des mondes* '' de Wells avait lancé et propagé l'idée de l'existence des Martiens traversant l'espace, alors qu'à cette époque on ne connaissait que le plus léger que l'air, par ballons plus ou moins dirigeables interposés.

Les Nébadoniens, ne comprenant pas parfaitement la mentalité humaine, furent trompés par cette nouvelle mode, leur faisant croire que les Terriens avaient gravi un échelon. Le Grand Conseil décida donc d'arrêter l'emploi de la technologie de l'inconscient utilisée, et qu'elle avait autorisée à contre- cœur jusqu'alors.

Ce fut une désillusion. La dichotomie avec la technologie galactique était bien trop importante pour que les volontaires puissent s'adapter ; d'où les échecs irrémédiables, notamment concernant la chasse aux dinosaures.

Il fallait attendre que le fossé se comblât en partie, et que l'homme se familiarisât davantage avec les mondes cosmiques.

Ce ne fut que vers les dernières décennies du vingtième siècle, que les possibilités de réussite se présentèrent favorablement, avec la double progression de l'armement et de l'astronomie – pourtant à l'opposé l'une de l'autre -, bien épaulée par l'épopée lunaire.

Encore fallait-il avoir la chance qu'un ou plusieurs postulants valables se présentassent.

Avec la candidature d'un Peter Wilson bien formé techniquement et pratiquement, les uns pourraient probablement satisfaire leur soif de gloriole, et les autres participer à une aventure palpitante en gagnant beaucoup d'argent.

Et parmi ceux qui rêvaient de s'offrir les safaris que leurs ascendants proches et lointains n'avaient pu concrétiser, il y avait les plus que richissimes présidents directeurs généraux propriétaires de père en fils des six compagnies de transports intergalactiques.

Dont Storks Kranocks, à la tête de la SING (Société Interstellaire de Navigation Galactique) la plus importante de toutes, qui employait Sylvia Lambard.

Les autres firmes qui ne le cédaient que de très peu étaient ; l'IVG (L'Intersidérale des Voyages Galactiques), et la CIN (Cosmique Interstellaire de Nébadon), la R D S (Rapide Destination Spatiale), et la R T T (Rêve Tourisme et Transport).

La sixième, la SVP (Société des Voyages Populaires), plus modeste, bien que n'étant pas très loin des quatre autres en terme de profits, s'adressait, de par son appellation, à ce que les Terriens nommeraient : la classe bourgeoise.

Sans être aussi luxueux, ses vaisseaux offraient néanmoins des prestations confortables et variées. Le tout à des prix nettement plus abordables du fait d'une clientèle plus nombreuse. Et les équipages terriens n'avaient pas à se plaindre ni des conditions de travail, ni de leurs salaires.

*   *   *

CHAPITRE VII
* * *

- '' Le tyrannosaure ou T- Rex est capable d'atteindre une vitesse de 45 kilomètres / heure grâce aux muscles de ses cuisses qui ont une puissance extraordinaire. Toutefois, à l'instar du guépard, il ne peut soutenir cette vélocité que durant un temps limité.

C'est pourquoi il chasse en bande familiale à l'affût, et ne se sert de sa rapidité qu'au dernier moment, en fondant à l'improviste sur la proie choisie, qu'il paralyse en même temps par son cri strident.

Les arts martiaux n'ont donc rien inventé dans ce domaine.

De plus, comme la majorité des prédateurs, le T- Rex possède une ouïe très fine qui lui permet de faire la différence entre les sortes de gibiers, et son flair n'est pas moins développé.

Pour finir, avec sa mâchoire redoutable et son appétit féroce, c'est un chasseur que rien n'arrête lorsqu'il est en quête de nourriture. Et bien qu'étant le plus dangereux de vos adversaires, il ne faut pas négliger les autres prédateurs, tels que l'oiseau-terreur se précipitant à cinquante-kilomètres / heure sur sa cible, et au bec si pointu qu'il perfore mortellement comme un marteau-pilon ; le Mégalania ou varan géant venimeux s'attaquant à des proies pesant trois fois son poids de deux cents kilos ; ainsi que le smilodon dont les canines de vingt centimètres percent d'un coup les cuirs les plus durs. Quant aux fleuves, ils peuvent être le repaire du deinosuchus long de douze mètres, dont la mâchoire exerce une pression effroyable, et capable d'engloutir en une seule journée l'équivalent de quatre chevaux. Il y en a d'autres encore plus connus et tout aussi dangereux : lion et ours des cavernes. Et même les victimes de tous ces monstres ne sont pas à négliger, car elles savent se défendre.

Un coup de la masse d'arme osseuse caudale d'un ankylosaure et le balayage de la queue d'un stégosaure, peuvent fracasser les jambes les plus solides.

Tous ces termes barbares sont issus de la nomenclature d'Urantia, car ils seront plus compréhensibles par tout le monde.

D'autres, par leur petite taille, peuvent paraître inoffensifs. Ce serait une erreur de les considérer comme tels ; en fait, sur les mondes où règnent ces géants, tout est danger.''

Ainsi débutait la première leçon hypnopédique sur la faune variée semblable à celle qui avait régné sur Terre durant deux cents millions d'années. Et il faut avouer qu'il y avait dans ces descriptions terrifiantes de quoi refroidir les plus impatients des chasseurs de têtes de dinosaures.

Et bien que paraissant aller à l'encontre des intérêts de '' *la société des chasseurs du passé''*, ces mises en garde voulaient seulement avertir loyalement ce qui attendait réellement les candidats aux trophées, afin que ceux-ci soient avertis sans pouvoir se plaindre, et porter préjudice aux organisateurs, s'ils flanchaient au moment crucial.

Dans la Galaxie, trois planètes abritaient ces charmantes bestioles, chacune à une époque différente ; ce qui offrait aux paléontologues un panorama quasi complet de l'évolution des diverses et nombreuses espèces.

C'est ce qui rapprochait ces mondes d'Urantia, car nulle part ailleurs, ces monstres, géants ou minuscules n'avaient retardé la naissance des humanoïdes, puisqu'ils n'y étaient jamais apparus.

Le seul inconvénient pour savoir si ces planètes exceptionnelles suivraient le même destin que la Planète Unique jusqu'au présent, était qu'il fallait attendre un certain nombre de millions d'années ; impossible d'accélérer le rythme de la nature, expérience qui aurait pu fausser le résultat.

Eliminer par la chasse quelques spécimens dangereux ou comestibles afin de satisfaire la passion et la suffisance de ces chasseurs organisant parfois des soirées / repas dinosaures, ne gênait en rien les études scientifiques.

Le problème se situait à un autre niveau ; celui des armes utilisées. Les pistolets désintégrateurs et les carabines thermiques éliminaient à coup sûr et à grande distance n'importe quel monstrueux adversaire. Il fallait donc bien contrôler la puissance de feu si on voulait avoir une provision de viande fraîche en vue de la réception prévue.

D'autre part, ce genre de '' sport'' n'apportait aucune satisfaction du fait de l'absence de risque pour le chasseur, bien à l'abri dans sa navette survolant le gibier, gagnant à coup sûr, et ne ressentant aucunement la griserie du danger ; le combat n'était pas égal.

Par ailleurs, l'utilisation d'armes primitives, telles des lances ou des flèches eut été un véritable suicide. Encore fallait-il savoir s'en servir adroitement. Sinon, c'était le prédateur pourchassé qui voyait son diner assuré.

En définitive, le seul moyen de rendre les chances, sinon égales, du moins équilibrées, chacun pouvant s'en sortir vainqueur, était d'employer les armes terrestres. Encore fallait-il qu'elles deviennent suffisamment performantes.

Aussi, durant des siècles, en attendant ce grand moment, les Manwarss durent se contenter de patienter, en rêvant devant leurs steaks de dinosaures, ramenés peu de temps auparavant.

Bien qu'il soit inutile de le préciser, disons que l'annonce largement diffusée sur les ondes par les organisateurs de safaris que du personnel compétent et de l'armement arrivés spécialement d'Urantia, allaient permettre de chasser toutes sortes de dinosaures : '' *dans des conditions de risques acceptables et de danger en principe contrôlé. Les candidats étant soumis préalablement à un examen de passage.''* Selon la formulation qui se voulait attractive et rassurante ; tout en laissant entendre qu'il y aurait une certaine sélection. Preuve que les organisateurs ne laissaient rien au hasard et se montraient prudents.

Ils savaient qu'ils pouvaient compter sur la riche clientèle des Manwarss, mais cherchaient aussi à toucher un public moins aisé certes, mais désireux de s'offrir à moindre coût quelques émotions fortes.

Cette publicité paraissait prématurée, car pour le moment, il n'y avait que Peter Wilson et deux de ses collègues pour lancer l'opération. Cependant, il valait mieux prévoir une liste d'attente, afin de se rendre compte des possibilités du marché.

Ce ne sera d'ailleurs une surprise pour personne, d'apprendre que les organisateurs étaient deux frères manwarss flairant la bonne affaire, et qui espéraient être leurs premiers clients ; ne serait-ce que pour juger par eux-mêmes de la fiabilité de leur projet.

Peter Wilson s'était donc vu accepté par le directeur de l'agence Intint ; et il fut évidemment enchanté d'apprendre qu'il pourrait chasser le dinosaure tout en étant royalement rémunéré, et bénéficiant de surcroit d'une longévité accrue. Il avait réussi à convaincre deux collègues tireurs, moins âgés que lui mais qui auraient toutefois besoin d'être également rajeunis, de partir en sa compagnie.

D'autant que le contrat était mirifique, leurs employeurs ne lésinant pas pour s'assurer enfin des professionnels de choix ; toutefois, ceux-ci savaient très bien qu'ils devraient s'en montrer dignes.

En plus, gros avantage, l'un des deux compagnons avait un frère armurier dans une ville du Wyoming qui pourrait, par l'intermédiaire de l'agence Intint, fournir tout l'armement et munitions nécessaires. Comme il s'agissait uniquement de fusils et carabines de chasse, les formalités étaient quasiment inexistantes. Les différents calibres prévus ne formant pas un arsenal par leur nombre individuels limités, les éventuelles enquêtes fédérales seraient simplifiées, en assurant aussi une discrétion qu'il ne fallait jamais perdre de vue.

De ce côté, les Etats-Unis représentaient le pays idéal par rapport à d'autres nations à la réglementation beaucoup plus restrictive et draconienne.

Néanmoins, plus par curiosité que par réel besoin, Peter Wilson fit venir également des révolvers de marque Ruger '' spécial silhouettes métalliques'' à canon long, dont il appréciait la précision en .44 magnum, et des pistolets Desert Eagle en calibre .50 A. E. (Action

Express), dont l'énergie initiale de deux-cents kilos dépassait largement celle du .44.

Le redevenu jeune adulte de quarante ans et ses deux acolytes, voulaient tâter de la chasse à l'arme de poing, si prisée aux Etats-Unis, où les grands espaces ne manquent pas, et constater l'effet sur des dinosaures appropriés ; il n'était évidemment pas question de chatouiller un T-Rex avec. Ce qui aurait été présomptueusement suicidaire.

Les Terriens commencèrent par initier au tir des androïdes qui maîtrisèrent rapidement la technique des armes à cartouches, et se débrouillèrent fort bien avec les fusils à culasse mobile en .50 BMG, .460 Weatherby et .458 winchester, les plus puissants qui existassent. Par rapport aux vieux modèles de fin dix-neuvième siècle, la cartouche introduite dans la chambre et les trois contenus dans le chargeur non amovible, doublaient les possibilités de tir sans recharger.

Leur coup d'œil infaillible, leur robustesse à toute épreuve, et leurs réflexes fulgurants faisaient des androïdes des garants sans pareils de la sécurité des chasseurs. Toutefois, leur plus grand avantage résidait dans leur absence totale de sentiments qui défavorisaient tant les humains pouvant paniquer dans les situations périlleuses. Ces automates supérieurs analysaient froidement la situation à une vitesse incomparable, et agissaient en conséquence, s'ils estimaient que leur intervention s'avérait nécessaire ; sauf s'ils en recevaient l'ordre inverse.

Si les androïdes pouvaient encaisser sans dommages pour leur épaule le recul formidable de ces armes hors normes, il n'en allait pas de même pour les humanoïdes, qu'ils soient galactiques ou urantiens. Il fallait apprendre à maîtriser en même temps plusieurs paramètres ; savoir bien maintenir le fusil, tenir la crosse, la placer correctement dans le creux de l'épaule en évitant de laisser du jeu au départ de l'ogive. Heureusement, un amortisseur de recul diminuait notablement celui-ci, et rendait le tir presque agréable ; ce dont il fallait également se méfier, la facilité engendrant parfois une perte de vigilance.

Par contre, si pour les Terriens le bruit de la détonation n'était qu'accessoire, et n'interférait aucunement dans le comportement général, pour les Manwarss qui prirent des cours, ce fut autre chose.

Outre la difficile maîtrise de ces armes rétives, le coup de canon du départ qu'ils appréhendaient achevait de les déstabiliser. Vivant au sein d'une civilisation qui avait banni le bruit destructeur, habitués au quasi-silence des désintégrateurs et autres rayons soniques et thermiques, qui de plus se maniaient facilement, ils eurent beaucoup de difficultés à s'adapter.

Un compromis acceptable pour leur conscience fut de les munir de casques anti-bruit électroniques, du genre de ceux utilisés sur les stands de tirs. A la différence qu'ils furent adaptés pour ne pas gêner le chasseur dans ses mouvements lors de l'épaulement vers le gibier choisi. Ils avaient l'avantage de renvoyer au loin la détonation, la réduisant considérablement, tout en permettant les conversations à voix normales.

Malgré tous ces aménagements, il s'avéra que certains clients ne purent se familiariser sans danger pour eux avec les armes destinées aux gros prédateurs.

Ce qui était sans importance sur le stand à l'entraînement, risquait de se révéler mortel sur le terrain.

Contre leur gré, mais cependant acceptant le verdict de bonne grâce, ils durent se rabattre sur des calibres de moindre importance ; donc, se contenter de trophées moins spectaculaires, selon la maxime répandue : '' *Mieux vaut un petit calibre qui touche son but qu'un gros qui manque le sien.*''

Heureusement, malgré leur désir de paraître, les Manwarss n'avaient pas le caractère hautain de ceux qui dominent, comme sur Terre ; ils savaient se contenter de trophées de moindre valeur, que ceux qui ne pouvaient se les offrir leur enviaient ; et sans que leurs pairs plus chanceux les traitassent en inférieurs.

L'un de ceux-ci fut précisément Storks Kranocks, qui avait été un des tous premiers à s'inscrire dès la parution de l'annonce.

Les hommes formèrent également quelques indigènes, en tenant compte du fait que certains participants préféreraient avoir un humanoïde comme professeur ; ceux-ci restant toutefois sous l'égide des Américains, qui pouvaient intervenir à tout moment pour aller plus loin dans l'enseignement, et la sécurité qui restait primordiale.

En accord avec leurs employeurs, qui voulaient se rendre compte sur le terrain si leur projet pouvait être viable, et jusqu'à quelle mesure, les Terriens mirent au point le premier safari ; la générale, comme pour les pièces de théâtre.

Pour ce lever de rideau, ils avaient convenu de doter les androïdes protecteurs de désintégrateurs, afin de parer à tout danger immédiat, tandis que les Terriens et leurs employeurs se serviraient des fusils classiques.

Lors des safaris réellement organisés, ce serait le contraire ; les hommes auraient des armes galactiques, et les androïdes des fusils en .50 BMG ; les clients ayant les carabines qui leur conviendraient.

Les planètes dinosauriennes n'avaient pas été découvertes toutes en même temps, loin s'en faut. Des millénaires s'écoulèrent après la première, avant que les deux autres entrent dans les catalogues astronomiques à quelques siècles d'intervalle.

Ce qui avait tout particulièrement séduit et surpris tout à la fois les paléontologues, c'est qu'elles abritaient trois niveaux d'évolution, ce qui était un véritable trésor pour l'étude scientifique.

Mais aussi, qu'à l'instar de la Planète Unique, elles étaient les seules connaissant ce règne ; sur aucun des autres mondes de Nébadon, les monstres géants n'avaient bloqué le processus évolutif pendant des millions d'années. Ce qui était étrange, et faisait peut-être de ces trois globes des futures potentielles Urantia.

Ce dont se moquaient les organisateurs de safaris qui les considéraient uniquement du point de vue rapport financier.

Les encyclopédies traitant du sujet étaient suffisamment étoffées et détaillées pour permettre de choisir, comme sur un catalogue, le monde adéquat en fonction des gibiers qu'il offrait à la convoitise de ceux voulant faire leur marché ; celui-ci étant très spécial, il faut bien le reconnaître.

Dédaignant l'époque des Allosaures pourtant réputés pour leur férocité, se réservant ce trophée pour une autre occasion, les frères Manwarss optèrent pour leur successeur encore plus terrible, et qui régnait sur une autre planète ; il s'agissait évidemment du T-Rex.

Peu importait la distance qui n'entrait pas en ligne de compte. Aussi, toute l'équipe se retrouva-telle aux abords de ''*Dinosaure trois*'', la plus éloignée des bureaux et du stand de tir de la '*Société des chasseurs du passé* '', la bien nommée.

Contrairement aux astronomes terriens qui ont la curieuse manie et détestable habitude d'affubler les étoiles et leurs planètes d'une série de chiffres et de lettres que personne ne peut retenir, leurs homologues galactiques prônaient la simplicité, afin que n'importe quel citoyen puisse savoir de quoi on parlait.

Toutefois, dans les atlas, le patronyme était suivi de la localisation chiffrée spatiale.

C'est ainsi que les mondes dinosauriens avaient été baptisés simplement dans l'ordre alphabétique, non pas de leur découverte, mais suivant leur stade d'évolution. Le plus étonnant étant que ''*Dinosaure trois*'', arrivée au dernier degré du règne des géants, avait été la première trouvée.

Après avoir déposé, selon l'obligation pour les sociétés privées, chez les contrôleurs de l'astroport, le lieu de la destination, l'imposant vaisseau prit son envol, et arriva à destination sans encombre, après deux petites heures de voyage ; durant lequel on prépara les deux navettes prévues pour le safari.

L'une d'elle devait servir de couverture de protection à faible altitude, avec deux androïdes armés prêts à ouvrir le feu si nécessaire, en plus du pilote.

La seconde navette, suffisamment vaste pour abriter confortablement les frères manwarss et les trois terriens pendant la durée de la chasse, devait se poser à l'endroit choisi, et servir de camp de base. Les androïdes assuraient, en dehors de leurs fonctions habituelles de ménage et de cuisine, la sécurité au moment de la chasse.

Il va de soi, qu'avant toute opération de terrain, les chasseurs s'assureraient, à l'aide de tous les détecteurs, qu'une expédition scientifique ne se trouvait pas dans les parages ; soit pour étudier, ou filmer les dinosaures pour un documentaire pédagogique.

C'était peu probable, néanmoins ce manque de précaution pourrait aboutir à un massacre préjudiciable sur le plan humain ; et ne ferait pas de la bonne publicité pour la '' *Société des chasseurs du passé* ''.

Cette planète de la grosseur de la Terre, avait une rotation rapide, qui faisait que le jour proprement dit ne durait que six heures au maximum ; la nuit n'étant pas beaucoup plus longue. C'est une caractéristique propre aux planètes jeunes. A l'instar des humains, elles s'assagissent avec l'âge et finissent par ralentir.

Cependant, il fallait en tenir compte, pour ne pas être surpris loin du camp, par un crépuscule brutal ; bien que la deuxième navette soit toujours à proximité.

Cette disposition faisait irrésistiblement penser à Peter Wilson aux versets de '' *l'Exode* '' dans lesquels la Nuée du Seigneur protégeait le camp des Hébreux.

Le grand vaisseau restant en orbite autour de la planète, les deux navettes descendirent de concert, et commencèrent une étude du terrain qui défilait, pour que chaque homme puisse en avoir un aperçu personnel. Les encyclopédies c'est très bien sur le papier, mais rien ne valait la vision directe ; surtout quand il s'agissait de risquer sa vie.

D'autant que cette première approche devait conditionner toutes les autres à venir.

Des troupeaux pacifiques de tricératops broutaient tranquillement, les adultes arboraient fièrement leurs trois cornes, dont les jeunes et les bébés étaient dépourvus ; ce qui avait dérouté les paléontologues terriens qui croyaient en deux espèces distinctes.

D'immenses hordes d'edmontosaures à la bouche en forme de bec de canard se déplaçaient lentement, ayant semblait-il l'éternité pour atteindre leur but.

Ah tiens, mais oui, plusieurs Tyrannosaures, encore loin, mais se rapprochant rapidement, convergeaient vers leurs futures victimes. Les T-Rex, au nombre de sept, quatre adultes et trois plus jeunes, mais déjà de tailles imposantes, sans doute une famille complète, commençaient à se disperser, formant un immense arc de cercle dont les mâchoires se dirigeaient vers les derniers edmontosaures traînant en queue de peloton.

Pour de si paisibles herbivores à la chair tendre, l'issue ne faisait aucun doute aux yeux des spectateurs aériens. Un chaud et lumineux soleil jaune éclairait parfaitement la scène, qui s'anima brusquement.

La tenaille de la famille T-Rex se referma brutalement sur les trois derniers edmontosaures, qui ne purent que subir leur sort sans pouvoir se défendre. D'autant qu'en arrivant sur eux, les assaillants émirent un bref, mais terrifiant hurlement paralysant, qui secoua même violemment les spectateurs par son intensité proche des ultrasons. Les gueules énormes aux dents comme des longs couteaux se refermèrent aisément sur les cous graciles qui furent à moitié sectionnés. Les malheureuses bêtes s'abattirent, et ce fut la curée ; chaque prédateur arrachant d'un seul coup des morceaux de viande de plusieurs kilos, engloutis comme une simple tablette de chocolat.

Tout en visionnant les images, les hommes délibérèrent sur l'opportunité de se poser et d'intervenir pour tirer sur les convives. Les frères manwarss étaient d'avis de profiter de l'occasion, mais les Terriens objectèrent qu'il faudrait obligatoirement tuer les sept T-Rex ; ce qui serait un massacre inutile, et de plus, non sans danger.

Peter Wilson émis cependant une suggestion, qui coupait en quelque sorte la poire en deux :

- Par contre, dit-il, en prenant chacun un adulte pour cible avec les trois calibres, nous pourrions nous rendre compte s'ils sont tous efficaces. Comme les bêtes sont sur place, nous pouvons les viser à la poitrine, comme au stand.

- Excellente idée reconnurent les deux frères. A quelle distance voulez-vous être ?

- Essayons cinquante mètres, répondit Wilson après avoir consulté ses collègues. Si le résultat est positif, les chasseurs auront une marge de manœuvre.

L'androïde pilote amena la navette à la distance souhaitée et à une hauteur de cinq mètres.

Les convives tout à leur repas ne semblèrent pas remarquer l'intrus. Par la porte largement ouverte, les trois hommes prirent position, et visèrent soigneusement le gibier choisi.

Les détonations se confondirent presque, et là-bas, trois des adultes s'abattirent au sol. Le quatrième et les jeunes les regardèrent, apparemment sans comprendre ce qui arrivait. Puis, ils reprirent leur repas un instant abandonné, avant d'être suffisamment rassasiés. Ne voyant toujours plus bouger leurs congénères, ils s'approchèrent, essayant de remuer les corps inertes, à petits coups de museau et de pattes. Ils comprirent sans doute que leurs efforts seraient vains, et se retirèrent lentement.

Lorsqu'ils se furent éloignés à une distance jugée sécurisante, la navette se rapprocha et se plaça à une dizaine de mètres au-dessus des corps.

Deux paraissaient bien morts, le troisième était agité par quelques faibles soubresauts.

- C'est le mien, dit l'un des hommes. Le .458 est efficace, mais sans doute pas autant que vos calibres.

- Tu as raison Bob, répondit Wilson. Je vais l'achever, inutile de le laisser ainsi.

Il joignit le geste à la parole, et les détecteurs confirmèrent que les trois animaux étaient bien morts.

Peter s'adressa à ses employeurs :

- Nous avons obtenu les renseignements que nous voulions. Voulez-vous que les androïdes découpent les têtes ?

Les Manwarss se regardèrent :

- Oui, autant les prendre. Elles seront les premiers trophées accrochés sur les murs du stand de tir. Bien que ça ne soit pas un exploit, elles feront impression sur les visiteurs.

Ainsi fut fait, et les énormes têtes mises dans des sacs plastiques, logèrent dans un compartiment du congélateur du grand vaisseau.

Les navettes continuèrent donc leur périple, mais ce jour-là, malgré le vaste terrain couvert en ligne droite, ils ne trouvèrent pas ce qu'ils cherchaient.

Comme les appareils se trouvaient au crépuscule au-dessus d'une immense forêt d'arbres d'une hauteur prodigieuse, ils se maintinrent au point fixe toute la nuit. Les androïdes assuraient une garde vigilante, tandis que les humains dormaient.

La chance se leva avec le soleil le lendemain.

Les navettes ayant repris leur progression, débouchèrent à nouveau sur une savane parsemée de buissons et d'arbres. Dans le lointain scintillaient les eaux d'une grosse rivière. L'endroit idéal pour attirer les herbivores et leurs prédateurs.

Effectivement, comme pour satisfaire les vœux des frères manwarss, un couple de T-Rex sans progéniture, était à l'affût derrière des arbres. Il guettait une troupe de cowbornus, genre de buffles aux cornes impressionnantes, et avec lesquelles il valait mieux ne pas faire connaissance.

Apparemment, les T-Rex en avaient conscience, et attendaient le moment favorable pour foncer sur l'imprudent qui s'attarderait.

Les Manwarss, impatients d'en découdre malgré une craint larvée mais légitime- c'était leur baptême du feu, et quel feu ! -, firent atterrir la navette, et s'apprêtèrent à sortir équipés de leurs fusils vérifiés et chargés, cartouche déjà engagée dans la chambre ; les trois hommes se tenant derrière en soutien, déployés en éventail, pour ne pas se gêner.

Les prédateurs les aperçurent d'autant plus vite, que l'opération s'était déroulée de manière à attirer leur attention.

Abandonnant leur plan initial, les deux monstres se ruèrent vers ce gibier plus petit, mais moins dangereux à combattre. Ils dévoraient le terrain à grandes enjambées, sans un hurlement, les yeux fixés sur leurs proies, comme pour mieux les fasciner.

A la vue de cette terrifiante charge silencieuse de ces tonnes de férocité, gueules grandes ouvertes, les poignards des dents prêts à se refermer sur ces corps fragiles, le courage des deux frères baissa sensiblement ; ce que se rendit compte Peter Wilson, qui les incita à garder leur calme. Auparavant, il leur avait dit de bien choisir leur adversaire, et surtout de ne pas tirer sur la même bête, ce qui serait catastrophique.

Au son de sa voix et de ses encouragements – les trois hommes ayant déjà dans leur ligne de mire les deux animaux – ils se ressaisirent et maintinrent plus fermement leurs armes pointées sur leurs cibles. Ils comprenaient fort bien qu'outre leur vie, ils risquaient également de perdre le respect des Urantiens.

Les T-Rex avaient atteint leur pleine vitesse, et fonçaient côte à côte. A trente mètres, les deux chasseurs ouvrirent le feu. Leurs victimes continuèrent sur leur élan, comme si elles n'avaient pas été touchées, puis s'effondrèrent dans un ensemble parfait, leurs masses énormes faisant trembler le sol, avec un bruit sourd et prolongé. Les Terriens n'avaient pas eu à intervenir.

Une seule balle avait suffi pour les étendre pour le compte. Il est vrai que même si le cœur n'avait pas été directement touché, la pression engendrée par l'énergie de l'ogive à l'impact suffisait à le faire exploser. Peter Wilson avait lu des rapports concernant des éléphants tués de cette manière ; c'est suivant ce même principe que des vents générés par une tornade, brisent facilement les vitres, ou arrachent des toitures. Les cartouches utilisées inspiraient le respect, car elles détenaient une puissance considérable.

- Voilà du bon travail, dit Wilson, vous avez bien mérité vos trophées, Félicitations.

- Merci, mais si vous n'aviez pas été là, je crois bien que nous aurions flanché, reconnut honnêtement l'un des frères.

- Oui, confirma le second. Quand on est au sol, cette charge est terriblement plus impressionnante que vue du ciel.

- Eh, ce n'est pas une chasse de tout repos, rétorqua le dénommé Bob. C'est bien pour ça que vous l'avez créée.

- Bon, à présent que vous avez réussi votre examen de passage, et que nous avons acquis l'expérience du terrain, reprit Wilson, il ne reste plus qu'à prendre les têtes, à rentrer et préparer le premier vrai safari.

Ce qu'il ne disait pas, car étant sans importance dans le présent contexte, et que les Manwarss ignoraient, c'est que ces safaris seraient sans commune mesure avec ceux effectués autrefois sur Terre. Les navettes évitaient les longues marches parfois épuisantes au milieu d'une nature hostile en permanence, et ainsi les risques étaient réduits au minimum.

Les clients, déposés à proximité du gibier, s'en trouveraient fort satisfaits et croiraient vivre une expérience extraordinaire, dont ils se souviendraient le restant de leur vie.

C'était le but recherché, et peu importait s'il manquait cette touche de danger pouvant surgir à tout instant, où l'homme s'attend à voir surgir la mort sous une forme inconnue.

Ce dont la '' *Société des chasseurs du passé* '' ne se plaindrait pas.

* * *

CHAPITRE VIII
* * *

Sylvia Lambard maudissait, non pas son patronyme et son prénom, mais leurs deux initiales.

Depuis son enfance, elles avaient été à l'origine de plaisanteries et d'associations de mots plus ou moins intelligents, dans le genre : sel, aisselle, syllabe, ou : Syllamb m'était contée, pour plagier les vieux films de Sacha Guitry. Et d'autres frôlant l'obscénité.

La plus idiote tout en étant la plus simpliste, fut inventée par un étudiant, qui un jour s'exclama :

- S L ? Mais oui, c'est bien elle. Ce mot, qui se voulait d'esprit, la poursuivit désormais partout.

Il est ainsi des personnes qui sont marquées, et que le sort s'acharne à poursuivre, sans que l'on puisse en déterminer les raisons.

Lassée par cet acharnement qui la poursuivait jusque dans son métier, elle finit par larguer son petit ami, avec qui elle vivait depuis plus d'un an. Lui aussi s'était pris à ce jeu, sans se rendre compte du dégoût qu'elle éprouvait.

Sylvia prit cette décision capitale, en même temps que celle de téléphoner à l'agence Intint.

Néanmoins, au stade de l'apprentissage où elle était rendue présentement, elle ne savait pas encore si elle avait fait le bon choix. Non pas celui de rompre, qu'elle ne regrettait absolument pas ; mais ce changement total la déroutait, et elle craignait confusément de ne pas être à la hauteur de sa nouvelle fonction. Celle-ci était pourtant dans ses cordes, mais à un degré nettement supérieur ; dame, passer du vol transatlantique à celui de naviguer entre les étoiles ne s'acceptait pas aussi facilement que de changer simplement de ligne à bord d'un nouvel avion.

Sans parler de la clientèle qui différait totalement, ce n'était rien de le dire.

Cependant, à force de visionner les images des éventuels futurs passagers des diverses races qu'elle aurait à côtoyer, Sylvia, aidée par la sollicitude des psychologues très avertis de ces problèmes ressentis par tous les nouveaux venus, finit peu à peu par rejeter en arrière-plan ses avanies passées, pour ne plus penser qu'à l'avenir. Elle savait pertinemment que la réussite de sa carrière et du reste de son existence, tenait uniquement à sa volonté. Si elle flanchait, autant abandonner avant de commencer ; la perspective étant le retour à la médiocrité sur Terre, et sûrement à de nouveaux sarcasmes.

Vint le moment attendu et redouté où Sylvia fut déclarée bonne pour le service.

Par chance, ou suite à une habile décision, elle fut associée à deux jeunes marseillais déjà en place depuis trois mois, et avec qui elle sympathisa aussitôt ; la toujours souriante Josiane Codet et le jovial steward Julien Damot.

Très vite, et peut-être pour mettre à l'aise sa nouvelle amie, la brune potelée en arriva aux confidences intimes :

- J'étais serveuse dans un restaurant, et Julien garçon de café. C'est en nous rencontrant à la station de Ganymède où nous fîmes connaissance, que nous nous sommes aperçus que nous étions du même quartier, et que nous avons été à la même agence à quelques jours d'intervalle.

De fil en aiguille, tu devines la suite, tout en respectant la règle ; le travail, rien que le travail.

Josiane eut un sourire espiègle :

- Même aux escales, que ce soit dans ma chambre ou la sienne, Julien reste toujours très stylé.

- Ah bon, à quel point ? s'étonna Sylvia.

Josiane esquissa une révérence comique :

- Voyez-vous, ma chère, il dresse toujours (elle marqua un temps d'arrêt) le couvert avant de me servir copieusement.

Sylvia éclata de rire à cette évocation érotique très imagée.

- Et le menu est complet ? s'informa-t-elle pour rester dans le ton.

- Fromage ET dessert à tous les repas.

Les deux jeunes filles se laissèrent aller à une hilarité complice.

Néanmoins, ainsi que l'avait dit Josiane, durant toute la durée du voyage, les relations entre eux trois restaient strictement professionnelles.

Le vaisseau géant était partagé en trois ponts bien distincts ; chacun pouvant contenir jusqu'à cent-cinquante passagers ayant leur siège adapté à leur morphologie. S'y ajoutaient un espace culturel et une grande salle de détente, le voyage durant sept heures terrestres – les trois escales comprises - pour ceux qui allaient jusqu'au terminus.

Chaque pont était ainsi desservi par deux hôtesses et un steward, et le spationef était sous les ordres du commandant Michel Machard et de son adjoint Robert Termond, selon la fameuse formule adoptée par toutes les compagnies, prévoyant des humains d'Urantia pour superviser les androïdes pilotes.

Cette disposition, ainsi que le fait réconfortant et judicieusement psychologique qu'ils soient sur tous les vaisseaux, tous de même nationalité – ici Français - l'équipage des cinq hommes et six femmes était prévenu qu'à chaque départ, un délégué de la compagnie prenait place à bord, incognito, afin de rédiger un rapport. Le service avant tout, et il n'était pas question de se laisser distraire par des fantaisies personnelles qui auraient été très mal notées ; allant jusqu'au retour sur Terre en ayant tout oublié.

De même, il était interdit d'accorder un quelconque favoritisme envers un passager ou une passagère en particulier, sauf pour une urgence médicale ; ce qui était exceptionnel. Là au contraire, la sollicitude était grandement appréciée, car la personne concernée faisait l'éloge du personnel et de la compagnie ; et toute publicité étant bonne à prendre, c'était autant de gagné pour tout le monde.

Très tôt, Sylvia, contrairement à ses appréhensions passées, se rendit compte que le travail n'était pas très exigeant, et la variété des voyageurs – une partie débarquant, remplacée par d'autres à chaque escale- rompait la monotonie en apportant une note relaxante.

Il y avait deux voyages aller-retour par l'équivalent d'une semaine terrestre, avec en alternance une journée de repos. Il n'y avait donc pas de week-end proprement dit, mais en continu quatre jours de travail entrecoupés de trois jours de détente.

A chaque extrémité de la ligne, un appartement confortable, luxueux même, situé dans un grand immeuble appartenant à la SING aux limites de l'astroport, était attribué individuellement au personnel. Et le grand restaurant général distribuait gratuitement les repas ; la compagnie faisait de son mieux pour que les terriens ne fassent pas d'efforts superflus et soient exempts de soucis en dehors de leur travail.

Au bout de deux mois, Sylvia s'était parfaitement acclimatée dans une ambiance générale conviviale ; elle avait été adoptée par les autres membres qu'elle retrouvait après chaque arrivée, notamment pour faire le point général (sur Terre on dirait le débriefing) avec les dirigeants des astroports.

Un jour, lors d'un nouveau départ, Sylvia remarqua avec une surprise qui lui fit battre plus fort et de manière inconsciente le cœur, un passager peu ordinaire, en ce sens qu'il avait l'apparence d'un Terrien. Et quelle apparence ! un véritable athlète du genre Apollon. Jusqu'à présent, tous les voyageurs avaient été des humanoïdes galactiques réputés pour leur richesse.

Elle s'en ouvrit à Josiane :

- Tu veux parler de ce super beau mec aux yeux lapis-lazuli ? Demanda en riant la brune marseillaise.

- Tu l'as remarqué aussi ? fit Sylvia avec une pointe de jalousie.

- Mais oui mon chou, un tel spécimen ne se loupe pas. Surtout lorsqu'il vient de la Terre.

- Comment, de la Terre ?

- Tu n'es pas curieuse. Moi, j'ai consulté la liste, et il s'appelle Alain Lade. C'est un Français.

Sylvia resta songeuse, tandis que Josiane s'affairait.

Puis, par la suite, elle s'arrangea pour s'approcher de ce voyageur dans le cadre de son service, afin de lui proposer une boisson, comme aux autres passagers.

Il accepta un jus de fruit avec un sourire qui fit fondre l'hôtesse, et une voix qui ne déparait pas son athlétique silhouette. Elle échangea quelques paroles en français, pour bien marquer leur origine commune. Elle apprit ainsi qu'il faisait le parcours complet.

Sans réfléchir, elle glissa rapidement :

- Nous pourrions nous revoir au terminus, alors ?

- Très volontiers, accepta-t-il ; et il but son gobelet à petites gorgées tandis qu'elle s'éloignait, heureuse de cette prise de contact à l'issue inespérée.

Quand elle regagna son poste, une petite voix derrière elle souffla :

- Service, service, règlement, règlement.

- Je sais, riposta-t-elle plus sèchement qu'elle ne l'aurait voulu.

Pour la taquiner, Josiane ajouta :

- Et si c'était lui, le gars de la compagnie ?

Sylvia pâlit :

- Tu crois ?

- Mais non, grosse bête. L'agent de surveillance est forcément un galactique. Mais sois prudente quand même.

- Merci Josy, je ferai attention.

Et elle accomplit sa fonction sans que l'on pût lui reprocher quoi que ce soit.

A l'arrivée, après la traditionnelle séance de débriefing, Sylvia eut l'agréable surprise qui la bouleversa, de voir qu'Alain Lade l'avait patiemment attendue.

Elle se précipita, et il se leva :

- C'est gentil d'être resté, je suis confuse.

- Mais non, ce n'est rien, j'avais tout mon temps. J'ai appris que le personnel était en réunion, alors je me suis dit que ça vous ferait plaisir.

- Oh oui, bien sûr.

Il y eut un petit silence un peu gêné.

- Que faisons-nous ? demanda-t-elle finalement.

- Eh bien, nous pourrions aller dîner si vous n'êtes pas trop fatiguée, et nous parlerons en mangeant.

- Excellente idée. La cuisine du restaurant est très variée, et j'y prends justement mes repas.

- Alors, allons-y.

Il lui prit délicatement le bras, et elle se sentit soudain fière et privilégiée d'être en compagnie d'un tel homme.

Ils passèrent une soirée charmante, et elle apprit qu'il était géologue, employé par le Grand Conseil pour chercher à établir de nouveaux comptoirs minéralogiques.

Et ce qui lui plut encore davantage, c'est qu'il ferait la navette entre les deux extrémités de la ligne pendant deux semaines.

En fin de soirée, il la raccompagna jusqu'à son appartement, et lui dit en prenant congé :

- Puisque nous ne partons qu'après-demain, si vous voulez-bien, je viendrai vous chercher demain matin et nous passerons la journée ensemble ?

- Avec joie, dit-elle.

Et spontanément, elle lui déposa un rapide baiser sur les lèvres. Il la retint et le lui rendit.

En refermant sa porte, elle croyait entendre les clochettes de la félicité, et voir mille couleurs danser devant ses yeux.

Elle se regarda dans le miroir de la salle de bain, et se dit :

- Ma petite Sylvia, tu es mordue jusqu'à l'os.

Vers onze heures le lendemain, il arriva, et la suite fut un véritable enchantement. Sans pudeur aucune, elle se mit à l'embrasser tandis qu'ils se promenaient enlacés, et elle recommença, lui se prêtant volontiers au jeu.

Tant et si bien, qu'impatiente et ne pouvant plus se contenir, Sylvia emmena Alain dans sa chambre.

Ils repartaient le lendemain après-midi. Elle n'avait même pas vingt-quatre heures pour entamer et consolider ce qu'elle espérait être cette fois le Grand Amour, alors qu'elle n'en avait connu que de petits. Durant ce laps de temps, elle ferait tout ce qu'il faudrait pour s'attacher définitivement cet homme unique ; naïvement, elle se sentait capable lui faire oublier ses précédentes conquêtes et qu'il ne pense plus qu'à elle désormais.

Pas une seconde, il ne lui vint à l'esprit que toutes les autres femmes avaient imaginé le même scénario, chacune se croyant supérieure.

La porte à peine refermée, elle l'enlaça, l'embrassa fougueusement, lui faisant comprendre tout ce qu'elle lui promettait, et ce qu'elle attendait de lui. Il répondit à ses baisers et à ses caresses, jusqu'à ce qu'elle s'écarte, pressée d'en arriver à la partie principale, et lui dit d'une voix un peu altérée en le tutoyant pour la première fois :

- Mets-toi à ton aise, chéri, pendant que je vais rapidement à la salle de bain.

Elle faillit trébucher en se retournant, tant elle était surexcitée.

En protégeant ses cheveux pour éviter de les mouiller, elle prit une douche parfumée, en s'attardant un peu sur sa toilette intime, persuadée qu'elle en serait récompensée. Une fois séchée, elle ressortit en coup de vent, étant sur des charbons ardents, et voulant profiter de la moindre seconde.

Et elle s'arrêta brusquement, surprise et quelque peu déconcertée ; Alain était resté debout sans bouger, encore tout habillé.

Indécise, Sylvia se demanda fugitivement si pour lui c'était la première fois ; mais ce n'était pas possible ; outre qu'il avait répondu à ses baisers avec une ardeur d'homme sûr de lui, le regard éloquent des femmes de toutes nationalités, aussi bien à bord que lors de leur promenade, attestait qu'il n'avait qu'à claquer les doigts pour être servi.

Sylvia reprit courage, et ne pensant plus qu'au plaisir à venir, elle se précipita vers lui :

- Voyons, grand timide, plaisanta-t-elle, tu veux que je fasse le service ? Eh bien soit, tu vas savourer ton plaisir.

Elle lui ôta le blouson léger, qu'elle laissa tomber derrière lui, et s'attaqua frénétiquement à la fermeture magnétique de sa chemise, dévoilant un torse musculeux et les cordages de ses abdominaux. Son corps d'athlète acheva d'affoler la jeune femme, qui s'attaqua fébrilement à son pantalon.

Ceinture débouclée, fermeture éclair abaissée, les deux jambes de l'étoffe s'abattirent aux pieds d'Alain, qui en la laissant agir, n'avait pas fait un geste ni prononcé un mot.

Il ne portait pas de slip.

Les yeux exorbités, refusant d'accepter la vérité, Sylvia porta la main à sa bouche, comme pour réfréner un hurlement, recula de deux pas machinalement.

Son cerveau, resté bloqué sur une idée fixe, ne put réagir correctement et s'adapter à la situation. Un voile noir l'envahit, et Sylvia s'écroula sur le sol heureusement souple, évanouie.

Elle se réveilla en ayant conscience d'une humidité fraiche qui baignait son visage et sa poitrine. Alain la massait doucement avec une serviette mouillée. Il était de nouveau habillé.

- Tu…vous êtes un androïde, fut la première phrase de Sylvia, dont la pensée avait enregistré la dernière vision.

- En effet, et je suis désolé pour vous, car je n'avais pas compris ce que vous vouliez.

Sa voix trahissait une certaine tristesse. Il ajouta :

- Et je n'ai toujours pas compris, je regrette.

La femme reprit le dessus chez Sylvia, tout en mélangeant les genres :

- Pourtant vous…tu m'as embrassée et caressée de nombreuses fois.

- Non, je n'ai fait qu'apprendre ce que vous faisiez, et je vous ai imitée.

La réponse était franche et directe, mais aussi vexante, et Sylvia déversa sa bile :

- Quand je pense que je me suis laissée attirer par une machine aux yeux de lapis-lazuli, c'est incroyable. Tu parles d'un grand amour avec une machine. Intelligente, certes, mais une machine tout de même. Quelle idiote, quelle andouille j'ai été. Si la SING l'apprenait, je serais bonne pour retourner sur Terre, et elle aurait raison.

- Je suis désolé, répéta Alain. Je ne voulais pas vous faire de mal.

- Oui, je sais, ricana sa victime ; les trois lois, ces satanées trois lois.

Elle éclata :

- Mais pourquoi, bon Dieu, avoir joué au séducteur humain ? Et pourquoi n'avez-vous pas de A sur le front ?

- Je ne sais rien de cette lettre, et j'ignore aussi tout du rôle que vous m'attribuez. Je n'ai réagi ainsi que pour vous faire plaisir.

- Eh bien, c'est gagné. Pourtant, vous vous êtes fait passer pour Français, alors que les androïdes à image terrestre sont interdits.

- Vous me l'apprenez. Je sais simplement que j'ai été créé comme un homme d'Urantia, et que je dois agir comme tel. Je n'en sais pas plus.

- Mais qui vous a créé ? Sylvia, oubliant sa déconvenue, se sentait intriguée par le côté mystérieux de l'androïde.

Celui-ci parut surpris par la question :

- Mais des techniciens.

- D'où ? De quelle planète ?

- Je l'ignore, mais elle tourne autour d'une étoile d'un très beau vert.

- Une étoile verte ? Et c'est tout ce que vous savez ?

- Non, je sais aussi qu'un technicien me surveille à distance.

- Vous voulez dire qu'il voit et qu'il entend ce que vous voyez et entendez ?

- Bien sûr.

Sylvia rougit jusqu'à la racine des cheveux ; le gars avait dû en prendre plein les yeux et les oreilles, et il ne devait pas regretter sa journée.

Elle se sentit furieuse d'être jugée par un de ces galactiques comme une dévergondée prête à coucher avec n'importe qui. Puis elle réalisa qu'elle était toujours nue. Du coup, elle se leva vivement bousculant l'androïde, et se précipita sur sa robe de chambre, qu'elle enfila à la hâte.

- Bon, à présent qu'allez –vous faire ? demanda-t-elle, plus pour se débarrasser de l'androïde que par réelle envie de connaître la réponse.

- Je vais partir, et vous ne me verrez plus. Je vous ai fait assez de mal sans le vouloir. Demain, je ne prendrai pas le vaisseau.

- Sage décision, dit-elle fermement, en allant ouvrir la porte. Bon vent et bonjour chez vous.

L'androïde montra nettement qu'il ne comprenait pas la dernière phrase, mise à part l'invitation éloquente de la porte ouverte ; cependant, il partit sans rien dire. Sylvia claqua violemment la porte dans son dos. Puis elle alla s'écrouler sur le lit, moitié riant, moitié pleurant, sans pouvoir juger de ce qui l'emportait ; la honte ou la loufoquerie ?

*   *   *

Le lendemain, à l'embarquement, Josiane extrêmement curieuse de connaître le dénouement de cette idylle naissante, ne manqua pas de sauter sur Sylvia dès qu'elle la vît.

- Alors ma cocotte, comment ça s'est passé ?

Sylvia, qui s'attendait évidemment à cette question, avait eu le temps de récupérer un semblant de sérénité, et de préparer une réponse plausible lui assurant de sauver la face. La vérité n'aurait pas été en son honneur, d'autant plus que la version d'un androïde jouant le rôle d'un homme d'Urantia, l'aurait fait passer pour folle.

Et même à Josiane qu'elle aimait beaucoup, elle ne pouvait que mentir :

- Bof ! dit-elle faussement désinvolte en haussant les épaules, toujours l'histoire classique. Il a fini par m'avouer qu'il était marié, et qu'il ne tenait pas à se lancer dans une aventure à cause de sa femme. Alors en pleine rue, je l'ai planté là et je suis partie.

- Tu as bien fait. Ah, ces hommes ! Voilà pourquoi il n'est pas à sa place. Il a dû avoir honte de te voir durant tout le voyage.

- C'est bien possible. Puis changeant innocemment de sujet :

- Sais-tu s'il y a beaucoup d'étoiles vertes dans la Galaxie ?

- Des étoiles vertes ? Non. Pourquoi cette question ?

- Oh, c'est parce que j'ai suivi un documentaire d'astronomie hier soir, pour me changer les idées, et j'ai appris qu'il en existait.

- Oui, la titilla Josiane, toujours aussi facétieuse, des vertes et des pas mûres comme ton super beau mec.

Tout en riant distraitement, Sylvia ne pouvait s'empêcher de s'interroger : pourquoi lancer dans le circuit un androïde non répertorié, à l'image d'un Terrien qui plus est ? Et qui était derrière cette opération doublement illicite ?

Confusément, elle sentait que celle-ci cachait un danger imprécis.

Mais pour aboutir à quoi ?

*   *   *

CHAPITRE IX
* * *

Pourtant pendant l'équivalent de trois mois terrestres, la routine captivante, variée et agréable continua à se dérouler sur cette ligne que Sylvia connaissait désormais par cœur.

Elle songeait qu'elle était hôtesse interstellaire depuis plus de cinq mois, et qu'elle s'était pleinement intégrée à cette nouvelle vie. Sa passion éphémère pour un androïde, n'était plus qu'une mauvaise anecdote à ne pas raconter, et qui lui paraissait très lointaine en temps normal.

Pourtant, elle avait gardé le souvenir vivace et désagréable de la visite inopportune reçue quinze jours après sa fumeuse déconvenue. Et quand elle y pensait, elle revoyait ce grand androïde, et se demandait toujours avec une certaine angoisse quel rôle réel il avait joué dans ce scénario dont elle ne pouvait deviner le dénouement. Mais elle était sûre qu'il n'aurait certainement rien d'agréable pour la Galaxie ; et peut-être aussi pour la Terre.

* * *

Elle se remettait difficilement de sa mésaventure, et parfois la honte de son attitude et de savoir qu'elle avait été vue dans le plus simple appareil à son insu, lui faisaient monter brusquement le rouge aux joues.

Heureusement, cela n'arrivait qu'à ses moments de détente, le service occupant toutes ses pensées.

Un matin, après un voyage de retour, et alors qu'elle se préparait pour une journée de repos tranquille en concoctant un programme distrayant, la sonnerie musicale de l'entrée se fit entendre.

Elle alla ouvrir, pensant à une visite matinale de Josiane venue l'arracher à sa solitude afin de lui apporter du réconfort.

Elle se trouva face à un curieux personnage qui ne lui rappelait rien d'un quelconque galactique.

- Mademoiselle Lambard, excusez-moi de vous déranger, mais ma visite sera de courte durée. Me permettez-vous d'entrer ?

Sa voix doucereuse déplut à Sylvia, mais sa physionomie, qui faisait penser à celle d'un chat la fascina. Machinalement, elle recula d'un pas de côté pour permettre à son hôte de pénétrer dans le hall.

Quand elle eut refermé la porte, l'étrange humanoïde sourit sans presque bouger les lèvres. Les poils raides et longs sous son nez très aplati, ses yeux ronds et les oreilles droites de son petit crâne ovoïde, le rendaient très félin. Ses jambes minces sous le pantalon serré, et sa taille fluette que l'on devinait souple, accentuaient cette impression.

L'ensemble n'était pas désagréable à la vue, mais causait une sorte de malaise diffus.

Il reprit la parole de son ton trop mielleux :

- Je viens vous entretenir de la part d'un ami commun nommé Alain Lade.

Sylvia sursauta, le souvenir remontant soudain à la surface.

- Je vois que vous vous souvenez de lui, reprit l'homme chat. Et moi, je me souviens de vous.

- Mais nous ne nous connaissons pas.

Le sourire du chat jouant avec la souris s'accentua :

- Vous, non bien sûr. Mais moi je vous ai vue dans toute votre splendeur à travers les yeux de notre ami. Et ma foi…

Il laissa sa phrase en suspens, les yeux brillants d'une lueur concupiscente, pour faire comprendre qu'il avait apprécié la vision.

Sylvia, estomaquée et rouge de confusion, réussit à articuler :

- Vous…vous êtes le contrôleur de l'androïde.

- Pour vous servir belle jeune fille. Et je ne demande que cela, dit-il avec un rire à la fois léger et égrillard. A votre convenance, et je serai plus efficace qu'un automate.

Ressentant subitement un dégoût violent et viscéral, Sylvia hurla :

- Sortez d'ici, sale individu. Sortez et ne revenez jamais plus, sinon…

- Sinon quoi ? coupa-t-il. Vous direz à tout le monde que vous avez voulu faire l'amour avec un androïde ? Ce serait la fin de votre carrière, car vos employeurs n'apprécieraient pas.

- Sortez ou je vous casse la tête, hurla Sylvia hors d'elle, en saisissant un bloc d'un minéral aux reflets chatoyants.

L'homme chat cessa de sourire, comprenant qu'il avait intérêt à disparaitre. Cependant, avant de sortir, il lança en guise d'avertissement :

- Comme on dit chez vous : le silence est d'or.

*   *   *

Ce minéral, inconnu sur Terre, mais assez répandu sur certains mondes, n'avait qu'une valeur esthétique par sa variété de tons qui changeaient suivant l'angle sous lequel on le regardait, et la direction de la lumière ; c'était une véritable féérie visuelle.

Or ce cristal qui aurait pu fracasser le crâne du sinistre visiteur, était un modeste et innocent cadeau de Michel Machard deux jours auparavant.

Sylvia avait déjà remarqué qu'il semblait apprécier sa compagnie. Pourtant, cet homme de trente ans, qui avait été marié, puis devenu rapidement veuf, n'osait pas montrer ouvertement ses sentiments.

Mesurant un mètre soixante-quinze, mince, au visage glabre d'un ovale régulier, aux yeux marron clair et aux cheveux châtains ondulant naturellement, il n'avait jamais commandé. Employé de bureau dans une entreprise de travaux publics, il avait postulé dans une agence Intint uniquement dans l'espoir de changer de vie. Et c'est ainsi qu'il était devenu commandant de bord sans le chercher ; mais ce fut le déclic.

Il se montra si bien à la hauteur de sa tâche, depuis deux ans qu'il l'exerçait, qu'il devint très apprécié de ses supérieurs et même du président de la SING.

Les garçons et les filles de son équipe le surnommaient familièrement : Micmac.

Il avait eu une liaison avec une des hôtesses ; puis, tous les deux avaient rompu en restant bons amis.

Il remarqua très vite, sur le plan professionnel, que Sylvia Lambard s'adaptait parfaitement. Cependant, peu à peu, il en vint à la regarder différemment.

Il profita d'une sortie à plusieurs pour se rapprocher d'elle discrètement ; et c'est ainsi qu'il en vint à lui offrir amicalement ce bloc de cristal multicolore.

Sylvia n'était pas insensible à ce timide hommage venant de cet homme charmant en privé et capable professionnellement. Et insensiblement, comme le dit la chanson, ''ils se sont tous deux laissés prendre, et ils ont vu naître l'amour.''

Et depuis deux mois, ils faisaient bon ménage. Toutefois, Sylvia n'avait jamais osé révéler à son compagnon ce qui la rongeait encore parfois.

Jusqu'au jour où…

* * *

L'androïde assurant la direction du vaisseau contacta Michel Machard :

- Commandant, nous dévions de notre route, et je ne peux en déterminer la raison.

Machard, fut surpris par cet appel qu'il recevait pour la première fois depuis qu'il faisait régulièrement le parcours. Pour que l'androïde soit ainsi déboussolé malgré ses compétences, c'était plutôt inquiétant. Surtout qu'ils avaient décollé depuis peu de temps, et qu'ils n'étaient pas encore entrés dans le tunnel intemporel.

Sans perdre une seconde, il se précipita vers le poste de pilotage. Aria, qui l'avait alerté, lui indiqua la dérivation qui s'accentuait :
- J'ai vérifié tous les instruments : tous sont en parfait état. L'origine de la dérive se situe donc dans le compartiment moteur. Et la compensation est inopérante.
Machard réfléchit rapidement ; tout avait été minutieusement vérifié avant le départ, comme à l'accoutumée.
- Bon. Aria allez dans le compartiment moteur, vérifiez tout, et surtout les gyroscopes.
- Bien, commandant.
Un autre androïde se leva, et proposa :
- Je peux y aller, commandant.
Celui-ci le regarda, estomaqué. Jamais un androïde ne s'invitait de son propre chef lorsqu'un ordre avait été donné à un autre ; sauf en cas de danger immédiat pour un humain.
- Inutile Gerec, restez à votre place ; j'ai envoyé Aria. La voix de l'homme était sèche et brève.
L'androïde obéissant, se rassit sans répondre le '' bien commandant '' classique, et de plus, Machard nota qu'il le faisait de mauvaise grâce semblait-il ; ce qui était aussi inhabituel.
Surveillant les écrans qui montraient que la dérive ne faiblissait pas, Machard attendit le rapport d'Aria. Au bout de quelques minutes, celui-ci se manifesta :
- Commandant, communiqua-t-il, tous les gyroscopes sont normaux, excepté le N° 3 qui varie d'un millième de tour.
Il fallait l'œil et la précision d'un automate pour s'en rendre compte rapidement et sans faillir ; ce qui était hors de portée d'un humain.
- Bon sang, s'exclama le Terrien, mais ils ont été contrôlés.
- Oui, commandant. Ce qui signifie qu'il a été trafiqué après le départ.
Le Français mit cinq secondes à réaliser le sens de la conclusion ; un sabotage !
Alors que ce mot était inconnu dans toutes les langues de la Galaxie, l'androïde l'affirmait à sa manière ; sans fioritures ni atermoiements, incapable de mentir puisque ce mensonge aurait nui aux humains.
Naturellement, en bon Terrien, Machard se dit :'' Il a fallu que ça tombe sur moi''. Puis, il réagit aussitôt :
- Merci Aria, revenez à votre place.
En l'occurrence, cette panne ne pouvait être réparée dans l'espace. Il fallait impérativement atterrir sur une planète quelconque, afin de changer l'élément incriminé, moteurs arrêtés.
Toutefois, la dérive empêchant de suivre une direction précise sur une grande distance, la seule solution consistait à se passer du gyroscope défaillant. En temps normal, cette suppression empêchait le vaisseau

de pouvoir accomplir sa traversée, le groupe des gyroscopes fonctionnant comme une seule unité.

Mais dans le cas présent, cette amputation ne nuirait pas à un parcours réduit.

Après avoir lancé les recherches du globe souhaité, Machard s'enferma dans sa cabine, et contacta directement le président de la SING par liaison instantanée malgré l'énorme distance le séparant du siège de la compagnie. L'incident valait que l'on évite la voie hiérarchique ; d'autant que les susceptibilités des Nébadoniens n'étaient pas celles des terrestres. Et de toute manière, peu importait.

Ce fut une secrétaire manwarssil (le l pour le féminin) qui apparut sur l'écran. Le président aimait s'entourer de femmes de son espèce, et les privilégiait par rapport aux androïdes. Elle objecta aussitôt :

- Impossible commandant. Le président est en réunion importante.

- Importante ou pas, répliqua Machard autoritaire, dites-lui simplement : double priorité mélinta, il comprendra.

- Double priorité mélinta ? Qu'est-ce que ça veut dire ?

- Ne cherchez pas, mais faites vite. Je prends tout sur moi.

Devant son air résolu, et parce qu'il était un Urantien, la jeune fille céda et appuya sur une touche.

Trente secondes plus tard, le visage ridé de Storks Kranocks s'inscrivit sur l'écran, l'air mécontent :

- J'espère, Machard, que vous n'abusez pas de cette double priorité.

- Je vais être bref et direct, monsieur le président. Suite à une malveillance, nous devons nous poser et réparer un gyroscope.

Sous le coup asséné brutalement et sans ménagement, le visage du Manwarssi blanchit et il bafouilla :

- Malveillance, poser, réparer, mais, mais...

- Puis-je mieux m'expliquer, demanda Machard.

- Oui, oui, bien sûr. Mais ce n'est pas possible.

- Mais si, assura le Français impitoyable. Le chef pilote a détecté une dérive du vaisseau qu'il ne pouvait compenser. Vérification faite, il a constaté que le gyroscope N° 3 avait été trafiqué après le départ. Je simplifie la déduction, puisque tout est vérifié auparavant.

-Mais qui...

- Plus tard, monsieur le président. Ce qui compte, c'est de prévenir et rassurer les passagers. Mon équipe est préparée à ce genre d'incident. Mais il est certain qu'il y aura des réclamations, vu le côté exceptionnel.

- Oui, oui, je m'en doute aussi, puisque c'est la première fois que ce genre de chose arrive dans toute l'histoire des voyages spatiaux.

Storks Kranocks était on ne plus bouleversé. Néanmoins, il réussit à se reprendre :

- Bien entendu, Machard, je vous fais entièrement confiance à vous et à votre personnel. Prévenez les passagers et assurez-les que tout se passera bien. Au fait, combien de temps prévoyez-vous pour le retard ?

Machard avait déjà la réponse :

- Un kinotek pour atterrir, les planètes étant nombreuses par ici, heureusement. Plus un kinotek également pour réparer et repartir. Il nous reste encore trois escales y compris l'arrivée finale.

- Bien, je vais prévenir les astroports du retard. Et surtout, Machard, répéta-t-il, faites pour le mieux, et assurer les passagers qu'ils seront remboursés et dédommagés s'ils subissent un préjudice.

Par Atliyok quelle histoire !

Et il coupa, sans même prendre le temps de saluer son correspondant, tant il était désemparé.

Le temps annoncé en termes compréhensibles pour le président, correspondait à environ trois heures terrestres.

Ayant fait le nécessaire auprès de la direction, Machard s'occupa de se mettre en rapport avec les passagers des trois ponts, afin de les avertir, et de les assurer du soutien moral et financier de la SING.

Mais auparavant, il prit le temps de téléphoner à son équipe sur le circuit général privé, pour qu'elle soit prête à assumer son rôle auprès des voyageurs.

A l'audition de cette surprenante nouvelle, Sylvia ne put s'empêcher de faire le rapprochement avec ce qu'elle avait vécu, et la visite de l'étrange homme-chat.

Toutefois, elle garda pour elle ces cogitations ; comme ses collègues, elle allait avoir beaucoup de travail dans l'immédiat.

C'est dans cette circonstance très particulière que la présence des Terriens allait prendre toute son importance.

Il y eut effectivement quelques récriminations d'hommes d'affaires à propos de contrats qui risquaient d'être perdus à cause de ce retard. Mais outre la promesse de dédommagement, Machard intervint en personne – ce qui impressionna les plaignants – et leur fit reconnaître que s'ils étaient réellement à une heure ou deux près, ils auraient pu voyager par téléporteur. Ce qui acheva de les calmer, puisque ce moyen n'était pas réellement interdit, sauf pour les Braamsunkk, mais relevait d'une forme de rejet bien ancré depuis des millénaires.

Le caractère général des Nébadoniens, modelé par des milliers de générations vivant dans la paix, étant plus souple et moins porté à l'agressivité, au contraire des plaideurs terrestres, fit qu'il y eut peu d'agitation.

De plus, par une habitude inconsciente, ils étaient prêts à écouter et suivre les directives calmantes des hôtesses et stewards urantiens.

A quelques minutes près, le temps total annoncé par Machard, correspondit au décollage, réparation terminée.

Le reste du voyage fut non seulement sans histoire, mais le commandant fit si bien, qu'au terminus ses pilotes avaient réussi à réduire le retard de moitié. Ce qui lui valut, ainsi qu'à l'ensemble du personnel les félicitations et les remerciements du président en personne. Il s'était spécialement déplacé pour présenter aux passagers les plus sincères regrets de la SING.

En fin de compte, il n'y eut que très peu de réclamations vraiment justifiées, et le prestige de la compagnie n'en souffrit pas.

*   *   *

CHAPITRE X
* * *

Cette étrange affaire fit le tour de la Galaxie, tant elle était extraordinaire par son caractère exceptionnel aux yeux des Nébadoniens. Alors que pour l'équipe française et leurs collègues des autres nations, elle relevait d'une banalité quotidienne ; du moins l'aurait-elle parue ainsi sur Terre.

Cependant, tout le monde était d'accord pour la tirer au clair ; pareil incident pouvant se reproduire aussi bien à la SING que chez les autres compagnies, avec des conséquences bien plus dramatiques.

Et encore, avait-on édulcoré la vérité. Pour le grand public, et à travers les journaux télévisés de toutes les planètes, il avait été question d'une mauvaise vérification effectuée par un androïde apparemment défectueux.

Selon le communiqué officiel, '' *il semblerait que malgré les contrôles automatiques internes qui donnaient toute satisfaction, il y ait eu une défaillance amenant l'androïde à ne pas accomplir sa vérification des gyroscopes de manière correcte.*

Suite à ce déplorable incident, heureusement sans gravité aucune, la SING a renforcé les contrôles des circuits des androïdes par des examens externes effectués par les ingénieurs roboticiens. Et elle a lancé un appel aux autres compagnies pour qu'elles prennent les mêmes dispositions ; ce qui éviterait toute récidive.''

La lecture attentive de ce communiqué montrait qu'un androïde défaillant était le bouc émissaire. Mais surtout, que la SING s'accordait le beau rôle en renforçant les contrôles et en engageant ses concurrentes à suivre son exemple.

Un petit coup de plumeau n'a jamais fait de mal à personne.

Cette prise de position destinée à rassurer les voyageurs, n'empêcha pas Storks Kranocks de réunir dans la salle de concertation de son siège les onze membres d'équipage, afin de tenter d'élucider réellement ce mystère ; Michel Machard lui avait laissé entendre qu'il pouvait apporter quelques éléments probants.

Après avoir renouvelé à tous ses remerciements et ses compliments pour la manière dont ils avaient géré la situation, il leur annonça l'octroi d'une prime exceptionnelle. Puis il céda la parole à Machard.

Au nom de tous, celui-ci remercia leur généreux employeur, et en arriva très vite au but de la réunion, après avoir consulté rapidement un document qu'il avait sous les yeux :

- Monsieur le président, j'ai regroupé tous les éléments se référant à cet incroyable *sabotage* (mot qu'il prononça en français).

Tout d'abord, j'ai trouvé curieux que celui qui a trafiqué le gyroscope, ne l'ait pas plus gravement endommagé. Auquel cas on aurait abouti à une véritable catastrophe.

Je me suis fait toutes les objections possibles ; par exemple, qu'il n'avait pas eu le temps d'approfondir son travail ; qu'il a cru avoir fait le nécessaire ; ou qu'il avait agi au hasard.

Toutes raisons qui ne collent pas avec l'intention de tuer.

S'il avait voulu déclencher un véritable accident mortel, ce *saboteur* (en français) aurait provoqué une explosion à retardement.

- Alors pourquoi agir de cette manière ? demanda le Manwarssi.

- Je pense que derrière cet acte sans conséquence, se dissimule quelque chose d'autre que nous pouvons peut-être cerner.

Sylvia suivait évidemment avec beaucoup d'intérêt cet exposé, et ne quittait pas des yeux son compagnon.

Le président lui, pas habitué à ce genre d'enquête policière, n'était guère passionné :

- Qu'avez-vous en tête Machard ? Son ton montrait nettement son scepticisme.

- Eh bien déjà, nous pouvons dégager quelques certitudes qui réduiront les pistes.

Il ouvrit les doigts l'un après l'autre :

- 1) Le sabotage a eu lieu après le départ. Donc, on peut exclure les passagers et les membres du personnel qui – à part Robert Termond et moi-, n'ont pas accès à la salle des moteurs.

- Mais vous deux êtes également hors de cause.

- Merci monsieur le président, c'est vrai ; cependant il est bon de tout préciser.

2) Il ne peut y avoir aucun passager clandestin, humain ou androïde, qui aurait été détecté par les caméras et les sondes infra-rouges et U.V.

3) On en arrive donc à soupçonner un des membres pilotes.

Un murmure parcourut l'assistance, chacun étant incrédule. Seule Sylvia resta silencieuse, attendant la suite.

- Impossible, s'écria Storks Kranocks, un androïde ne peut nuire aux humains.

- C'est vrai, et c'est ce que je me suis dit. Mais cette réflexion m'a remis en mémoire un petit fait que l'urgence de la situation avait relégué au fond de mon esprit.

Personne ne broncha, et après une brève pause, Machard expliqua :

- Quand j'ai ordonné à Aria, le chef pilote, d'aller vérifier les gyroscopes, Gérec s'est levé pour se proposer à sa place ; ce qui m'a évidemment surpris.

- En effet, agréa le président qui commençait à prendre cette enquête au sérieux, aucun androïde ne se propose pour faire un travail qu'un autre doit accomplir. C'est vraiment curieux votre histoire.

- D'autant plus que lorsque je l'ai renvoyé sèchement à sa place, il m'a semblé réticent, et y mettre de la mauvaise volonté.

- Et c'est donc ce Gérec que vous soupçonnez de par son comportement bizarre ?

- Oui monsieur le président. Néanmoins, j'ai une autre hypothèse en tête ; et pour la vérifier, je vais, si vous êtes d'accord, faire venir mon équipe de pilotes.

- Mais ils sont à bord du vaisseau actuellement.

- Non, car je les ai emmenés avec nous ; ils attendent dans l'antichambre.

- Je constate que vous avez tout prévu. Bon, eh bien introduisez-les.

La secrétaire qui enregistrait les débats sur son écran-télécaméra, donna un ordre. La porte s'ouvrit, laissant passer les cinq pilotes avec Aria en tête. Ils s'alignèrent au bout de la grande table, et Machard entreprit d'interroger le responsable :

- Aria, vous souvenez-vous, après m'avoir signalé la dérive, avoir reçu l'ordre d'aller vérifier les gyroscopes ?

- Parfaitement, commandant.

- N'y a-t-il pas eu un fait qui s'est produit alors ?

- En effet. Gérec s'est levé pour vouloir me remplacer, et vous lui avez confirmé que j'avais reçu l'ordre.

- Merci, Aria.

Le Français et le Manwarssi échangèrent un regard significatif.

- Gérec, reprit Machard, pourquoi êtes-vous intervenu ?

- Pour éviter à Aria de se déranger, commandant.

- Pourtant, vous savez très bien que ce n'est pas la procédure. Quand un ordre a été donné à un androïde, un autre ne peut l'exécuter à sa place.

Gérec ne répondit rien, ce qui, là aussi, était anormal.

Alors Machard asséna la question cruciale :

- Gérec, avez-vous abimé volontairement le gyroscope N° 3 ?

- Oui, commandant.

Sa réponse déchaîna des cris de stupeur et d'incrédulité. Machard leva la main pour les apaiser :

- En agissant ainsi, vous mettiez en danger des vies humaines.

- Non, commandant. J'avais juste fait ce qu'il fallait pour provoquer une dérive et un simple retard.

- Cependant, si je vous avais envoyé vérifier à la place d'Aria, vous n'auriez rien signalé, et ç'aurait été bien plus grave.

- Non, commandant, vous auriez fini par prendre la même décision, et le retard aurait été simplement plus important.

- Mais pourquoi avez-vous agi ainsi ?

- Je n'en connais pas la raison, commandant. Je sais seulement que je devais le faire, car j'en avais reçu l'ordre.

- L'ordre de qui ?

- De ceux qui m'ont créé.

Tout le monde était stupéfait ; Machard insista :

- Vous avez été créé pour piloter pas pour détruire.

- Pas moi, commandant, l'autre Gérec. Je l'ai remplacé.

- Quoi ? hurla le président.

C'était l'affolement. Nul n'en croyait ses oreilles. La secrétaire manwarssil était devenue blanche comme la craie, ce qui était un signe de peur. Habituellement, le teint variait au jaune ou au vert intenses suivant les émotions. Et son patron n'allait guère mieux.

Une copie conforme avait remplacé l'original – avec le contenu du cerveau également modifié -, sans que personne ne s'en aperçût.

Sylvia voyait ses craintes devenir plus tangibles.

- Gérec, dites-nous quels sont vos créateurs ? demanda finalement Machard, qui avait récupéré tout son sang-froid.

L'androïde demeura muet ; ses yeux se fermèrent, on entendit une sourde explosion, et il s'écroula bruyamment d'une seule pièce.

Aria se pencha sur lui, fit quelques gestes comme un docteur auscultant un patient, puis se releva :

- Il est totalement désactivé, commandant, tous ses circuits sont détruits.

- Impossible, répéta une fois encore Storks Kranocks, alors qu'il l'avait rarement prononcé au cours de son existence ; la sécurité interne…

- Pardonnez-moi, monsieur le président, intervint Machard, mais dans le cas présent, elle ne joue pas. Il s'agit d'un androïde préparé spécialement et qui ne répond pas aux critères habituels.

Il marqua une pause avant d'ajouter :

- Nous avons à faire avec des êtres qui fabriquent et utilisent des androïdes en appliquant leurs propres lois. Et ils sont probablement conditionnés pour ne rien révéler de leurs maîtres.

- Dans quels buts d'après vous ?

Le commandant leva la main en ayant une moue indécise :

- Je suis comme vous, je l'ignore. Mais ce n'est certainement pas dans un but altruiste.

Son ironie était plutôt amère.

- Bon, trancha le président, qui s'adressa au chef pilote :

- Aria, Partez avec votre équipe en emportant le corps de Gérec au laboratoire pour qu'il soit étudié, et regagnez votre vaisseau.

- Bien, monsieur.

Une fois les androïdes sortis, Kranocks reprit :

- Il est probable que les techniciens ne trouveront rien.

- En effet, monsieur le président. Si nous avons démasqué le coupable, nous ne savons pas quels sont ses commanditaires.

C'est alors que Sylvia leva la main ; elle avait pris la décision de vider son sac, quoi qu'il puisse lui en coûter.

- Oui mademoiselle, dit le Manwarssi un peu surpris, que voulez-vous dire ?

- Je crois que je peux apporter un peu plus de consistance à votre enquête, monsieur le président.

Ne cachant pas son incrédulité, celui-ci répondit néanmoins poliment :

- Vraiment ? Et sur quoi basez-vous votre certitude ?

- Parce que je pense qu'elle se rattache directement à l'affaire Gérec.

- Eh bien dans ce cas nous vous écoutons.

- Tout d'abord, je précise que ce que je vais dévoiler, je ne l'ai jamais dit à personne.

- Même pas au commandant Machard ? Kranocks montrait ainsi sa connaissance des liens qui unissaient les deux Français.

- Même pas, monsieur le président.

Machard était stupéfait par cet aveu inattendu. Pas un instant, il n'avait imaginé que sa compagne pût détenir des éléments importants, sans lui en faire part.

Sylvia raconta à sa manière son aventure avec Alain Lade. Dès le début de son récit, Josiane ouvrit des yeux ronds, son visage exprimant la plus intense stupeur. Elle se demandait pourquoi son amie se lançait dans une telle divulgation ? Et pourquoi pensait-elle qu'il y avait un lien entre le sabotage et ce beau Français ?

Mais elle ne fut pas longue à réaliser que Sylvia ne risquerait pas ainsi sa carrière en s'adressant au président de la SING en personne, si elle n'était pas certaine de ses affirmations. La jeune hôtesse édulcorait et arrangeait les passages scabreux qu'elle avait eu le temps de peaufiner ; notamment la découverte de ce que ne possédait pas l'androïde, après qu'il se soit lui-même déshabillé.

Ce ne fut évidemment pas sans rougir qu'elle déballa son histoire. Mais contrairement à ce qu'elle redoutait, et encore sous le choc des événements dramatiques subis, aucun des participants ne songea à ironiser finement sur cette aventure pour le moins curieuse, ou à se moquer du fait qu'un androïde à l'image d'un Terrien mangeait.

De fait, sans le vouloir, Sylvia avait choisi le bon moment pour frapper les esprits sans inconvénient pour elle.

Et quand elle en arriva à la visite de l'homme-chat, ce fut le comble de l'émotion confinant même à l'effroi chez les femmes.

Les yeux de Michel Machard fixés sur sa compagne lui montraient clairement que ses sentiments restaient les mêmes, et qu'il comprenait son silence passé ; ce qui lui réchauffa le cœur et la soulagea, tant elle craignait une rupture entre eux.

Quant à Storks Kranocks, complètement abasourdi par cette succession de péripéties totalement inimaginables auparavant pour lui, il eut cependant les ressources morales pour s'adresser à Sylvia :

- Merci, mademoiselle Lambard, c'est courageux à vous de nous avoir raconté vos déboires. Grâce à eux, nous possédons des bases plus solides.

Machard souligna :

- Nous pouvons effectivement relier ces deux épisodes. Ils sont trop proches spatialement parlant, et trop similaires pour ne pas avoir une origine commune. Ce qui est le plus surprenant, pourtant, c'est un androïde d'aspect terrestre qui boit et qui mange.

Robert Termond intervint :

- En réalité, c'est une fonction naturelle adaptative.

- Que veux-tu dire ?

- Dans un de ses romans, Isaac Asimov, qui a inventé chez nous les trois lois appliquées ici depuis très longtemps, fait agir un de ses robots de cette manière, avec un sac récupérateur de nourriture installé dans une cavité.

- Votre raisonnement est juste, approuva le Manwarssi. Ce n'est donc pas cela le plus étrange, mais le fait que cet androïde ressemblait à un de vos compatriotes.

Ce qui indique indubitablement, que ces…hommes-chats, ainsi que le dit mademoiselle Lambard, connaissent parfaitement Urantia, et ses coutumes.

- Dans quel but ? S'étonna Sylvia.

C'est son compagnon qui répondit :

- Pour tester les réactions des Nébadoniens, et sans doute aussi pour perfectionner leur technique des androïdes. A mon avis nous ne sommes qu'au début de l'offensive.

Le président sursauta :

- Laquelle, par Atliyok ?

- C'est l'inconnue du problème. Mais on peut supposer qu'à terme, c'est pour prendre le pouvoir. Je pense qu'à moins d'être des aimables farceurs, leur objectif c'est le contrôle de la Galaxie.

- Impossible, argua Kranocks, ce serait une entreprise trop colossale.

- Pas si vous remplacez un par un les représentants du Grand Conseil !

C'était Julien Damot qui se manifestait de cette manière catégorique, que tempérait son accent de la Canebière.

- Qu'est-ce que vous dites ?

- Mais oui, parbleu, intervint Machard en claquant des doigts. Je crois que tu as mis dans le mille Julien.

- Les membres du Grand Conseil, balbutia Kranocks estomaqué. Vous croyez que…

- C'est la seule solution possible, coupa le commandant sans vouloir être impoli ; seulement, pour y arriver, il faut être sûr que les androïdes puissent être fiables et passer pour des Nébadoniens humains. Le passager terrestre était un des tests, peut-être un peu trop réussi.

- Comment cela ?

- La réaction de Sylvia n'était certainement pas prévue, et l'androïde a sans doute dépassé son rôle initialement programmé. D'où la visite après-coup de l'homme-chat.

- Admettons. Cependant, cette hypothèse n'explique pas le remplacement de Gérec, et le détraquage du gyroscope.

- Agression mineure isolée, passant pour un incident rarissime de parcours, et éprouvant la fidélité aux ordres, malgré l'atteinte aux passagers. Et le remplacement de Gérec non découvert, est une preuve de plus que tout fonctionne dans le sens souhaité.

- Vu sous cet angle, reconnut le président, il semble que vous ayez à vous tous démonté la machination ; je vous félicite mes amis.

- Pourtant, si nous avons trouvé l'adversaire, dont nous ignorons l'identité, nous ne savons pas non plus où le chercher, déplora Robert Termond.

Sylvia poussa un petit cri, et tous les regards se tournèrent vers elle :

- Excusez-moi, dit-elle, la réflexion de Robert m'a fait souvenir que lors de l'interrogatoire d'Al…de l'androïde, il a mentionné un soleil vert.

Le Manwarssi fronça les sourcils :

- Un soleil vert ? c'est un peu vague, étant donné le nombre d'étoiles encore inconnues. Cependant, c'est déjà une indication capitale que je vais transmettre aux astrophysiciens, pour qu'ils œuvrent dans ce sens.

Il marqua un temps d'arrêt en s'apprêtant à conclure, lorsqu'une des hôtesses leva la main tout en lançant d'une voix ferme un :

- Monsieur le président !

Kranocks la regarda d'un air indécis, se demandant s'il devait lui donner la parole, tout ayant apparemment été dit :

- Que voulez-vous, mademoiselle ? se décida-t-il enfin.

- Apporter une précision complémentaire, monsieur le président.

- Je ne vois pas laquelle.

- Il s'agit d'un fait qui n'a pas semblé troubler personne, alors qu'il est d'une très grande importance.

- Expliquez-vous clairement s'il vous plaît.

- Bien que soient inquiétants les événements que vous avez développés, je trouve personnellement qu'il est encore plus angoissant de savoir qu'un homme-chat, inconnu de la Fédération, puisse parvenir jusqu'au domicile de Sylvia.

Un silence impressionnant s'installa un long moment dans la grande salle. Les hommes et Sylvia elle-même paraissaient figés comme s'ils venaient d'être touchés par un rayon paralysant.

Puis Machard émis une sorte de toux embarrassée, et ce timide retour à la vie ranima les autres membres :

- Quel est votre nom, mademoiselle ? demanda enfin Kranocks.

- Ludivine Versois, monsieur le président, répondit-elle, s'attendant à recevoir une remontrance.

- Par Atliyok, mademoiselle Versois, vous avez été plus maligne et plus réfléchie que nous tous, en mettant en lumière cette incroyable anomalie. Je vous félicite pour votre clairvoyance.

La jeune femme rougit de plaisir et de soulagement :

- Merci, monsieur le président.

Le Manwarssi reprit en s'adressant à la ronde :

- C'est effectivement un fait plus que troublant, car même si dans la rue cet homme-chat pouvait passer inaperçu, il a obligatoirement fallu qu'il vienne en astronef. Or tous sont contrôlés, pas un ne peut s'approcher d'une planète sans être repéré et suivi.

- A moins dit lentement Machard qui réfléchissait intensément, qu'ils aient déjà des contrôleurs sous leur coupe.

- Oui, renchérit Robert Termond, c'est plus que probable, et c'est la première chose qu'ils ont dû faire, comme pour Gérec, afin d'avoir le passage libre.

- Mais ceci demande une organisation avancée et en profondeur pour passer à travers tous les contrôles, protesta Kranocks, ulcéré de savoir que la vigilance de la Fédération était en défaut. On ne peut pas connaître le nombre d'androïdes qu'ils ont sous leurs ordres. Ils sont peut-être prêts à nous envahir ?

- Non, je ne crois pas, répondit Machard, cherchant à tempérer l'angoisse naissante de son patron. La Fédération est trop puissante pour la dominer par la force. Leur façon d'agir indique bien qu'ils veulent s'introduire comme le ver dans le fruit, en noyautant le Grand Conseil.

- D'autant, appuya Termond, qu'il suffit d'atteindre simplement la majorité absolue, pour prendre le pouvoir, et promulguer toutes les lois que l'on veut imposer.

- Vous oubliez qu'il y a des élections, opposa faiblement Kranocks, de plus en plus dépassé par ces arguments. Visiblement, il était trop marqué par des millénaires de paix lénifiante, pour envisager la situation aussi froidement que les Français, habitués aux coups fourrés des politiciens. Ce qui marquait une fois encore toute la différence entre Urantia et Nébadon.

- Elles n'existeront plus, affirma Machard. La première chose que feront les hommes-chats par l'intermédiaire de leurs androïdes majoritaires, c'est d'être membres à vie ; c'est la logique même. Après quoi, on peut compléter le remplacement des délégués humains. Et les androïdes durant très longtemps…

Il ne compléta pas sa phrase, faisant ainsi comprendre le machiavélisme de la situation probablement à venir, si les hommes-chats arrivaient à leurs fins.

Machinalement, le président sortit un mouchoir et s'épongea le front. Il avait du mal à dominer son désarroi :

- Eh bien, dit-il après, si mademoiselle Versois n'avait pas attiré notre attention sur ce point d'une importance effectivement considérable (l'hôtesse rougit à nouveau), nous serions passés à côté d'une constatation primordiale. En fait, l'affaire Gérec et du passager Français ne sont que des prolongements de cette maîtrise d'aller et venir en toute liberté pour ces individus.

Son regard fit le tour de l'assemblée, scrutant chaque personne, s'arrêta sur Julien :

- Vous n'avez rien à ajouter, monsieur Damot ?

- Une seule chose, monsieur le président. Il est possible que ces hommes-chats renforcent leur mainmise sur les contrôleurs, avant de passer à l'action contre le Grand Conseil. C'est un moyen insidieux mais sûr d'avoir une solide tête de pont.

Machard et son adjoint approuvèrent simultanément de la tête les paroles de leur ami.

- Votre analyse n'est guère réjouissante, dit le président, mais les faits actuels semblent lui donner raison.

Avant de conclure définitivement :

- Mesdames et messieurs, je vous remercie de votre précieuse (il insista sur l'adjectif) collaboration. Suite à ce qui a été découvert, je vais faire le maximum pour que l'on prenne des mesures, que je n'aurais jamais cru devoir appliquer. Il va de soi que je tiendrai le commandant Machard au courant de toute évolution. Mais je compte sur votre coopération et votre discrétion pour que tout ce qui a été dit dans cette pièce reste absolument confidentiel.

A la sortie de la réunion, Josiane s'empressa d'interpeler Sylvia, à sa manière de titi marseillaise :

- Eh bien, ma mignonne, tu me la copieras avec ton Jules marié et que tu as laissé choir.

- Que veux-tu, se défendit sa copine, je n'étais pas fière de moi, et tu ne m'aurais pas crue si j'avais dit la vérité.

- Bien sûr que non, reconnut Josiane. J'aurais pensé que tu me faisais marcher. Tu parles, un androïde français non marqué et qui mange ! Mais à présent, c'est différent, et je ne suis pas rassurée pour autant.

- Moi non plus, tu sais.

Michel Machard se contenta d'entourer les épaules de son amie d'un bras protecteur et réconfortant, soulignant ainsi silencieusement ses sentiments ; en public, il ne se montrait jamais expansif.

*   *   *

CHAPITRE XI
* * *

En tant que propriétaire- président de la plus vieille et importante compagnie de transports galactiques, et personnalité très influente, Storks Kranocks connaissait un nombre impressionnant de membres du Grand Conseil, anciens ou actuels, et de sommités du monde scientifique ; sans parler évidemment de ses homologues des affaires.

Il profita donc de ses accointances pour mettre en campagne trois projets principaux pour tenter de lutter contre cet éventuel et insaisissable adversaire qu'étaient les hommes-chats.

En premier, il prit contact avec les Hauts Responsables de l'astronomie galactique, dont le plus gradé n'était autre que son propre cousin ; ce qui facilita sa démarche.

Il sut le convaincre de pousser les recherches d'un soleil vert dans les régions encore mal ou pas du tout explorées de la Galaxie, et de le tenir au courant de toute découverte de ce genre.

Nébadon était tellement vaste avec ses 400 milliards d'étoiles estimées, toutes n'étant pas répertoriées, loin s'en faut, qu'une étoile verte pouvait s'y dissimuler, telle l'aiguille dans la meule de foin.

Avec sa forme elliptique et ses multiples bras qui, s'étirant en longueur, s'échappent du centre en vastes spirales, elle peut être comparée à une immense mégalopole dont la partie centrale, malgré sa densité, est parfaitement reconnue depuis longtemps. Alors que les faubourgs qui s'en éloignent jusqu'à ne plus savoir où ils se terminent, se perdant dans une banlieue impersonnelle et indistincte, restent ignorés dans leur plus grande partie.

Et malgré les millénaires cet état avait très peu varié, les astronomes Nébadoniens prenant lentement leur temps pour cartographier leur immense domaine.

Chaque planète était dotée, outre de petits observatoires privés et publiques, de deux vastes complexes superbement équipés, et placés sur les deux hémisphères afin de couvrir la totalité du ciel.

Ce dispositif, qui s'agrandissait par l'entrée dans la Fédération de nouveaux mondes, permettait ainsi d'élargir la carte connue du volume galactique.

De plus, de puissants télescopes spatiaux, placés à demeure sur des points fixes, amplifiaient les zones couvertes, détaillant encore davantage ce que les instruments au sol distinguaient seulement globalement.

Malgré toute cette technologie de pointe, la banlieue de la mégalopole demeurait imprécise, gardant farouchement le mystère de ses ruelles sombres. Elle était aidée en cela par de gigantesques et impénétrables nuages de gaz interstellaires qui stagnaient entre le cinquième bras et celui plus extérieur, formant une sorte de frontière intérieure. Elle s'étendait sur des dizaines de milliards de kilomètres en hauteur et en largeur, ce qui correspondait grossièrement à environ trois jours-lumière. Quant à sa profondeur, il fallait la contourner pour se rendre compte qu'elle était un peu moins importante, mais suffisante néanmoins pour assurer un barrage infranchissable.

Les systèmes de communications radio-télévision, même à vitesse quasi-instantanée, les rayons infra-rouges et ultraviolets et les autres systèmes de détection ne parvenaient pas à transpercer leur prodigieuse densité.

Cette dernière intriguait particulièrement les astrophysiciens, car elle était totalement différente de celle des nuages gazeux habituels.

Le seul moyen de savoir ce qui se passait au-delà était de se rendre sur place, en les traversant avec un astronef équipé en conséquence. Néanmoins, jusqu'à présent, les quelques tentatives faites en ce sens n'avaient jamais dépassé le cinquième bras, qui était déjà estimé suffisamment lointain.

Or ce bras peu important en longueur et volume, était justement celui où trônait ce bon vieil Oz-Iarès, avec sa célèbre troisième planète, que les Nébadoniens vénéraient sous le nom d'Urantia.

Et le fait que la Planète Unique se situât dans ce bras d'aussi peu d'envergure, accentuait encore le mystère la concernant.

Il convient de préciser que si l'objectif avoué de ces explorations à travers ces nuages était la recherche de potentielles planètes civilisées et la cartographie astronomique, les compagnies, telle la SING, qui les finançaient, y trouvaient largement leur compte.

La découverte de planètes rocheuses inhospitalières, mais riches en métaux rares et pierres précieuses, rapportaient bien plus que ce que coûtaient tous ces voyages.

C'était un des avantages de Nébadon. Il y avait tellement de mondes stériles, qu'il avait été décrété, dans des temps anciens, que tout découvreur devenait propriétaire, à charge pour lui de l'exploiter, et de verser à la Fédération une taxe annuelle, le '' TEMPS'' (Taxe d'Exploitation Minière des Planètes Stériles), qui servait d'impôts généralisés. Et si les compagnies raflaient le pactole à ce jeu, les équipages n'étaient pas en reste, et recevaient de confortables royalties qui les stimulaient davantage.

Ainsi, tout le monde y trouvait son compte, les planètes désertiques enrichissant largement celles habitées.

C'est d'ailleurs grâce à cette méthode que des civilisations n'ayant pas atteint par elles-mêmes le stade astronautique, avaient pu prendre place au sein de la FMI, et accomplir un bond technique appréciable.

Quant aux peuples, soulagés par cet apport extérieur de richesses équitablement réparties par les membres du Grand Conseil, ils ne payaient pas d'impôts, mais en outre bénéficiaient de la gratuité de nombreux services ; dont l'utilisation de l'énergie, ce qui faisait rêver tous les nouveaux arrivants de la Terre.

Pourtant, il n'y avait là que de très normal, la technologie des Nébadoniens et la profusion d'étoiles se conjuguaient parfaitement.

Les astres solitaires, ou ne possédant qu'un globe tournant misérablement sans espoir de voir surgir la moindre vie sur son sol dénudé, servaient de centrales distributrices.

Les Nébadoniens installaient autour de ces soleils d'immenses récepteurs concaves canalisant le rayonnement vers de volumineux accumulateurs, dont la prodigieuse capacité alimentait durant une longue période une ville entière.

La légèreté de ces batteries géantes était un atout supplémentaire, leur transport n'offrant aucune difficulté. Stockées dans un gigantesque hangar, elles subvenaient sans faille aux besoins d'une population qui ne se souciait pas du gaspillage. La nature se chargeait de le compenser par sa somptueuse prodigalité.

Sur la Terre, un astronome avait émis l'idée de l'utilisation d'une telle technologie, baptisée '' sphère de Dyson'' du nom de ce théoricien. Mais comme sur Terre tout se paie au prix fort, la gratuité n'était pas évoquée dans ce scénario.

Au cours d'une discussion concernant l'envoi de vaisseaux à la recherche de cet énigmatique soleil vert, conjointement aux efforts des observatoires astronomiques, Michel Machard suggéra à Storks Kranocks d'aller vers le sixième bras, le plus extérieur, et donc au-delà du système solaire.

Devant la curieuse répugnance du Manwarssi à accéder à cette proposition, les Français insistèrent si bien, que poussé dans ses retranchements, le président finit par avouer qu'il existait une sorte d'interdiction non officielle mais bien réelle faisant de cette région un territoire sacré, portant l'appellation de '' *Domaine réservé d'Urantia* '', connu aussi sous le nom originel de '' *Satania*''.

Il englobait outre le système solaire, une zone sphérique d'une dizaine d'années-lumière de diamètre. L'étoile Sirius, la brillante Sothis des Egyptiens, en était le phare-guide.

Et bizarrement, c'est à partir d'un millier d'années-lumière de ce domaine que les nuages gazeux s'étendaient en longueur et en profondeur, cachant une bonne portion des constellations du sixième bras.

Néanmoins, les astronomes avaient pu mesurer de manière assez précise les diamètres moyens des deux spirales, soit : quatre mille années-lumière pour la cinquième et six mille pour la dernière ; tandis que l'espace intermédiaire avoisinait les dix mille.

Machard, tout en comprenant les scrupules des Nébadoniens, les jugeaient inadaptés à la présente situation, et il le fit comprendre à Kranocks :

- Si les hommes-chats connaissent bien la Terre, dit-il, c'est probablement parce qu'ils ne sont pas loin d'elle spatialement, et leur domaine est peut-être dans ce sixième bras. Aussi, en continuant à respecter ce tabou, vous leur laissez l'avantage définitif, sans espoir de les dénicher. Ce qui sonnerait le glas de la Fédération. Et s'ils n'y habitent pas, on aura au moins vérifié.

Son argument ne manquait pas de poids et de logique. Pourtant, Kranocks, à moitié convaincu hésitait à franchir le pas, lorsque Robert Termond enfonça le clou, achevant de le décider :

- En allant voir sur place ce que les télescopes ne peuvent déceler, nous avons des chances d'augmenter la connaissance de la Galaxie sur le plan astronomique, de trouver des soleils verts, et pourquoi pas de nouvelles civilisations intelligentes ?

Insidieusement, mais de manière négligente, il précisa :

- Ce qui offrirait à la SING le monopole des nouvelles lignes commerciales.

Le grand patron de la compagnie, sans être dupe de l'argument qui le flattait, se résolut enfin à envoyer une mission, en passant outre au tabou millénaire, ne serait-ce que pour s'assurer de l'absence de tout danger de ce côté.

Cependant, par mesure de prudence, il fit préparer et équiper deux vaisseaux comme s'il s'agissait d'aller combattre un redoutable adversaire. L'armement impressionnant comportait une batterie de puissants désintégrateurs, des canons thermiques et hypersoniques, et des lasers réfrigérants.

De par son autorité morale, Kranocks put obtenir ce matériel sans difficultés, auquel s'ajoutait sur le plan défensif, outre le traditionnel écran d'énergie répulsive protégeant les vaisseaux de passagers et de fret, un dispositif d'invisibilité et de non détection par radar, infra-rouge et ultraviolet.

Ce furent donc deux véritables navires de guerre montés chacun par deux équipes de cinq androïdes, cinq Galactiques de la race des Tsientsienxo - ceux qui ressemblaient vaguement aux Mongols terrestres - dont deux astronomes féminines, qui décollèrent un matin ensoleillé.

Les consignes étaient rigoureuses : pas d'agression mais riposter en cas d'attaque, et repartir très vite, pour une fois arrivé de ce côté-ci des nuages gazeux, transmettre toutes les informations. Cette dernière consigne était surtout valable si l'un des vaisseaux était détruit ; l'autre devait immédiatement décrocher.

Aucune limite de temps n'était imposée, cependant l'urgence était le maître-mot. Il fallait surtout consacrer tous les efforts sur la recherche des étoiles vertes, et étudier à distance raisonnable de sécurité les planètes gravitant autour d'elles.

Toutes celles portant une vie intelligente ne devaient être abordées sous aucun prétexte, afin de ne pas risquer d'attirer éventuellement l'attention des hommes-chats.

Inutile de s'appesantir sur les autres systèmes, ce qui ferait gagner un temps considérable. Plus tard, lorsque la menace serait jugulée, on pourrait revenir et continuer sereinement l'étude de tout le bras.

Tout en lançant cette opération, Kranocks, qui se démenait sur tous les fronts, parvint, mais plus difficilement cette fois, car il fallait convaincre les quelques incrédules amis membres du Grand Conseil tout en gardant le secret, à faire installer des détecteurs spéciaux aux entrées du grand amphithéâtre où siégeaient les délégués.

Faisant confiance aux Terriens, le Manwarssi s'appuyait sur la déclaration de Julien Damot à propos du remplacement éventuel des membres du Grand Conseil par des androïdes dévoués aux hommes-chats.

L'immense salle accueillait confortablement les deux mille délégués, à raison de deux par planète. Ils y pénétraient par de nombreuses portes, afin d'éviter l'engorgement et faciliter la circulation.

Ce furent au-dessus de ces portes que les détecteurs trouvèrent discrètement place. Les techniciens qui les installèrent, hommes sûrs, profitèrent d'une interruption des cessions de plusieurs jours.

Les androïdes avaient été écartés de ce travail pourtant à leur portée, afin d'éviter que l'un d'eux soit une créature des hommes-chats pouvant les prévenir de la présence de ce dispositif.

Très minuscules, passant facilement inaperçus, ces appareils utilisaient un rayon invisible, genre rayon X sans aucune nocivité, qui scannait chaque membre entrant et sortant, et différenciait un être biologique d'un androïde. Les délégués portant un badge, le contrôle de la personnalité était automatique, et transmis dans une pièce du sous-sol, à deux androïdes familiers du président de la SING, et qui donc étaient jugés fiables. Kranocks s'était inspiré de l'épisode Gérec pour ne rien laisser au hasard.

Pourtant, pendant l'équivalent de deux mois terrestres, tous les membres du Grand Conseil restèrent ce qu'ils étaient, c'est à dire parfaitement humanoïdes ; pas un seul androïde n'avait pu se glisser dans la peau d'un délégué.

Ce qui semblait donner raison aux Français quant à la consolidation d'une tête de pont préalable.

Le président de la SING devait faire face à ses amis qui voulaient abandonner cette détection qui leur posait un cas de conscience ; et Kranocks lui-même tout en se battant pour maintenir le processus, commençait à faiblir.

Mais ainsi qu'il le fit remarquer, cette détection ne gênait en rien les membres du Grand Conseil, puisqu'il s'agissait de leur sécurité. Si l'un d'eux venait à être remplacé, on s'en apercevrait très vite, et les recherches pour le retrouver débuteraient aussitôt, laissant plus de chances.

En réalité, le Manwarssi ne se faisait guère d'illusions ; si un androïde remplaçait un membre, c'est que celui-ci aurait été éliminé.

Néanmoins, malgré cette inquiétude larvée, et sans nouvelles de l'expédition, Kranocks s'accorda quelques moments de détente, et en particulier, participa au safari pour lequel il s'était inscrit, tenant à avoir au moins un trophée à ajouter à ses merveilles.

Préalablement, il lui fallut se familiariser avec les fusils terrestres, et ses résultats au stand de tir furent plus que satisfaisants. Restait à les matérialiser sur le terrain, face à des cibles mouvantes et peu disposées à se laisser abattre par ce qu'elles considéraient elles-mêmes comme un petit-déjeuner potentiel.

Le Manwarssi fit ainsi la connaissance de Peter Wilson et de ses associés, avec qui il s'entendit très bien ; ce qui était un bon gage de réussite, la confiance étant primordiale en pareille circonstance. Une mauvaise collaboration pouvant être synonyme de désastre à venir.

Rongé par une obscure obsession qui le poussait à être au-dessus des autres, Kranocks avait pris la décision d'être sinon le seul, du moins le premier à posséder ce qu'il appelait '' la panoplie majeure'' que constitueraient les têtes des formidables lion et ours des cavernes, et du redoutable smilodon, ou tigre à dents de sabre, associées à celles de deux T-Rex.

A ce sujet d'ailleurs, les paléontologues galactiques étaient très perplexes. Ils savaient que sur Urantia, ces trois carnassiers n'avaient vécu qu'à la période préhistorique, bien après la disparition des dinosaures.

Or sur '' *Dinosaure trois* '', ils cohabitaient avec, tout en étant d'une taille supérieure à celle décrite par Rosny Aîné dans sa '' *Guerre du feu.*''

Ce qui importait surtout pour Kranocks, c'est qu'il puisse se les offrir.

Au final, tout se déroula pour le mieux. Suivant parfaitement les consignes, sûr de lui, ayant pleine confiance en ses professeurs – grâce peut-être à son habitude de travailler avec des Urantiens -, le grand patron de la SING put réaliser son rêve d'arborer fièrement dans son musée sa première tête de T-Rex, probablement l'une des plus grosses existantes, ainsi que celle du smilodon, qui lui valut encore plus les félicitations de ses professeurs.

Se trouvant face à l'impressionnant tigre qui aurait fait passer son homologue des Indes pour un lionceau, Kranocks ne broncha pas. Voulant préserver la tête, il attendit le moment favorable en visant la poitrine. Hasard providentiel ou réflexe non moins miraculeux, il appuya sur la détente alors que l'animal bondissait, se présentant dans la position idéale.

Satisfait de ce résultat, il s'en contenta, tout en se promettant d'acquérir les autres trophées plus tard, si la menace actuelle lui en laissait l'occasion. Dans son esprit, il les voyait placés en triangles, encadrés par deux énormes museaux de T-Rex ; le tableau serait impressionnant.

Puis il retourna à ses préoccupations prioritaires ; aucun changement ne s'était produit, les hommes-chats semblaient être entrés dans l'irréalité.

De retour à son bureau, il reçut une communication de Michel Machard souhaitant lui soumettre une idée qui lui était venue à propos des contrôleurs de vols :

- Je vous écoute, Machard.

- Monsieur le président, il est évident, ainsi que vous l'avez souligné, que nous ne pouvons pas savoir combien de contrôleurs ont été remplacés par les hommes-chats. De plus, si vous lancez un test général, l'attention de ceux-ci sera attirée, et ils peuvent brusquer les choses.

- Oui, nous savons tout cela. Alors, que proposez-vous ?

- De tester discrètement Les androïdes employés par la SING, avec ces deux questions :

1) Êtes-vous réellement untel (nom de l'androïde) ? 2) Quels sont vos créateurs ?

- J'ai compris, dit Kranocks. S'il y a des répliques, ils se suicideront.

- Exactement, et sans doute dès la première question. Je me suis rendu compte que les hommes-chats avaient commis une erreur en ne faisant pas mentir leurs androïdes.

Je pense également à l'expédition que vous avez envoyée. Si à son retour, les contrôleurs sont des créatures des hommes-chats, ils seront prévenus.

Sur l'écran, le visage du Manwarssi vira au jaune en songeant à cette éventuelle possibilité :

- Vous avez raison, je vais faire le nécessaire, et j'alerterai discrètement les présidents des autres compagnies. Merci, Machard.

- A votre service, monsieur le président.

L'opération, rondement, mais prudemment menée par petites touches qui ne firent aucune vague parmi le personnel humanoïde, eut pour résultat que deux contrôleurs se firent exploser de la même manière que Gérec ; tous les autres étant fiables. Néanmoins, il était évident que cette opération devrait être renouvelée de manière aléatoire, tant que la menace des hommes-chats ne serait pas écartée.

Combien de temps durerait-elle encore ?

*   *   *

CHAPITRE XII.
*   *   *

- Depuis quelques jours, je m'interroge sur un point qui n'a jamais été précisé dans les contrats, ni abordé dans les enseignements, ni même évoqué dans les conversations que nous avons entre Terriens quand nous nous réunissons.

Sylvia Lambard et Michel Machard se promenaient dans les rues de la grande capitale, préférant flâner sans but sur le trottoir, plutôt que d'emprunter la large bande centrale qui avançait régulièrement dans les deux sens à trois kilomètres / heure, et utilisée par ceux qui ne voulaient pas marcher inutilement, ou qui se prélassaient dans les sièges confortables en discutant dans l'attente d'arriver à destination à l'autre bout de la ville. Les bandes avançant perpendiculairement des artères principales, et celles des voies secondaires se croisaient à différents niveaux. Nulle circulation terrestre, seules les vedettes transportaient par voies aériennes les personnes plus pressées par le temps, ou se rendant à l'extérieur de la grande cité. Pas une fumée ni gaz nocif ne polluaient l'atmosphère, qui restait pure et embaumée par une odorante et changeante brise artificielle.

- Ah, et c'est quoi ce point qui t'intrigues tant ?
- Eh bien, nous parlons de notre travail et de nos activités personnelles, mais jamais de la retraite. Or sur Terre, c'est un sujet récurrent. Mais il est vrai que je ne suis là que depuis moins de sept mois.

Michel s'arrêta si brusquement, que Sylvia, qu'il tenait par la taille, fut stoppée dans sa marche.

Intriguée, elle scruta le visage de son ami, et constata qu'il semblait figé par une stupeur subite.

- Qu'y-a-t-il chéri, j'ai dit une ânerie ? s'enquit-elle, soucieuse de l'avoir contrarié.

Son compagnon reprit vie et répondit :

- Non, pas du tout. Mais figures-toi que ta question m'a fait réaliser que depuis plus de deux ans que je suis ici, je n'ai jamais pu savoir ce qu'il en serait.
- Mais voyons, c'est impossible, puisque chaque mois une somme est versée sur notre compte en banque pour nos vieux jours, si nous allons jusqu'au bout de notre engagement.
- Oui, je sais. Ce que j'ignore, et les autres aussi sans doute, c'est ce qui se passera à ce moment. Retournerons-nous sur Terre avec tous les changements qui se seront produits ? Pour ma part, je suis déjà trop marqué par la civilisation galactique pour m'y résoudre.
- C'est peut-être là réponse ; la différence entre les deux sociétés est trop grande.

- Si c'est le cas, alors comment se fait-il que nous ne rencontrons quasiment jamais de retraités dans notre cercle ? Tu remarqueras d'ailleurs que ceux qui viennent nous voir au moment d'atteindre l'âge limite, n'évoquent jamais ou éludent la question de leur futur séjour, ainsi que j'ai pu le constater. Et par la suite, ils disparaissent pour de bon. Et c'est pareil pour toutes les nationalités.

- Oui, maintenant que tu le dis, c'est vrai. Je ne suis pas assez ancienne pour y avoir fait attention. C'est d'autant plus curieux que s'ils repartent sur Terre, ils n'ont aucune raison de le cacher.

- Et s'ils résident sur une des planètes de la Fédération, encore moins, car ils ont dû garder des attaches parmi leurs anciens collègues, compléta Michel.

- En effet, on ne travaille pas un demi-siècle avec les mêmes personnes sans nouer des relations amicales ou intimes, que l'on conservera une fois à la retraite. C'est classique.

- Je ne te l'ai pas dit, parce que sur le moment, j'ai pensé que ça ne t'intéresserait pas, mais j'ai abordé brièvement la question en privé avec Storks Kranocks. Eh bien, il a été plus qu'évasif, avançant comme tu viens de le faire, le versement sur notre compte terrestre ou nébadonien. J'ai alors poussé plus loin en parlant des anciens qui nous ont précédés.

- Et qu'a-t-il répondu ?

- Il a éludé la question comme s'il n'était pas concerné.

- Ce qui est vrai, ce n'est pas son rôle.

- Je te l'accorde. Néanmoins, c'est sa réponse qui m'a causé une sorte de malaise, comme si je touchais un domaine interdit.

Sylvia éclata de rire :

- La retraite n'est pas un domaine interdit.

Puis plus sérieusement :

- Du moins à ma connaissance.

- Ce que je veux dire c'est ce qu'il m'a répondu :

- '' *Voyons, cher ami, je n'ai pas à m'occuper, ni mes prédécesseurs, de ce que font nos employés au moment de nous quit*ter.''

- C'est logique, n'oublie pas que c'est le grand patron.

- Evidemment ; toutefois, il avait l'air embarrassé comme si j'abordais un sujet tabou.

Ils avaient repris leur promenade tout en parlant. Et cette fois, ce fut Sylvia qui marqua l'arrêt :

- Eh, attends ! Tu es sûr qu'il a dit : et mes prédécesseurs ?

- Oh oui, chérie. La phrase est trop courte pour que j'en oublie une partie, ou que je l'aie mal entendue.

- Pourtant, ses prédécesseurs font remonter la retraite des Terriens de l'époque à une période historique où il n'y avait pas de banques pour placer l'argent.

- Tiens, c'est vrai ! Je n'avais pas fait le rapprochement. Toutefois, ajouta-t-il après réflexion, leur salaire devait être obligatoirement versé sur un compte d'une banque nébadonienne. On peut donc supposer que ceux qui ont pris leur retraite sur Terre, ont dû repartir avec de l'or et des pierres précieuses, en compensation de ce qu'ils avaient amassé sur leur compte. Ce qui devait leur assurer la richesse dans leur pays.

- Evidemment, c'est une solution. Mais qui soulève une autre question. Si des gens de l'Antiquité étaient repartis en Grèce par exemple, comment ont-ils pu vivre en cachant tout ce qu'ils savaient des Nébadoniens, surtout avec le décalage des Connaissances ?

- Oui, ça n'a pas dû être facile pour eux de retourner à une époque barbare. A moins que…non c'est idiot.

- Quoi donc chéri ?

- J'ai pensé qu'on leur avait implanté de faux souvenirs. Mais je ne crois pas que les Nébadoniens feraient une chose pareille à ceux qui ont travaillé loyalement pour eux.

- A moins que ce soit avec leur accord.

Michel médita la réponse :

- Mm,mm. C'est effectivement possible, afin d'éviter les gaffes. Cependant, je n'y crois pas, parce que ça ne colle pas avec l'attitude embarrassée de Kranocks. Il cache quelque chose.

Sylvia pâlit soudainement en pensant à une possibilité affreuse :

- Tu veux dire que nous serions éliminés en atteignant la retraite ?

Michel s'empressa de l'embrasser pour la rassurer :

- Non chérie. Je ne songe pas à une telle extrémité. Les Nébadoniens sont bien trop respectueux de la vie humaine, surtout celle des Urantiens.

- Alors quoi ? Nous revenons au point de départ.

- Alors, je ne sais pas. Nous tournons inutilement en rond. Il faudra en parler aux autres, soit individuellement, soit en groupes, même avec ceux des autres nationalités travaillant à la SING où dans les autres compagnies.

Ils continuèrent leur promenade comme deux amoureux qu'ils étaient en ce jour de congé entre deux vols. Cependant, la graine avait été semée, et elle devait germer. A présent, un mystère se dressait, et bien que n'étant pas aussi dangereux que celui des hommes-chats, les deux jeunes gens sentaient qu'ils devaient essayer de le résoudre.

Pourtant, ils étaient encore loin de cette retraite dont on ne savait rien. Depuis les péripéties générées par la présence de l'androïde terrestre Alain Lade, les contrôles d'embarquement avaient été discrètement renforcés, aussi bien à la SING que chez les autres compagnies ; nul androïde ne pouvait plus se faire passer pour passager dans les astroports.

Ce qui n'excluait nullement qu'il puisse se promener dans les rues en toute liberté ; il aurait fallu pour le confondre, employer des moyens trop contraignants et disproportionnés. Et de plus révélateurs d'une menace qui ne disait pas encore son nom, tout en effrayant les populations, et indiquant à l'adversaire que l'alerte était sonnée.

Par contre, les traitements régénérateurs maintenaient l'apparence physique à un niveau tel qu'il était impossible de distinguer visuellement un éventuel passager terrien en activité et voyageant pour son travail, d'un retraité.

Il semblait donc difficile d'espérer tenir une piste en se fiant uniquement à cette apparence ; ce qui avait été envisagé et proposé lors d'une réunion à '' *l'Amicale des Terriens galactiques* '' de la SING.

Chaque compagnie de transports avait la sienne, ce qui n'empêchait pas une interconnexion ; nombreux étaient les membres qui cotisaient à deux, trois, voire à toutes, et ayant des amis et relations dans chacune.

De par son ancienneté, Michel Machard était un de ces personnages ayant porte ouverte partout, et il put transmettre ses idées et celles de Sylvia, qui de son côté plaçait également quelques jalons. Ceux qui jusqu'à présent ne se posaient pas de questions, commencèrent à réfléchir.

Oh, bien sûr, il arrivait que quelqu'un laissât échapper une possibilité de retour au pays dans un moment de nostalgie. Tandis que d'autres, généralement sans famille sur Terre, ne pensaient qu'à rester chez les Nébadoniens, sans pour autant avoir d'idée précise de l'endroit où ils se retireraient ; c'était beaucoup trop tôt.

Malheureusement, et malgré tous leurs efforts, le couple français se rendit vite compte qu'il prêchait dans le vide, ou peu s'en faut. Même Josiane et Julien se désintéressaient de ce qui n'arriverait que dans des décennies, leur tempérament marseillais les portant à l'insouciance de l'avenir. Le seul qui fut réceptif était Robert Termond qui avait d'autant mieux saisi le rapprochement avec les gens de l'Antiquité, qu'il était un passionné des Traditions anciennes, et semblait avoir quelques idées bien à lui sur cette discipline.

Entré à la SING un mois après Machard, il avait été aussitôt affecté à ses côtés en tant que commandant adjoint. Ce grand gaillard d'un mètre quatre-vingt-cinq, aux muscles puissants, au visage carré imberbe avec des yeux gris-bleus surmonté d'une tignasse brun foncé, savait se montrer parfois espiègle ou pince sans rire. Son physique évoquait l'acteur Sterling Hayden, célèbre pour ses rôles dans les films '' *Johnny guitare* '' et '' *Docteur Folamour* '' entre autres.

Du coup, Michel Machard le mit entièrement au courant de la conversation que le couple avait eue, et Robert parut fort intéressé par les conclusions auquel il était arrivé.

Afin d'éviter des suites fâcheuses de la part de leur hiérarchie – Storks Kranocks ayant peut-être donné des ordres en conséquence, suite aux questions de Michel - le trio de '' conspirateurs'' convint d'agir prudemment, pour éviter toute suspicion.

Or, quelques temps après le début de ce que l'on pourrait appeler '' le mystère de la retraite fantôme'' – comme quoi la fonction créé l'outil -, Sylvia réceptionna un passager italien du nom de Renato Battaglia.

Lors de son embarquement, elle se rendit compte que malgré les effets réducteurs de la régénérescence, il était très âgé.

'' Même énormément âgé, pensa-t-elle'' Il paraissait pourtant en bonne forme physique, mais ses gestes étaient lents et quelque peu maladroits, comme si le poids des ans se faisait sentir.

Il laissa échapper sa carte d'identité qu'il tenait inutilement à la main. Elle tomba aux pieds de Sylvia, qui se baissa vivement, autant par prévenance envers le vieil homme, que poussée par la curiosité d'apprendre son âge.

En la lui rendant, elle avait eu le temps de voir sa date de naissance, qui lui causa un bref vertige. Cette carte n'était pas d'origine terrienne qui ici ne servait à rien. Elle était fournie par l'administration galactique, et plus conforme aux normes en vigueur.

Connaissant l'italien, Sylvia prononça quelques mots qui firent plaisir au passager :

- Je n'ai plus entendu ma langue maternelle depuis une éternité, mademoiselle. Merci pour ces quelques paroles qui me ramènent loin en arrière.

- Je vous en prie. Vous ne voyagez pas souvent ? s'enquit-elle d'un ton neutre.

- Non, c'est assez rare en effet, répondit-il sans se compromettre.

Et il gagna lentement la place qui lui avait été allouée.

Durant tout le voyage, et autant qu'elle le put sans attirer trop l'attention, Sylvia s'occupa de SON passager, espérant glaner quelque chose, mais en pure perte. Il restait agréable, charmant même, mais se tenant toujours sur ses gardes ; c'est ce qui ressortait de son attitude générale.

Le soir, après le débriefing traditionnel, elle invita Robert Termond à venir diner. Il était justement libre, et il accepta l'invitation. Michel se douta que sa compagne avait du nouveau à leur annoncer.

Quand elle raconta l'épisode de la carte d'identité, elle asséna une précision qui stupéfia les hommes :

- J'ai été à deux doigts de me trahir quand j'ai calculé qu'il avait près de trois cents ans.
- Tu dois te tromper dit Michel. Les Nébadoniens atteignent les deux cents ans sans problème, mais pas trois cents. Alors encore moins un Terrien.
- Pourquoi un homme se baladerait-il avec une carte d'identité aussi compromettante ? appuya Robert. Tu dis qu'il l'a laissée tomber, peut-être était-ce une blague avec une carte truquée ?
- Dans quel but ? se rebiffa Sylvia, vexée d'être aussi peu suivie.
- impossible, intervint Michel, une carte d'identité ne peut pas être falsifiée. Et Sylvia affirme que l'homme était très vieux.
- Et je le maintiens, dit-elle.
Robert devint pensif :
- Dans ce cas, il n'y plus qu'à envisager la seule solution : Ossian.
- Quoi Ossian ? s'écrièrent d'une seule voix les deux amants.
- C'est le fils du roi Finn de la Tradition irlandaise. Il fut enlevé par une magicienne qui l'emmena vers l'île de Tir Na Noge. Et quand il revint, trois cents ans s'étaient écoulés.
- Quel rapport avec cet Italien ?
Le copilote resta évasif :
- Je ne sais pas encore, il faut que je réfléchisse. Mais si j'ai raison, Sylvia tu es tombée sur quelque chose de gros.
- Comme quoi ?
- Je ne peux rien dire, ce n'est pas assez précis dans mon esprit. Mais le moment venu, j'aurai besoin de ton aide Michel.
- Oh, oh, tu m'intrigues mon bonhomme. Qu'as-tu en tête ?
- J'en parlerai une autre fois, réaffirma Robert, catégorique.
Ce à quoi il pensait était bien trop fantastique pour en faire part inconsidérément ; il avait lui-même du mal à y croire.
- Plus tard, répéta-t-il machinalement.
Puis sans transition :
- Si on mangeait maintenant ?
Et la soirée se passa dans une excellente ambiance, la carte d'identité étant sinon oubliée, du moins mise de côté.

*   *   *

CHAPITRE XIII
* * *

Pendant quelques voyages, Robert Termond assura son rôle de copilote sans jamais revenir sur le sujet ; que ce soit à mots couverts ou par une allusion passagère.

Aux escales, il semblait surtout s'intéresser à un autre problème ; deux regards verts surmontés d'une chevelure rousse. Le tout appartenait à une frimousse aux fossettes adorables et mutines, le corps étant à l'avenant.

L'ensemble était d'origine anglaise et se nommait : Cindy Robson. Elle était hôtesse dans l'équipe britannique de la SING. Intégrée depuis peu de temps, Robert l'avait remarquée alors qu'elle embarquait pour son premier vol officiel.

Le vaisseau des Français s'était posé une heure auparavant, et l'équipe sortait de la salle de débriefing. Les deux groupes se croisèrent alors en se saluant, et les regards de l'hôtesse et du copilote aussi. Ils s'attardèrent si bien ainsi, que l'un et l'autre bousculèrent des personnes tout en marchant ; ces contacts brutaux rompirent le charme, mais Robert, soudain tout guilleret, se promit de se renseigner sur la belle Anglaise.

Il est probable que cette rencontre eut pour résultat de changer les plans initiaux du Français, retardant la mise au point de ses réflexions, ainsi qu'il l'avait dit.

Toujours est-il que ce ne fut que trois semaines plus tard qu'il profita d'un diner offert par Sylvia et Michel, qui tenaient (surtout Sylvia !) à faire connaissance avec le béguin de leur ami, pour aborder en fin de soirée le sujet délaissé au profit d'un autre plus captivant encore à ses yeux.

Les deux femmes sympathisèrent très vite, aidées par leur profession commune.

Peu avant de se séparer, Robert entama la conversation, expliquant à ses hôtes ce qu'il avait déduit, et donnant quelques précisions sur le fameux Ossian et d'autres. Pour lui, aucun doute ; c'étaient des anciens de la SING.

Pour en avoir confirmation, il demanda à Michel de contacter Storks Kranocks pour obtenir un rendez-vous en son nom, mais sans en préciser le but.

Cindy Robson était impressionnée en écoutant Robert. Pour elle, arrivée récemment, discuter directement avec le tout puissant patron, était comme discuter avec Dieu. Et elle avait du mal à croire que les Français réussissent cet exploit.

Sylvia lui expliqua les circonstances qui les avaient rapprochés du président, et elle apprit ainsi avec beaucoup d'enthousiasme à quelle équipe étonnante elle était désormais liée. Robert l'avait renseignée, mais modestement, sans s'appesantir sur l'importance de leur participation.

Michel contacta donc le siège de la Société. La secrétaire Manwarssil qui le connaissait bien à présent, ne fit aucune difficulté pour lui passer le président.

Michel lui exposa l'objet de sa requête, mais comme il n'en dévoilait pas le but, Storks Kranocks insista pour le connaître.

- Je suis désolé, monsieur le président, mais c'est trop important et confidentiel pour vous en parler actuellement, et autrement que de vive voix. Mais quand vous entendrez Robert Termond vous soumettre son idée et ce qu'elle génère de concret, je suis sûr que vous serez intéressé.

- Si c'est pour une demande de changement d'affectation ou de modification de son contrat, qu'il passe par la voix hiérarchique, je statuerai en dernier lieu.

- Ce n'est pas du tout ce dont il s'agit ; c'est strictement personnel et confidentiel, au point que vous seul pouvez y donner suite.

Kranocks poussa un soupir d'impatience :

- Bon, c'est bien parce que vous et monsieur Termond avez été efficaces dans l'affaire Gérec, que je veux bien vous accorder ce que je considère comme un caprice.

Voyons, vous êtes de repos après-demain. Je vous attends à mon bureau. Je vous repasse ma secrétaire qui vous communiquera l'heure.

- Merci, monsieur le président, vous ne serez pas déçu.

Le visage fermé du manwarssi indiquait clairement qu'il n'en croyait rien.

A l'heure prévue, les deux hommes, introduits par la secrétaire, pénétraient dans l'antre du grand patron.

Celui-ci les accueillit affablement. Il avait eu le temps de méditer sur cette démarche insolite, sachant fort bien que Machard ne le dérangerait pas pour des futilités administratives.

Une fois les Français engoncés dans leurs fauteuils, Michel prit la parole :

- Monsieur le président, il y a quelque temps, je vous ai interrogé au sujet de la retraite de vos employés. Vous rappelez-vous cet entretien ?

- J'ai vaguement le souvenir de quelque chose de ce genre.

Kranocks restait prudent, ces diables d'Urantiens étant très observateurs et opiniâtres dans leurs idées.

- Vous avez répondu, avec juste raison, que vous n'aviez pas à vous occuper de ce que font vos employés au moment de quitter leur poste, et vous avez ajouté : ni mes prédécesseurs.

- Si je l'ai dit, je le maintiens.

- C'est vrai, monsieur le président. Mais cette allusion à vos prédécesseurs a donné quelques idées à Robert Termond ; surtout depuis qu'un passager Italien a voyagé à bord de notre vaisseau.

- Il est normal qu'un Urantien retraité profite de nos avantages.

- Certes, mais cet Italien avait ceci de particulier qu'il était âgé de trois cents ans.

- C'est absolument impossible.

- Sa carte d'identité en fait foi.

- Messieurs, il y a forcément une erreur quelque part, et vous brodez là-dessus des hypothèses…

- Qui se nomment Ossian, monsieur le président, coupa Robert Termond.

- Pardon, de qui parlez-vous ?

Le Français expliqua l'aventure du prince / barde gaélique, et acheva en disant :

- Si mon hypothèse est exacte, cet Ossian a été enlevé par une personne à votre solde, ou plutôt de la SING de l'époque. A la fin de sa carrière, il est parti pour l'île de l'éternelle jeunesse, qui en réalité est une planète, avant de revenir faire un pèlerinage dans son pays, où personne ne le connaissait, sauf sous forme de légende.

- Ce que vous dites-là est très instructif et montre l'étendue de votre savoir, mais c'est sans fondement.

- Mais il existe pourtant un moyen de le vérifier, monsieur le président.

- Ah oui, et lequel ?

- Il suffit de demander à vos archives si un Ossian a bien été un collaborateur. Avec vos ordinateurs, la réponse devrait être rapide.

Pris de court par cette suggestion qui lui avait échappé, Storks Kranocks resta silencieux un long moment, avant de dire :

- Si je refuse cette demande, vous en déduirez que vous avez raison. Alors autant être franc avec vous. C'est vrai, Ossian a fait partie de la SING, il y a bien longtemps, et nous avons imaginé cette histoire d'enlèvement par une magicienne. Quand je dis nous, entendez les responsables de l'époque.

Les deux Français se regardèrent, satisfaits de la justesse de leurs raisonnements.

- Merci, monsieur le président, dit Robert. Mais si Ossian avait trois cents ans, et que notre Italien moderne les a aussi, c'est que ce monde de l'éternelle jeunesse existe réellement.

- Comme vous y allez, monsieur Termond. Je vous ai dit que tout avait été imaginé par nous.

- Sans doute. Seulement, le cas Ossian n'est pas unique dans la Tradition irlandaise ; il y a également un nommé Brann. Et surtout, une autre Tradition fait état d'un homme immortel, que les dieux ont placé avec son épouse à l'embouchure de deux fleuves.

- Votre connaissance des textes anciens me stupéfie. Mais ainsi que vous le dites, il ne s'agit que de légendes et Traditions.

- dont fait partie Ossian. Connaissez-vous l'épopée de Gilgamesh, monsieur le président ?

Question posée à brûle-pourpoint.

Cette fois-ci, Storks Kranocks se tassa sur lui-même, semblant complètement anéanti. Il resta ainsi prostré sans réaction un long moment ; au point que les deux hommes crurent qu'il subissait une attaque cardiaque.

Pourtant, il réussit à surmonter cette faiblesse, et après une longue inspiration, il reconnut sportivement :

- Je vois que j'ai en face de moi un homme très cultivé. Oui, je connais l'épopée de Gilgamesh et sa recherche de la plante d'immortalité chez son ancêtre Outa-Napishtim.

Toutefois, ce n'est qu'une allégorie chère aux hommes d'Urantia. Néanmoins, à supposer que cet endroit ait existé, il a pu disparaître depuis longtemps. Par ailleurs, s'il s'agit d'une planète comme vous le supposez, il n'y a pas d'éléments permettant de la localiser. Non, monsieur Termond, votre imagination, fertile j'en conviens, vous entraîne trop loin.

Robert allait insister et présenter d'autres arguments. Il fut devancé par son compagnon, qui en se levant, tapa discrètement du pied contre sa chaussure, tout en s'adressant au Manwarssi :

- Merci, monsieur le président, de nous avoir accordé cette entrevue qui fut très constructive. Nous avons eu confirmation que la thèse de mon adjoint pour Ossian et Brann était exacte. Quant au reste, vous avez sans doute raison. Aussi, nous nous en tiendrons-là.

- Je vous en prie, Machard. Et je constate une fois encore avec beaucoup d'admiration le formidable pouvoir de déduction des Urantiens. Et pour vous remercier, j'envisage de vous faire une proposition intéressante d'ici quelque temps. Si évidemment les hommes-chats nous en laissent le loisir.

- Nous sommes à votre disposition, monsieur le président.

Robert Termond salua également, et les deux hommes sortirent du bureau.

Storks Kranocks leur laissa quelques instants, afin d'être assuré qu'ils avaient quitté l'immeuble. Puis il abaissa la touche de son écran le mettant en contact avec sa secrétaire :
- oui ? monsieur le président.
- Newark, un Urantien Italien a voyagé récemment sur le vaisseau du commandant Machard. J'ignore son nom. Trouvez-le et contactez-le. Quand vous l'aurez en communication, passez-le-moi. J'ajoute que c'est urgent, c'est tout.
- Bien, monsieur le président.
Il n'eut pas à attendre longtemps. Grâce à la célérité de la jeune fille, elle obtint rapidement le renseignement, et put joindre son correspondant en quelques minutes :
- Monsieur le président, je vous passe monsieur Renato Battaglia.
- Merci Newark, excellent travail.
Il eut le temps de remarquer que le teint du visage devenait un peu plus vert, signe de confusion agréable. Elle était sensible au compliment. Puis elle fut remplacée par le vieil Italien :
- Bonjour monsieur Battaglia. Excusez-moi de vous déranger, mais c'est pour la bonne cause.
- Je vous écoute, monsieur le président.
- Vous avez voyagé à bord d'un de nos vaisseaux en présentant votre carte d'identité qui n'a pas été changée comme elle aurait dû. Ce qui a généré un léger incident, qui ne doit pas se reproduire.
- Mais je…
- Pas de mais ni d'excuse. Vous allez immédiatement vous faire attribuer une nouvelle carte en rectifiant votre date de naissance. J'espère bien me faire comprendre, vous savez pourquoi.
- Oui bien sûr, monsieur le président. Je suis désolé, j'ai été négligent. Mais je vais faire le nécessaire.
- J'y compte bien, monsieur Battaglia. Au revoir et bonne journée.
Kranocks coupa l'émission sans attendre une réponse. Le mal serait réparé, et il n'y aurait plus de trace d'un Urantien de trois cents ans. Sa nouvelle carte devait lui donner un âge beaucoup moins vénérable.
Kranocks restait cependant soucieux. Ces Français étaient un peu trop perspicaces, surtout Machard. Quant à son copilote, il savait utiliser ses connaissances des Traditions anciennes.
Sur le coup de la contrariété, le visage ridé du Manwarssi jaunit davantage. Et si les deux Terriens avaient deviné la vérité ? Il faudrait peut-être s'en assurer de manière prudente. L'invitation qu'il avait envisagée servirait de tremplin pour tâter le terrain.
Et puis, il y avait cet autre effarant secret qui le taraudait, bien que ne le montrant pas. Il aimerait le partager avec des gens de confiance, ce qui le soulagerait un peu.

Mais pouvait-il faire confiance aux Français ? C'était tellement incroyable qu'ils risquaient d'en rire et de le répandre. Non, pas Machard, ni même Termond.

Cependant, dans quelle mesure leur esprit résisterait-il, même s'ils étaient habitués maintenant à vivre loin d'Urantia et de ses limitations mesquines ?

Non, il fallait attendre. Peut-être qu'en lâchant du lest au sujet de Tir-Na-Noge, il verrait déjà leur réaction.

Arrivé à ce stade de ses cogitations, son plan étant désormais bien établi, il se secoua, laissant son esprit revenir au présent et à ses activités premières.

Pendant ce temps, Robert Termond, à peine sorti des locaux, avait demandé à son ami :

- Pourquoi m'as-tu empêché de continuer, Michel ? Tu sais bien qu'il connaît la planète d'Outa-Napishtim.

- Bien sûr qu'il la connaît cette planète miracle, **où vont tous les retraités Urantiens de la SING et d'ailleurs !**

- Hein ? Tu crois que…

- Je ne crois pas, j'en suis sûr. A mon avis, c'est un tel secret d'Etat que Kranocks ne le dévoilerait pas. Donc, inutile d'insister.

- Oh ben ça alors ! Je comprends pourquoi tu as brusqué le départ.

- Oui mon vieux. Quand tu as parlé de Gilgamesh, j'ai réalisé soudainement que c'était elle, la Tir Na Noge, la planète de l'éternelle jeunesse. Nous n'avions alors plus besoin de rester à discuter dans le vide.

Robert n'en revenait pas :

- L'éternelle jeunesse, et uniquement pour des Urantiens.

- Oui, c'est la plus belle des récompenses que les Nébadoniens peuvent accorder aux Terriens qui travaillent pour eux.

Robert claqua des doigts :

- Dis donc, si le populo l'apprenait, tout le monde voudrait y aller.

Michel l'approuva :

- Et c'est pour cette raison que le secret est bien protégé. Je suppose d'ailleurs que les retraités qui en bénéficient, doivent jurer de garder bouche cousue.

- Avec l'aide éventuelle d'un petit coup de technologie de l'inconscient, conclut Robert en riant.

- Sans doute. Mais en ce qui nous concerne, à part Sylvia et Cindy qui sont au courant de notre visite… Au fait, es-tu certain que ta belle rouquine marchera avec nous ?

- Je pense que Sylvia a dû la mettre au parfum complètement. Mais je vais bien m'assurer qu'elle ne dira rien.

- Je compte sur toi. Nul autre que nous quatre ne doit connaître la vérité. D'accord Robert ?

Ce dernier lui serra la main :

- D'accord Michel. Après tout, ce brave président nous paie suffisamment bien pour ne pas lui créer des ennuis.

*   *   *

CHAPITRE XIV.

* * *

Le " *Chen-Zu* " et le " *Xi-No* ", les deux vaisseaux envoyés en mission de reconnaissance vers le sixième bras de Nébadon, débouchèrent rapidement face aux nuages gazeux formant une frontière entre les deux dernières spirales galactiques.

Si chaque équipage humanoïde comportait deux femmes astronomes, c'est parce que les Tsientsienxo, pourtant grands explorateurs, n'aimaient pas partir sans avoir des collègues féminines à leurs côtés ; et grâce à leur présence, ils supportaient plus facilement d'être loin de leur planète. Et bizarrement, la science du ciel chez ce peuple aventureux avait été de tout temps plus l'apanage des femmes ; peut-être à cause de son aspect un peu mystique et immatériel.

Avant leur départ, Storks Kranocks avait remis aux commandants de bord une photographie en couleurs et relief de l'homme-chat qui avait rendu visite à Sylvia Lambard. Et afin que les deux chefs soient parfaitement au courant du but de leur mission, et de ce qu'ils étaient censés trouver, il leur résuma ce qu'il avait appris.

Ce portrait d'une précision remarquable avait été obtenu par l'intermédiaire de la technologie de l'inconscient. Sous hypnose profonde, Sylvia avait revécu son entrevue indésirable, son cerveau ayant enregistré toutes les scènes. Mais ce qui intéressait surtout Kranocks, c'était la description exacte du visiteur, afin que les explorateurs puissent la comparer avec les races qu'ils découvriraient éventuellement.

Comme il y avait environ un millier d'années-lumière entre le " *Domaine privilégié d'Urantia* " et le début des nuages gazeux, il était probable que cette zone neutre était semblable de l'autre côté. Ce qui revenait à dire que la barrière de nuages stagnait dans une région d'environ 8.000 années-lumière, sans la couvrir entièrement.

En accomplissant un saut de neuf mille années-lumière, les vaisseaux étaient assurés de franchir la frontière sans encombre ; avec toutefois le risque de sortir proche d'une étoile, ou de percuter un astéroïde dans cet univers encore inconnu.

Les probabilités étaient toutefois extrêmement réduites, tant le cosmos contient plus de vide que de matière.

Sans plus tergiverser, les vaisseaux traversèrent de concert, et la chance aidant, ils se retrouvèrent dans un espace libre, face à un long ruban cylindrique s'étirant en arc de cercle, et barrant le champ de vision d'un poudroiement flamboyant d'étoiles diversement et superbement colorées, pareilles à l'illumination d'un immense sapin de noël cosmique.

Les détecteurs ne décelèrent aucun danger proche, qu'il soit d'origine naturelle ou artificielle ; seuls deux ou trois contacts très lointains se déplaçant lentement – probablement des vaisseaux cargos – révélaient une activité spatiale d'une civilisation avancée. Il convenait donc de se montrer d'autant plus vigilant que les écrans d'invisibilité devaient rester levés, leur présence risquant de perturber les observations générales et prolongées ; ce qui n'était pas le cas pour celles de courte durée.

Après un long moment d'émerveillement féérique, les astronomes mirent en marche les deux télescopes équipant chaque vaisseau, qui commencèrent à transmettre des images stéréoscopiques aux ordinateurs. Ceux-ci enregistrèrent, étudièrent, classèrent, et établirent une carte ultra-précise de cette spirale.

Cependant, malgré toute leur puissance fabuleuse de travail et de célérité, délivrant une clarté et une définition des images très fines jusqu'à une magnitude élevée, des heures passèrent, avoisinant une journée terrestre. Les vaisseaux se déplaçaient à la demande, suivant les directives imposées par les cerveaux hyper quantiques, afin de mieux couvrir tout le quadrant, sous différentes configurations.

Enfin, quand tout fut fini, le travail accompli aurait demandé plusieurs années de labeur intense aux observatoires urantiens, tout en obtenant une précision cent fois moins grande, même aidés par un télescope spatial de dernière génération.

C'était une comparaison intéressante, car elle mettait l'accent sur la différence scientifique existante entre les deux univers. Et il ne s'agissait que d'astronomie.

Ce travail primordial effectué, on demanda aux ordinateurs de définir le nombre d'étoiles vertes ; ils en totalisèrent cinq étalées sur de grandes distances. N'importe laquelle pouvait être l'astre central du domaine des hommes-chats, s'ils étaient originaires de ce sixième bras. Il convenait donc de les approcher toutes et de les étudier l'une après l'autre.

D'un commun accord, les commandants choisirent de commencer par la plus proche, qui brillait à trois-mille années-lumière ; la plus éloignée se plaçant à plus de vingt-mille de ces années.

La phase cruciale commençait, avec toutes les inconnues qu'elle comportait.

Les écrans d'invisibilité s'abaissèrent, et les vaisseaux partirent pour se diriger vers leur premier objectif, avec pour priorité l'étude détaillée et complète des étoiles vertes elles-mêmes que les astronomes ne connaissaient pour ainsi dire pas du tout.

Les ordinateurs avaient tracé une route qu'ils estimaient sûre. Avec juste raison, car les vaisseaux émergèrent à une centaine de millions de kilomètres du soleil choisi. Les astronomes jugeaient cette distance suffisante pour obtenir tous les renseignements désirés.

Les ordinateurs avalèrent goulument toutes les informations, et fournirent bientôt un tableau complet faisant ressortir un rayonnement très particulier, que les étoiles des autres classes n'émettaient pas. Cette radiation devait agir sur le métabolisme des habitants des planètes, s'il y en avait, et devait même leur être indispensable.

Sur les cinq compagnes de cette étoile, trois étaient stériles, l'une que la mission survola avant d'aller vers la dernière, pauvre en oxygène, ne donnait la vie qu'à des lichens et une maigre population de mousses.

La cinquième, plus intéressante, de la grosseur de la Terre, abritait une faune et une flore, et quelques tribus éparpillées sur le continent principal, d'individus grands et maigres, bruns de peau, vivant à l'âge de pierre.

Sur la demande des astronomes voulant éclaircir le mystère de la curieuse radiation solaire, le '' *Chen-Zu*'' descendit sous son couvert d'invisibilité, tandis que le '' *Xi-No*'' restait sur orbite en couverture vigilante.

En volant assez bas, l'équipage cherchait un indigène isolé. Tout le monde avait les yeux fixés sur l'écran, ou regardait par les hublots, scrutant le paysage qui défilait à faible vitesse.

Bientôt, un des membres signala une cible potentielle isolée auprès d'une rivière, sans doute prête à harponner un poisson.

Aussitôt, le commandant lança un ordre. Un des androïdes médecins se prépara à sortir. Le vaisseau se posa à faible distance, après que l'individu ait reçu une dose sonique qui l'assomma pour un bon moment.

Muni de son matériel, l'androïde s'approcha à grandes enjambées au milieu des plantes aux fleurs violines, et des herbes hautes de couleur semblable mais plus claire.

Il préleva un échantillon de sang, après avoir aseptisé le bras qui était d'une minceur correspondant à la morphologie générale. Sur l'écran, en gros plan, le visage montrait indiscutablement une apparence féline. Ce qui semblait être de bon augure pour la suite.

Une fois la seringue retirée, le médecin vaporisa un liquide antiseptique qui ferma le petit orifice ; lorsque l'indigène se réveillerait, il mettrait cette piqure sur le compte d'un insecte pendant cette perte de conscience, survenue brusquement, sans signe avant-coureur.

Cette descente sur un monde suivie de cette intervention médicale, dépassait les directives de Storks Kranocks, mais entrait bien dans le cadre de la mission ; récolter le maximum de renseignements.

La deuxième étoile verte, auscultée elle aussi sur toutes les coutures, montra les mêmes symptômes concernant la présence de la radiation inconnue. Durant cet examen général, l'analyse de sang qui était d'un rouge avec de curieux reflets verts, révéla la présence d'un pigment n'existant chez aucun autre Nébadonien, ni même chez les Urantiens.

Avec ce seul résultat, impossible de tirer des conclusions assurées. Néanmoins, c'était encourageant, en allant dans le bon sens.

Trois planètes seulement tournaient autour de ce soleil ; une super-géante, gazeuse et inhabitable, et un monde semblable à Saturne avec un superbe anneau formé de morceaux de glace. Le troisième globe, très proche de l'astre, montrait, comme Mercure, la même face brûlante tournée vers son flambeau ; sombre, gelée et desséchée pour celle de l'autre hémisphère.

Le soleil vert suivant sur la liste, situé à près de dix-mille années-lumière, était d'un vert éblouissant. Il rayonnait davantage que les autres, peut-être parce qu'il était plus jeune.

Suivant le principe adopté au début, les vaisseaux toujours invisibles et tous les détecteurs en action, stationnèrent à l'équivalent galactique de cent millions de kilomètres. Et une fois de plus, le mystérieux rayonnement se manifesta, et dans des proportions plus élevées encore.

Ce système, plus riche que les précédents, comportait sept planètes, dont plusieurs étaient dotées de satellites.

En approchant de l'une de celles-ci, les trois plus extérieures ne présentant aucun intérêt, l'androïde préposé à la détection, signala un astronef paraissant en difficulté. Devant cette manifestation inattendue indiquant une civilisation ayant atteint le stade cosmique, la prudence redoubla ; on entrait dans le vif du sujet.

Tout en avançant à vitesse réduite vers cet objectif situé encore à soixante-quinze mille kilomètres, les équipages se concertèrent. Prendre contact, c'était se dévoiler ; ne pas intervenir, alors que des êtres intelligents avaient besoin d'aide, c'était comme commettre un crime.

L'astronef étranger semblait désemparé, dérivant dans l'espace à l'aventure.

Les détecteurs annonçaient une seule vie présente à bord, ce qui était rassurant pour les Tsientsienxo. Si on la sauvait, on pouvait la maintenir sous sédatif. Au besoin, la technologie de l'inconscient lui fabriquerait des faux souvenirs, avant de déposer cet humanoïde dans un endroit isolé d'une planète habitée.

- Après tout, comme le fit remarquer une des astronomes, il y a peut-être là un moyen de se renseigner sans avoir à chercher plus longtemps.

L'androïde préposé au détecteur signala que la vie de l'inconnu faiblissait, l'air étant de plus en plus vicié. Il fallait agir vite si on voulait le sauver. Rapidement, mais avec toutes les précautions possibles, le ' Chen-Zu'' s'approcha de l'épave, et les androïdes s'élancèrent par l'ouverture d'une cale étanche, et pénétrèrent par une large brèche, leur progression étant suivie sur écran.

Le spationef de petite taille était en piteux état, probablement frappé par une météorite qui l'avait détruit en grande partie. Effectivement, la salle de commande avait été pulvérisée, les androïdes pilotes transformés en ferrailles éparpillées et méconnaissables.

Apparemment, l'humanoïde survivant avait eu la chance de se trouver dans sa cabine au moment de l'impact, et était ainsi resté isolé, comme dans une boîte hermétiquement scellée. Néanmoins, sa vie continuait à décliner, et il était plus que temps d'agir ; mais le sortir de son compartiment dans le vide, revenait à l'achever instantanément.

- Désintégrez entièrement tout ce qui est autour de la cabine, en faisant bien attention de la laisser intacte, et introduisez-là dans le vaisseau, ordonna le commandant. Une fois l'atmosphère rétablie, vous l'ouvrirez, et vous vous occuperez de son occupant. Faites-vite !

Les androïdes opérèrent méthodiquement, mais avec une promptitude d'une précision telle qu'aucun humain n'aurait pu l'égaler ; et c'est sans doute ce qui sauva une existence qui arrivait à sa dernière extrémité.

En peu d'instants, tout ce qui restait de l'épave dont les débris étaient inutilisables, disparut dans le flamboiement bleuté des désintégrateurs, n'épargnant que la minuscule cabine qui fut amenée dans la soute secondaire, dont le vantail se referma afin de reconstituer l'atmosphère. Avant même que celle-ci soit redevenue normale, les androïdes avaient découpé la porte et insufflé une grande quantité d'oxygène, apportant un sursis inespéré au moribond. Equipé d'un masque respiratoire, il fut transporté jusqu'à l'infirmerie, sauvé mais encore inconscient, avec une blessure sans gravité à la tête. L'impact de la météorite l'avait éjecté de sa couchette, et la fuite de l'air avait déclenché l'étanchéité totale de la porte. Son évanouissement avait permis d'économiser l'oxygène jusqu'à l'arrivée des deux vaisseaux. Mais il est probable que l'accident était très récent, sinon il aurait déjà succombé.

L'individu était indubitablement un homme-chat ; pas besoin de sortir la photo remise au départ pour s'en assurer. Comme il n'avait perdu que peu de sang, une transfusion ne fut pas nécessaire, chance supplémentaire ; les réserve du bord ne pouvant convenir, à cause du pigment particulier inhérent à sa race. L'apport de sang frais n'en contenant pas aurait pu le tuer.

Une heure plus tard, toujours endormi, sa cicatrice était refermée et n'apparaissait même plus.

Les techniciens en profitèrent pour placer un casque mémoriel sur sa tête. Sous hypnose, son état étant parfaitement rétabli, il répondit aux questions posées, tandis que les images apparaissaient sur l'écran de contrôle, révélant une civilisation avancée.

- Qui êtes-vous ? débuta l'interrogatoire.
- Je m'appelle Wsewitg Loprtvaq.
- A quelle race appartenez-vous ?
- A celle des Catiglyngu.
- Est-ce la principale ?
- Oui. Il y en a d'autres, secondaires et soumises à notre domination.
- Vous êtes donc les maîtres ?
- Oui, nous avons conquis tout ce bras extérieur.
- Que savez-vous d'un projet d'envahissement de la Fédération ?
- Ce n'est pas un projet, mais une réalité en cours de réalisation.
- Comment le savez-vous ?
- Je suis un scientifique qui participe avec d'autres à ce plan. Je me rendais sur la planète Tridwagmulk avec un collègue pour participer à une réunion, lorsque nous avons eu cet accident.
- Votre compagnon est mort, et votre astronef est détruit.
- C'est extrêmement malheureux. Il répondait aux questions sans réticence, sur le même ton uni, et sans exprimer le moindre sentiment.
- Connaissez-vous les détails de ce plan ?
- Non, je n'ai pas un rang assez élevé. Je sais seulement que des androïdes sont utilisés.
- Dans quel but ?
- Je l'ignore.
- Vous dites que ce plan est en cours de réalisation. Savez-vous s'il est avancé et prêt d'aboutir ?
- Je l'ignore. J'ai simplement entendu dire que la troisième phase était légèrement retardée.
- Avez-vous une idée de cette troisième phase et des deux autres ?
- Aucune, à part que la première consistait à tester de nouveaux androïdes.
- Cette planète Tridwagmulk est-elle la principale de votre système ?
- Non, c'est Catiglyngupa, du nom de notre race. C'est la deuxième du système.
- Que savez-vous du rayonnement particulier qui agit sur votre sang ?
- Il nous est indispensable. Sans son influence, nous ne pouvons pas vivre loin de notre soleil, ou des autres soleils verts, car nous n'avons jamais pu le synthétiser.
- Où voulez-vous que nous vous déposions ?

- Votre vaisseau est-il équipé de l'annulateur d'écran ?
- Quel annulateur ?
- Chacune de nos quatre planètes est protégée par un champ énergétique impénétrable. Si vous ne disposez pas d'un annulateur, vous ne passerez pas.

La réponse jeta l'effarement sur les deux vaisseaux, la communication étant établie pour que tout le monde entende. L'information était de taille et bouleversait tous les plans. Pas question éventuellement de bombarder les planètes des hommes-chats. A moins que…

- Décrivez-nous cet écran, ordonna le commandant, espérant trouver une faille.
- C'est une invention récente. Il ne laisse passer que la radiation vitale. Aucun autre rayonnement, ni aucun objet matériel ne peuvent le traverser, sans être arrêtés ou détruits. Il rend les planètes protégées invulnérables.

L'effarement initial virait à l'abattement ; une action directe contre les hommes-chats était à rejeter. Les Tsientsienxo avaient fait de leur mieux pour remplir leur mission. Ils reviendraient avec des renseignements intéressants certes, mais pas très encourageants.

Quant à Wsewitg Loprtvaq, puisqu'on ne pouvait le ramener sur son monde, autant le garder endormi en tant que prisonnier ; peut-être par la suite, pourrait-on obtenir d'autres informations, auxquelles on ne pensait pas en ce moment.

Les probabilités étaient grandes pour que son absence soit mise sur le compte d'un désastre quelconque ; bien qu'il soit à peu près certain que les passagers et l'équipage n'aient pas eu le temps de lancer un appel de détresse, la météorite surgissant et frappant le vaisseau probablement avant d'être détectée. L'absence des deux savants ne pouvait avoir qu'une seule cause, la plus évidente. Les compatriotes de Loprtvaq n'auraient ainsi aucun soupçon. Ils n'avaient pas de raison de suspecter un enlèvement par un vaisseau de la Fédération, hypothèse qui leur aurait paru risible.

Une brève discussion aboutit à la conclusion qu'il était inutile de poursuivre la recherche, puisque l'on possédait suffisamment d'éléments ; autant rentrer, d'autant que près de deux mois s'étaient écoulés.

Parvenus de l'autre côté des nuages gazeux, ils contactèrent Kranocks, qui leur recommanda de venir directement sur le terrain privé du siège de la compagnie, sur Telvak, qui était totalement sécurisé. Il prendrait connaissance du rapport complet à ce moment-là.

*   *   *

CHAPITRE XV
* * *

Lorsque le patron de la SING eut en main tous les éléments recueillis par l'expédition, et entendu l'enregistrement de l'interrogatoire de l'homme-chat rescapé, celui-ci étant gardé endormi en permanence dans une pièce fermée, sous la surveillance de deux androïdes, il décida de transmettre le dossier complet à ses amis du Grand Conseil, plus habilités que lui pour prendre les mesures adéquates. Lesquelles ? Pour le moment, on ne savait trop ; mais que des membres de la Haute Autorité soient au courant, augmentait les chances de trouver des solutions, et de pouvoir agir éventuellement.

D'apprendre que les planètes des hommes-chats étaient inattaquables directement leur donnait un avantage considérable, et n'augurait rien de bon pour la suite des événements.

Le problème était que vivant pacifiquement depuis des éons de temps, les Nébadoniens n'avaient aucune notion de l'art de la guerre, qu'elle soit larvée, froide, directe, ou sous forme de guérilla.

Cette réflexion peu réjouissante incita Storks Kranocks à lancer l'invitation qu'il méditait depuis un certain temps envers Michel Machard et Robert Termond, dans l'espoir de faire coup double.

Les Urantiens étaient mieux placés que lui ou n'importe quel autre Galactique pour juger sainement la situation. D'autre part, il y avait toujours en suspens cette histoire de planète miracle ; il faudrait peut-être lâcher quelques informations à ce sujet, afin de montrer sa bonne volonté, et obtenir leur collaboration sans restriction. Après tout, se dit Kranocks, c'est aussi le sort d'Urantia qui se joue.

Il y avait bien longtemps que chaque Nébadonien possédait son appareil de communication individuel (apcomi). Modèle de haut de gamme permettant de joindre une personne n'importe où dans Nébadon à vitesse instantanée.

A la différence avec les Urantiens, que les Galactiques l'utilisaient intelligemment et avec discernement quand ils étaient dehors au milieu d'autres personnes. Ils ne sacrifiaient jamais à la mode qui consiste à échanger avec un correspondant des propos sans intérêt, en parlant fort pour que tout le monde entende. Les Nébadoniens, qui se respectaient mutuellement, n'auraient jamais agi de manière aussi puérile et de mauvais genre, bien que les communications soient totalement gratuites.

Tout nouvel arrivant urantien recevait donc son boîtier personnel, et son numéro d'appel était automatiquement inscrit dans son dossier ; son employeur pouvant le joindre à tout moment, au sol en dehors de ses heures de service.

Storks Kranocks put ainsi connaître le numéro de Michel Machard par l'intermédiaire de sa secrétaire.

Auparavant, il contacta le responsable de la SING sur Séraphia, patron direct entre autres de l'équipe française. Après l'échange des traditionnelles amabilités d'usage, Storks aborda le sujet de son appel :

- Mon cher Strankek, je vais bouleverser vos tableaux de vols, avec mes excuses. Mais j'ai besoin de quatre de vos employés, à qui vous allez accorder une semaine de congé plein ; arrangez-vous pour les remplacer à votre gré.

- Vous me laissez quel délai, président ?

- Aucun. Je suis désolé, mais j'en ai besoin immédiatement. Je sais que tous sont au repos aujourd'hui.

- Mais c'est impossible, les vols et leurs équipages sont programmés longtemps à l'avance.

- Je sais, je sais. Moi-même je suis pris de court ; mais pour des raisons que je ne puis divulguer, il m'est impossible de faire autrement.

La couleur du visage de son correspondant indiquait nettement une vive contrariété. Avec un soupir de capitulation inévitable, il abdiqua :

- Très bien, président, donnez-moi les noms.

- Il s'agit du commandant Machard de l'équipe française, de son copilote Robert Termond, et de l'hôtesse Sylvia Lambard. La quatrième personne est l'hôtesse Cindy Robson de l'équipe anglaise.

L'autre se récria :

- Elle vient d'être tout juste embauchée ; elle n'a droit à aucun congé.

- Mais si, mais si, voyons, rétorqua Kranocks avec un large sourire, ce sera tout simplement à déduire sur ses futures vacances.

Tout en prononçant cette dernière phrase, il songea qu'il n'y aurait peut-être plus de vacances pour personne si...

- Bon, capitula le patron de l'astroport de Séraphia sur un ton lugubre, je vais faire comme vous me le demandez.

- Merci Strankek, je vous compenserai cet inconvénient.

Le visage renfrogné disparut de l'écran. Aussitôt, Kranocks forma le numéro de Machard, qui répondit :

- Mes respects, monsieur le président. Je suppose que vous avez des nouvelles de la mission ?

- Vous m'étonnerez toujours Machard, avec vos déductions pertinentes. La réponse est oui. Mais si je vous appelle, ce n'est pas pour en parler maintenant, c'est pour vous annoncer que vous avez une semaine de congé, ainsi que monsieur Termond, et mesdemoiselles Lambard et Robson.

- Merci, monsieur le président. Mais que nous vaut l'honneur de ce cadeau ?

- Oh, ce n'est pas gratuit, car nous aurons à parler sérieusement. Et pour être tranquilles, je vous invite tous les quatre à une chasse aux dinosaures.

- Une chasse aux dinosaures ? Et c'est ce que vous appelez être tranquilles ?

Kranocks émit le rire joyeusement saccadé des Manwarss :

- Non, je veux dire qu'après, nous pourrons bavarder entre nous.

- Une chasse aux dinosaures, reprit rêveusement Machard, c'est vraiment une magnifique invitation, monsieur le président. Mais aucun de nous n'est équipé pour ce genre de sport.

- Rassurez-vous, tout sera prévu, et vous n'avez aucun souci à vous faire. Ah, j'ajoute que vous allez être prévenu de votre congé par votre patron direct. De mon côté, je vais lancer l'opération safari, et je viens vous chercher tous les quatre demain. Prévoyez simplement des vêtements de rechange.

- Bien, monsieur le président, et merci encore.

Quand il coupa la communication, Machard resta un moment figé, plongé dans un abîme de pensées désordonnées.

Vacances, chasse aux dinosaures et retour de la mission, se bousculaient dans sa tête. Il cherchait à faire le lien, entre les trois. Les deux premiers pouvaient se comprendre et aller de pair ; mais que venait faire au milieu la mission d'exploration ? Que c'était-il passé justifiant cette invitation insolite de Kranocks ?

Sylvia, qui n'avait entendu que la partie verbale de Michel, intervint :

- Chéri, j'ai cru comprendre chasse aux dinosaures. C'est une blague n'est-ce pas ?

Tiré de ses cogitations, son ami répondit :

- Non, chérie, c'est très sérieux. Bel et bien une invitation du grand patron. Nous sommes en congé pour une semaine ; toi, moi, Robert et Cindy. Nous allons recevoir confirmation. Et Kranocks nous invite à cette chasse pour parler tranquillement et sérieusement ; ce sont ses propres termes.

- Oh oh, c'est plutôt bizarre et contradictoire cette histoire. S'il veut discuter, pourquoi ne pas le faire à son bureau, sans y mêler les dinosaures ?

L'évocation de la présence d'un monstre antédiluvien assistant à l'entrevue dans le bureau du président, fit éclater de rire Michel, qui prit Sylvia dans ses bras :

- Mon amour, tu as vraiment le sens du raccourci. Mais tu as raison, c'est on ne peut plus curieux. En attendant, il nous faut nous préparer, et prévenir Robert et Cindy, car nous partons demain.

- Dis donc, s'il a imposé un congé pour Cindy, c'est qu'il est au courant pour elle et Robert ?

- Oui, bien sûr. Cependant, à mon sens, le plus étonnant, c'est qu'il tient à nous avoir tous les quatre sous la main. Ce qui tendrait à prouver que ce n'est pas une invitation à la légère, mais qu'elle cache quelque chose de plus important.

* * *

Le stand de tir était vaste, superbement aménagé avec bar et restaurant, fauteuils de relaxation. Très bien isolé et protégé, on pouvait tirer sur cibles jusqu'à trois cents mètres. On était loin d'une installation grossière uniquement faite pour y passer une heure à brûler rapidement quelques cartouches.

Tout était fait pour la détente ainsi que le travail sérieux, et la riche clientèle qui le fréquentait s'en était vite rendue compte. Comme espéré, le succès était au rendez-vous, et les listes d'attente s'allongeaient, malgré la mise au point d'une technique définitive ; pas moins de cinq safaris partaient en même temps, chacun dirigé par un Terrien ou un des frères Manwarss, à bord d'une navette. L'utilisation des armes à feu uraniennes était devenue incontournable pour nombre de Nébadoniens voulant sacrifier à cette nouvelle mode, que beaucoup attendaient et espéraient depuis longtemps.

Pour les accueillir et leur donner un aperçu quelque peu terrifiant de ce qui les attendait, face à l'entrée du hall d'accueil un vaste pan de mur supportait, placées en triangle, les trois gueules, mâchoires grandes ouvertes, des T-Rex abattus par les Américains ; les taxidermistes avaient fait de l'excellent travail.

Au point que cette vision impressionnait plus d'un visiteur candidat chasseur, en lui faisant passer un frisson d'inquiétude.

Sylvia et Cindy restèrent un instant figées sur place par une sorte de terreur ancestrale remontant subitement loin du fond de leurs cerveaux.

Ceux qui payaient la forte somme pour s'offrir un récital dinosaurien, ne venaient pas pour échanger quelques propos badins, mais bien pour se préparer dans un confort discret, mais réel, à affronter de redoutables monstres, en utilisant des armes dont ils n'avaient jamais entendu parler, venant d'un monde qu'ils ne visiteraient jamais, ni même n'approcheraient une seule fois dans leur vie.

Pour Michel Machard et Robert Termond, c'était différent. Le premier s'était débrouillé assez bien lors de sa période militaire au tir au fusil, en obtenant des résultats plus qu'honorables. Et le second avait eu l'occasion à plusieurs reprises de s'exercer à l'arme de poing dans un stand, en accompagnant parfois un ami licencié.

Les deux hommes voyaient donc là une opportunité de montrer leur aptitude, en utilisant du matériel sortant de l'ordinaire de ce qu'ils avaient connu.

Les femmes, pas très enthousiastes pour ces engins bruyants, se contentaient de filmer leurs compagnons à l'entraînement, munies des casques assourdissant les détonations. Et elles prévoyaient de faire ample moisson d'images une fois arrivées sur le terrain des féroces prédateurs.

Michel Machard se sortit fort bien de l'épreuve du .50 BMG, approuvé par Peter Wilson avec qui il sympathisa tout de suite.

Quant à Robert Termond qui avait déjà tâté du .44 magnum, c'est le pistolet Desert Eagle qui le séduisit immédiatement ; il le connaissait de réputation, sans l'avoir eu entre les mains. Pas un Manwarssi ne pouvait prendre cet obusier volumineux, et ils n'y tenaient pas tellement.

La large main du Français enveloppait sans difficulté l'épaisse crosse pouvant contenir les sept grosses cartouches. Petites mains s'abstenir, car il fallait maintenir fermement le poids supérieur à deux kilos, et résister à la ruade initiale des deux mille joules d'énergie.

Néanmoins, Robert Termond le maîtrisa assez facilement, et il décida, avec l'accord de Kranocks (c'est lui qui payait !) et des moniteurs, de l'utiliser sur '' *Dinosaure trois* .''

Etant donné la dépense générale occasionnée par ce safari pour trois hommes et deux femmes, Machard se demandait de plus en plus pourquoi leur employeur, bien que supérieurement riche, leur offrait une telle somptuosité.

Termond lui, pensait que c'était sans doute en rapport avec la planète de l'éternelle jeunesse, et que le président voulait en quelque sorte acheter leur silence ; ce qui n'était pas illogique, convint son ami, bien que peu convaincu.

Il avait été convenu que l'entraînement au stand et les préparatifs se feraient sur les deux premiers jours. Au matin du troisième, ils s'envoleraient vers leur objectif. Kranocks ayant déjà obtenu ses deux premiers trophées, essaierait d'en ajouter au moins un troisième, toujours dans l'optique de constituer sa '' panoplie majeure''.

Durant le trajet vers Telvak, lorsqu'il était venu chercher ses invités, il leur avait simplement fait part de ce qu'il avait prévu, en plus de la chasse aux dinosaures ; un séjour de quarante-huit heures terriennes dans sa propriété. Rare privilège qui affola les femmes, protestant qu'elles n'avaient pas emporté des vêtements dignes de cet honneur.

Kranocks les rassura en disant qu'il ne s'agissait que d'une invitation purement informelle. Il employa même en français l'expression '' *à la bonne franquette*'', qui fit rire tout le monde, y compris Cindy Robson qui parlait couramment cette langue. Il ajouta également que durant cette semaine, '' monsieur le président'' était banni, remplacé uniquement par Storks.

- Il sera toujours temps de reprendre le cérémonial après, termina-t-il.

Ce qui rendait confuses Sylvia, et encore plus Cindy, toute dernière arrivée et à peine acclimatée. Et qui intriguait Machard et Termond, Kranocks ne semblant pas pressé d'arriver au sujet principal ; comme s'il voulait mettre ses hôtes en condition.

En fait, celui-ci attendait d'être chez lui pour aborder les sujets délicats ; la durée du voyage vers Telvak était trop courte, et la partie safari n'autorisait pas une intimité propice aux confidences.

Bien évidemment, il se doutait que les hommes ne seraient pas dupes, mais c'était aussi une manière de les remercier de leur fidélité tout en préparant un terrain délicat.

*   *   *

Le piochordon était probablement un ancêtre du phacochère ou du sanglier ; il en avait l'apparence générale en plus gros, avec des soies raides et une hure d'où sortaient deux redoutables et longues défenses recourbées.

Quant au méridonus, son descendant le mouton lui devait le respect ; ses poils courts et bouclés annonçaient une lointaine future laine, et son volume double promettait de belles côtelettes et d'impressionnants gigots.

En s'arrêtant à la page du catalogue montrant ces deux animaux, Robert Termond s'adressa à leur hôte :

- Dites-moi Storks, avez-vous déjà goûté à ces petites bêtes ?

L'interpellé se pencha sur le volumineux ouvrage, et hocha la tête :

- J'avoue que non. Vous pensez qu'elles sont bonnes à manger ?

- En tant qu'herbivores et végétariens, et de plus parents des cochons et moutons, ils doivent valoir la mastication. Qu'en pensez-vous les filles ?

Sylvia et Cindy regardèrent à leur tour les images et le texte, et donnèrent un avis favorable.

- Alors, c'est dit, décida Robert.

Il alla trouver Peter Wilson et lui indiqua son choix. Les Américains n'avaient pas encore eu l'occasion d'abattre ce gibier.

- Bon, trouvez-moi un troupeau de l'un ou l'autre pour que je puisse faire un carton. En suite de quoi nous pourrons nous régaler.

- Soit prudent Robert, dit Cindy. Ce gros sanglier ne m'a pas l'air commode.

- Bah, je serai protégé et j'ai sept cartouches à ma disposition. Ne t'inquiètes pas, je ne jouerai pas les héros.

Or, comme le hasard fait bien les choses, il s'arrangea pour satisfaire les trois hommes en même temps.

La navette partie à la recherche d'une proie intéressante, tomba au bout d'une heure sur un troupeau de méridonus que s'apprêtait à ravager un couple de T-Rex à l'affût. Et les détecteurs n'indiquaient aucun autre danger potentiel sur une grande distance.

- Pour un coup de chance, s'exclama Robert. A vous l'honneur messieurs, dit-il en s'adressant à Kranocks et Machard. Déblayez le terrain, et je vous offre le déjeuner.

Selon une habitude maintenant bien rôdée, la navette descendit au sol de façon à attirer l'attention des prédateurs sans effaroucher les méridonus. Elle se posa à l'opposé du troupeau, pour que la charge des monstres ne le trouble pas.

Lorsque les cinq hommes débarquèrent, le moniteur encadré par deux androïdes en couverture derrière les chasseurs, ce fut la ruée immédiate des T-Rex de leurs foulées puissantes et rageuses, toujours en gardant le silence. Ce qui dans le cas présent, était un avantage.

Malgré qu'elles soient en sécurité, les deux femmes filmaient la scène d'une main pas très assurée, tremblant pour les chasseurs, tant cette cavalcade féroce et impitoyable inspirait une crainte difficile à contrôler.

Cependant, tout se passa admirablement bien. Kranocks, sûr de lui depuis ses premiers trophées, et Machard restant calme, abattirent chacun leur adversaire direct.

Le sol vibrant sous l'impact du martèlement des puissantes pattes fit relever avec quelque inquiétude la tête de plusieurs méridonus. Constatant que les carnassiers couraient dans une direction les éloignant d'eux, ils reprirent leur besogne en toute sérénité. Même les détonations suivies du sourd grondement de la double chute des colosses foudroyés les laissèrent indifférents, habitués à la violence des orages.

- Bon, ça va être à mon tour, déclara Robert, tel un comédien s'apprêtant à entrer en scène.

Il sortit, et alla à la rencontre des chasseurs :

- Bravo à tous les deux, les félicita-t-il. Mais Michel, tu vas avoir du mal à caser la tête de ce T-Rex dans ta cabine, dit-il en riant, imité par les trois hommes.

- Je pensais justement réquisitionner la tienne pour en faire un musée, répondit Machard sur le même ton.

- Au fait, qu'allez-vous en faire ? questionna Kranocks.

- Rien du tout. Si vous la voulez je vous la donne volontiers. Moi, cette émotion forte me suffit.
- Merci, je vous prends au mot. Je la mettrai au-dessus de ma panoplie avec l'inscription :'' abattu par le commandant Michel Machard''.
- Tout l'honneur sera pour moi, Storks.
- N'en croyez rien cher ami. Rares seront les Manwarss à se vanter d'avoir reçu en cadeau un tel trophée d'un Urantien. Mon musée n'en aura que plus de valeur.

Robert Termond jugea bon d'interrompre cet échange courtois de propos mondains :
- Maintenant que vous avez réussi vos exploits, allez aider les femmes à mettre la table et préparer les apéritifs, pendant que je m'occupe du plat de résistance.

Avec l'accord de Peter Wilson, il prit les deux androïdes avec lui, et contournant les deux énormes masses inertes, se dirigea le plus silencieusement possible vers le troupeau de méridonus, dont quelques individus s'étaient rapprochés d'eux en broutant, visibles à travers les fourrés.

Arrivé à une vingtaine de mètres, toujours dissimulé par les branches, il choisit soigneusement son emplacement et mit les deux genoux au sol pour avoir plus de stabilité. Il dégaina son pistolet qui était déjà armé, sûreté enclenchée.

Il posa le canon sur une branche épaisse qui ne plia pas, abaissa le verrou de sécurité, et visa le plus proche des méridonus qui se présentait de profil.

Touché en pleine tête par le lourd projectile animé d'une grande vitesse, le superbe mâle s'effondra instantanément sur place, tué sur le coup.

Curieusement, les autres membres du troupeau ne bronchèrent pas, laissant Robert stupéfait. Il oubliait que l'homme n'avait pas encore appris aux animaux à se méfier de lui, et à s'enfuir dès la première détonation.

Satisfait de son '' exploit'' somme toute mineur, il ordonna aux androïdes de ramener la victime. L'un d'eux remis son arme à l'autre, et alla ramasser le mâle, chargeant sur ses épaules comme un vulgaire paquet un poids qui dépassait largement les cent kilos, après l'avoir enveloppé dans un sac étanche.

Robert rejoignit Wilson qui était resté à proximité, jouant son rôle de responsable, même si aucun danger n'était à craindre.
- Joli coup, dit-il simplement.
- Je n'ai pas beaucoup de mérite, reconnut Robert tout sourire. Comme Buffalo Bill, j'approvisionne la colonie.
- Excellente référence, approuva Peter.

La navette plafonnant au point fixe à une centaine de mètres, laissait voir un décor panoramique superbe. L'apéritif se déroula dans la plus joyeuse ambiance, en attendant la cuisson du méridonus, délicatement découpé et savamment préparé par l'androïde cuisinier.

Ce fut un régal, et chaque convive ne se priva pas de se resservir, tant la quantité égalait la qualité, l'offre dépassant la demande.

- Vous aviez raison, Robert, félicita Kranocks, cet animal se laisse déguster.

- Et ajouta Sylvia en faisant rire la tablée, il offre l'avantage de faire son marché soi-même. Pas d'intermédiaire à payer.

- Par contre, il faut faire le voyage.

- Que veux-tu on ne peut pas tout avoir, à moins d'élever son troupeau de méridonus dans son jardin.

Bref, ce fut un repas mémorable dans le ciel de cette planète ignorant le mot '' civilisation'' pour longtemps encore, accompagné de l'excellent vin provenant de la planète Myrgrall des Liuugorn, les hommes –oiseaux.

Offert par Kranocks qui avait apporté quelques bouteilles, il réjouit les palais par son goût exquis, indéfinissable, tout en étant euphorique.

Il fut convenu que les meilleurs morceaux restants du méridonus seraient partagés entre Kranocks et la '' *Société des chasseurs du passé*.'

Après ce repas exceptionnel à plus d'un titre, la navette repartit au hasard, à la recherche d'une région montagneuse. Le président de la SING tenait à obtenir au moins un des deux trophées qu'il s'était promis. Et ce n'était pas en plaine ou dans les régions marécageuses qu'il dénicherait les impitoyables locataires des cavernes.

Les détecteurs qui sondèrent les premiers contreforts rencontrés, ne décelèrent aucune vie animale. Ou bien les puissants carnassiers étaient peu nombreux, ou bien ils avaient tellement décimé leur territoire, qu'ils étaient partis en quête d'un nouveau terrain de chasse plus giboyeux.

Entre-temps, Robert Termond eut encore l'opportunité de se procurer son deuxième choix inscrit à son programme ; un gros piochordon qui eut, comme son prédécesseur, la tête fracassée par l'ogive du gros calibre.

Une quantité appréciable des plus tendres parties de l'énorme animal, alla rejoindre celle fournie par le méridonus dans le volumineux congélateur du vaisseau-mère ; elle aussi serait partagée. Une bonne part étant réservée pour la table du lendemain midi.

Si Robert avait atteint son objectif, gardant en souvenir les deux imposantes défenses recourbées, Kranocks restait sur sa faim. Et ce n'est que le jour suivant qu'il put réaliser la moitié de son rêve.

Une chaîne de montagnes se profilant à l'horizon, les détecteurs réagirent à la présence de ce qui sembla être un redoutable ours des cavernes, d'une taille dépassant quatre bons mètres supportant un poids d'une tonne.

Pour le faire sortir de son antre, car il n'était pas question de l'affronter dans un espace resserré, les viscères, les pattes, ce qui restait de la tête de la deuxième victime du Français, et quelques autres morceaux furent jetés devant l'entrée. Puis la navette se posa à peu de distance, tandis de l'ours franchissait le seuil, attiré par l'odeur quelque peu méphitique.

Les français tinrent à accompagner Kranocks, chacun muni de son arme ; ce qui, pour Robert, était particulièrement courageux et inquiéta sérieusement Cindy ; car un pistolet, même de calibre magnum faisait téméraire ou fanfaron. Mais le français y mettait un point d'honneur auquel Storks fut sensible. De plus, ainsi qu'il le disait pour minimiser son geste, il pourrait le cas échéant loger les sept balles dans la grande carcasse ; sans avoir unitairement une puissance suffisante, l'ours ne les digèrerait pas facilement en les recevant en bloc.

Cependant, il n'eut pas à en arriver là.

Belliqueux au possible, le grand carnassier chargea les intrus qui venaient, croyait-il, lui disputer les restes du piochordon. Mais Kranocks ne lui laissa pas l'ombre d'une chance.

Posément, les pieds bien calés, il lui logea une balle en plein cœur qui explosa sous la pression générée par la puissante énergie, foudroyant instantanément le géant solitaire.

Ainsi qu'il l'avait fait pour le smilodon, Kranocks ordonna à un androïde de détacher la tête et de récupérer la fourrure qui, après traitement approprié, ferait un superbe et impressionnant ornement de son musée.

Pour le Manwarssi, cette réussite terminait la deuxième journée en apothéose, et il ne restait plus qu'à rentrer sur Telvak. Il se réservait l'ultime trophée, le lion des cavernes, pour un autre safari.

*   *   *

CHAPITRE XVI.
*   *   *

Le domaine privé du puissant patron de la SING tenait toutes ses promesses en étalant orgueilleusement, mais aussi avec beaucoup de grâce l'opulence de son propriétaire.

L'extérieur, luxuriant et diversifié, ne parvenait pourtant pas à diminuer la richesse de l'intérieur. Quant au musée que possédait inévitablement tout Manwarssi parvenu au sommet de sa réussite, il aurait pu être qualifié de '' Merveille des Merveilles'' ; et Kranocks comptait bien le finaliser avec sa '' panoplie majeure''.

Cependant, c'est avec une fierté qu'il ne montra pas outrageusement, qu'il fit l'honneur de l'ensemble à ses hôtes. Ceux-ci, et en particulier les femmes, ne cachaient pas leur admiration, tant tout était de bon goût.

Auparavant, ils avaient fait connaissance avec les membres de la famille, c'est-à-dire madame Kranocks, à peine plus petite que lui ; femme de caractère doux, qui visiblement adorait son époux. Et contrairement à ce que l'on aurait pu supposer de cet homme d'affaires toujours sur la brèche, il se montrait aux petits soins pour elle, comme ses invités eurent l'occasion de le constater. C'était la deuxième facette discrète de sa personnalité.

Quant aux deux enfants, un garçon et une fille de dix et huit ans, leurs jeunes visages déjà ridés ne les empêchaient pas d'être adorables. Ils étaient tout intimidés de côtoyer des Urantiens, personnages mythiques qu'ils voyaient de près pour la première fois. Mais la fillette ne tarda pas à sortir de sa réserve, notamment vis-à-vis de Sylvia et Cindy. Son visage virait souvent au vert clair, synonyme de plaisir, tandis que celui de son frère restait neutre.

Lors du premier repas pris en commun, l'épouse et les enfants apprécièrent beaucoup la chair du méridonus, moins âcre que celle du piochordon, que Kranocks réservait à ses hôtes des affaires, pour mieux les surprendre.

Robert avait bien choisi et trouvé un bon moyen de remercier son employeur pour son invitation.

Après le repas, toujours accompagné par le merveilleux vin des Liuugorn, madame Kranocks et les enfants se retirèrent, ces derniers allant faire une petite sieste.

Les Terriens sentirent que l'heure était venue de parler de choses sérieuses.

Au cours du voyage de retour, et marqué par l'ambiance amicale qui avait régné et grandi sur '' *Dinosaure trois*'', le président de la SING avait résolu d'être franc avec ses amis.

Il ne servait à rien de tergiverser, et mieux valait leur dire toute la vérité qui, il n'en doutait pas depuis la discussion dans son bureau, leur était déjà connue en grande partie.

La confiance totale ainsi établie permettrait de mieux travailler sur le problème des hommes-chats.

- Mes amis, commença-t-il quand ils furent tous installés dans de moelleux fauteuils, maintenant que nous sommes entre nous, je peux vous parler honnêtement et sans contrainte.

- Tout d'abord, avant de vous faire part des résultats de l'expédition au-delà du cinquième bras, je vais revenir sur l'épisode concernant la planète de l'éternelle jeunesse, celle que les chroniques nomment à juste titre Tir-Na-Noge.

Conscients qu'un mystère allait être totalement élucidé, ses invités bougèrent instinctivement, pour mieux choisir une position confortable.

- J'ai réfléchi après notre entrevue, et je me suis douté, après la révélation des connaissances de Robert sur ce sujet, que vous étiez persuadés de son existence. Et l'épisode de votre voyageur italien n'a pu que renforcer votre conviction.

Il regarda tour à tour les hommes, qui inclinèrent silencieusement la tête.

- Eh bien, vous avez raison si vous pensez que tous les retraités urantiens y coulent des jours paisibles et heureux. Pourtant, je pense quand même vous surprendre (il ébaucha un sourire montrant sa certitude) en vous disant que tout ce qui est décrit dans l'épopée de Gilgamesh n'est rien moins que la réalité !

Cette fois, il avait frappé juste. Les deux femmes poussèrent une exclamation disant combien elles étaient stupéfaites et incrédules, tandis que Machard et Termond se dressaient, les mains serrant les accoudoirs, tellement ils étaient sidérés.

- Oui, je comprends votre réaction, reprit Kranocks satisfait de son petit succès, mais c'est l'exacte vérité. Le voyage de Gilgamesh a bien eu lieu comme décrit. Et c'est d'ailleurs pourquoi il est si précis compte tenu du langage limité de l'époque. Le moteur atomique à bien explosé et le voyage s'est terminé à la voile solaire.

- Mais alors, dans ce cas, intervint Machard qui s'était ressaisi, Outa-Napishtim est toujours vivant après tous ces millénaires ?

- Oui Michel, '' *Jour de vie prolongé''* ou '' *celui qui a trouvé la vie éternelle'',* puisque ce sont les traductions de son nom, se porte toujours bien malgré son grand âge, ainsi d'ailleurs que son épouse.

- Et aussi Ossian, Brann et les autres ? questionna Robert.

- En effet ainsi que des dizaines de milliers d'autres de toutes les époques.

- Incroyable dit Sylvia. Et ils restent toujours jeunes ?

- En effet, ou peu s'en faut. Toutefois, il y a un inconvénient. Quand ils quittent ce monde enchanteur, le vieillissement les rattrape, et ils ne peuvent s'absenter longtemps.

- Comme Renato Battaglia.

- Exactement Sylvia. Et je dois dire que cet épisode m'a beaucoup contrarié, car je ne savais pas dans quelle mesure je pouvais vous faire confiance. Mais notre séjour sur '' *Dinosaure trois*'' m'a complètement rassuré.

- C'était donc bien l'un des buts de cette invitation.

- Oui Michel.

Il y eut un instant de silence, chacun méditant cet aveu qui les flattait ; silence que rompit Robert – le -spécialiste, et qui voulait en savoir plus.

- En dehors du fait que Cindy ou Sylvia aurait pu être Sidouri la cabaretière auprès de Gilgamesh, une question idiote à propos des shout-abni brisés par lui. Qu'est-ce que c'était ?

Kranocks fit une grimace qui plissa encore plus son visage :

- Mon cher Robert, en plus de déductions pertinentes, vous avez l'art de poser les questions embarrassantes. Vous avez raison pour Sidouri, mais pour les shout-abni je ne peux vous répondre, car j'ignore leur usage.

- Mais Outa-Napishtim doit le savoir, puisque dans le récit, il s'aperçoit qu'ils sont absents, ce qui indique un dispositif extérieur au vaisseau.

- Une fois encore, bravo pour votre excellente mémoire. Effectivement, Outa-Napishtim a été interrogé à ce sujet. Mais n'étant pas technicien, tout ce qu'il a pu dire, c'est qu'ils étaient indispensables à la navigation, car ils permettaient de voyager instantanément d'un monde à l'autre.

- instantanément ? s'écria Machard interloqué.

- Oui, ce qui suppose une sorte de téléportation incorporée, sans avoir à passer par un émetteur.

Plus calme et restant dans le récit des aventures de Gilgamesh, Robert expliqua :

- Au fond, c'est logique. La fusée décolle propulsée par un carburant, ainsi que Gilgamesh le décrit à Enkidou suite à son rêve, avant de passer à la téléportation en haute altitude. Mais au retour, ce fut impossible, et il a fallu sept jours à Outa-Napishtim pour ramener Gilgamesh endormi.

- C'est quand même prodigieux, dit Machard admiratif.

- En effet, mais les shout-abni détruits, il ne restait plus que la propulsion par voile solaire plus lente, conclut le Manwarssi.

- Pourtant une chose m'intrigue, dit Robert songeur, Si vous n'avez pu reconstituer les shout-abni, malgré toute votre science, c'est que vous ne connaissez pas l'origine de Shamash et des hommes-scorpions de l'astroport du mont Ararat ?

La question embarrassa visiblement l'amphitryon, tandis que Cindy regardait son ami d'un air extasié.

- Vous êtes de plus en plus étonnant, finit par dire Kranocks. Vous avez parfaitement déduit que le mont Mashou qui signifie les jumeaux en babylonien, indique les deux têtes du mont Ararat. Mais pour répondre à votre question, c'est le plus grand mystère de cette époque lointaine. Ils ne font partie d'aucune des races qui composent la Fédération.

- Pourtant, en théorie, la planète Tir-Na-Noge leur appartenait, intervint Machard. Ils n'y ont laissé aucune trace ?

- Pas de monuments en ruines, pas d'inscriptions.

- C'est bigrement bizarre. Comment cette race a-t-elle pu abandonner une planète aussi prodigieuse, et disparaître complètement ?

- Peut-être venaient-ils d'un des Nuages de Magellan ? suggéra Cindy pour qui l'astronomie était un violon d'Ingres.

- Non, impossible, s'écria un peu trop vivement le Manwarssi.

- Qu'est-ce qui vous rend si affirmatif ?

- Heu, eh bien, c'est qu'ils auraient pris contact avec la Fédération, bafouilla Kranocks.

- C'est évident, intervint Machard, coupant court au trouble inexplicable. Et les hommes-chats ?

- D'après la description de ces dieux, ils ne correspondent pas. Et sachant à présent qu'ils veulent envahir Nébadon, ils n'auraient pas agi de cette manière.

- Ah ! Ce qui veut dire que la mission a ramené des preuves de leur implication ?

Kranocks profita de ce changement de sujet pour abonder dans ce sens :

- Oui. Puisque nous en parlons, je vais vous faire entendre un enregistrement très instructif.

Mais avant de mettre l'appareil en marche, il résuma succinctement les découvertes astronomiques de l'expédition, et le sauvetage du rescapé de l'accident cosmique. Puis tous écoutèrent avec attention les phrases échangées.

Quand ce fut fini, il y eut comme un blanc, chacun restant plongé dans des pensées peu réjouissantes ; l'avenir s'annonçait plus que morose. Pourtant, Machard et Termond se raccrochaient à une lueur d'espoir :

- Intéressant, dit finalement Michel ; surtout le fait que cette radiation particulière leur soit indispensable.

- Oui, renchérit Robert, il y a peut-être quelque chose à tirer de ce renseignement.

- Je ne vois pas très bien ce que nous pouvons faire, marmonna Kranocks démoralisé.

A ce moment, Cindy prononça une phrase inutile, mais qui devait déclencher par la suite une opération que nul ne pouvait prévoir à cet instant :

- Ce qui serait amusant, dit-elle ingénument pensant détendre l'atmosphère, ce serait d'envoyer des T-Rex sur leurs planètes, ça les occuperait un bout de temps.

- Tu oublies qu'elles sont protégées par un champ de force, répliqua Robert.

- De toute manière elles n'ont pas de récepteur, compléta Michel.

- Pas besoin de récepteur, lâcha inconsidérément Kranocks, comme se parlant à lui-même.

- Hein ? Quoi ? s'exclamèrent les deux hommes. Qu'avez-vous dit, Storks ?

- Rien, tenta-t-il de se rattraper. Je pensais à autre chose.

- Non, pas du tout, insista Machard. Nous avons tous bien entendu : pas besoin de récepteur. C'est d'une importance considérable si vous avez connaissance d'un tel procédé.

- Mais puisque leurs planètes sont protégées…

- Peu importe. Dites-nous si cette possibilité existe.

Mis au pied du mur et à contrecœur, Kranocks admit :

- C'est vrai, cette technique existe, mais gardée secrète. Comme vous êtes dans la confidence, je vous fais confiance pour ne pas la divulguer.

- Comptez sur nous, sourit largement Michel. Mais voilà qui change tout. Pourriez-vous faire construire quelques-uns de ces émetteurs-miracles ?

- Peut-être. Mais que voulez-vous en faire ? vous l'avez entendu, le rideau protecteur est impénétrable.

- Ne vous inquiétez pas, c'est déjà un début. Mais quels autres atouts comme celui-là cachez- vous dans votre manche ?

- Vous voyez bien que je n'ai pas de manches, protesta naïvement le Manwarssi qui prenait la question au pied de la lettre. Effectivement, il portait une jaquette laissant les bras nus selon l'habitude et le pantalon non moins traditionnel.

Sa réflexion fit rire ses hôtes, et Machard expliqua :

- Bien sûr que non. Il s'agit d'une expression indiquant que vous dissimulez peut-être quelque chose pouvant vous donner un avantage certain.

- Ah bon ! Vous autres Urantiens usez de locutions bizarres que nous ne comprenons pas toujours.

- Bon, alors soyons clairs. Y a-t-il dans l'arsenal de la Fédération des armes susceptibles de nous aider efficacement ?

- Je ne suis pas au courant de tout ; ce sont les scientifiques et les membres du Grand Conseil qui détiennent et décident de l'usage de ces armes.

- Bien entendu, mais vous nous avez dit leur avoir remis une copie de l'enregistrement. Quelles ont été leurs réactions ?

- Je n'ai pas encore eu de retour à ce sujet.

- Pouvez-vous vous renseigner assez rapidement et activer la mise en chantier des émetteurs ?

- Je vais voir ce que je peux faire.

- Bien, je crois que nous avons fait le tour de la question pour le moment, et nous vous remercions.

- C'est moi qui vous remercie pour votre coopération mes amis.

Durant ce dialogue, les femmes devenaient impatientes, brûlant d'envie de poser une question qui paraissait leur tenir à cœur. Profitant de cette conclusion, Sylvia s'empressa de demander :

- Storks, Cindy et moi voudrions visiter la planète de l'éternelle jeunesse ; est-ce possible ?

- Certainement, répondit-il aimablement. Mais je crains qu'avec les événements actuels, ce ne soit pas dans l'immédiat.

En prononçant cette phrase, Kranocks ne pensait pas être prophète. Et pourtant…

* * *

CHAPITRE XVII.
* * *

Le premier astéroïde se matérialisa, tel un bolide de l'enfer doté d'une vitesse de quarante kilomètres / seconde, à proximité de la planète Shauprag, à la frontière de la zone neutre séparant le cinquième bras des nuages gazeux.

Située à plus de dix-mille années-lumière de la Terre, et tournant isolément autour d'une étoile de classe K, c'est-à-dire moins lumineuse que Oz-Iarès, Shauprag n'abritait qu'une petite colonie composée principalement de scientifiques chargés de surveiller l'évolution dudit nuage et de tenter d'élucider son origine.

Curieusement, son épaisseur et sa densité ne correspondaient absolument pas à celles des autres nuages interstellaires. Et peu auparavant, une expérience effectuée avait abouti à un résultat mitigé, et contraire à ce qui aurait dû se passer.

Une émission d'hyper-sons lancée sur une zone restreinte devait créer une brèche définitive par dislocation des molécules ; ce qui se produisit effectivement, sauf que progressivement le nuage se régénérait, ce qui constituait une énigme défiant toute la physique des hyper-sons.

Ce test et ses étranges conclusions qui renforçaient le mystère au lieu de le résoudre, furent transmis à tous les observatoires peu de temps avant l'arrivée du messager de mort.

L'astéroïde de bonne taille prit tout son monde de court, et il s'écrasa sur la planète avec une force sauvage, irrésistible et dévastatrice, quelques secondes à peine après que l'alerte fut lancée sur les ondes, parvenant dans le même temps au grand observatoire de Séraphia.

Puis ce fut le silence, un silence angoissant qui en disait plus long qu'un grand discours.

Lorsque les premiers vaisseaux arrivèrent sur place moins de deux heures plus tard, il n'y avait plus qu'à contempler le triste spectacle.

A l'emplacement de la petite cité, l'astéroïde avait creusé un cratère d'une ampleur et d'une profondeur telles, que le magma bouillonnant s'étalait sur une vaste superficie, tandis que la maigre végétation brûlait sur des millions de kilomètres carrés. L'embrasement de l'atmosphère par l'échauffement de la météorite avait déclenché un incendie quasi planétaire. De larges et longues fissures s'étiraient en tous sens ; le petit globe ainsi fracturé n'avait pas explosé, mais il était devenu une épave irrécupérable.

La catastrophe avait coûté la vie à cent-vingt-cinq savants et techniciens de trois nationalités différentes.

Lorsqu'il apprit la nouvelle qui fit très vite le tour de Nébadon, une quinzaine de jours après ces agréables moments de détente, Machard eut l'intuition immédiate que les hommes-chats n'étaient pas étrangers à ce que les médias galactiques appelaient pudiquement '' drame cosmique'', persuadés qu'il s'agissait effectivement d'un hasard de la mécanique céleste.

- Non, absolument pas, commenta Michel à Sylvia, je suis certain que la mécanique céleste n'a rien à y voir ; ou plutôt qu'elle a subi un petit coup de pouce.

Un bolide surgit brusquement sans être détecté et frappe de plein fouet, alors qu'à quelques fractions de temps il peut passer à côté. Non, c'est trop gros.

- Et la météorite qui tua les dinosaures ? objecta Sylvia.

- C'était il y a soixante-cinq millions d'années, et à cette époque les astéroïdes étaient beaucoup plus nombreux. Bien que là aussi, je suis persuadé que ce n'était pas naturel ; mais c'est une autre histoire.

A présent, le ciel est constamment surveillé et les fameux géocroiseurs sous contrôle permanent, chaque bolide est numéroté. Et vlan ! d'un seul coup c'est le désastre.

- Mais chéri, si tu as raison, je ne vois pas ce que les hommes-chats gagneraient à détruire une planète marginale, même s'il y a des victimes.

- Pour moi, il s'agit de la deuxième phase destinée tout à la fois à flanquer la frousse aux Nébadoniens en les démoralisant, et à dissimuler l'opération visant les membres du Grand Conseil.

A ce moment, l'appel du communicateur résonna ; c'était Kranocks qui se manifestait. D'entrée, sans même saluer son correspondant, il s'enquit d'une vois altérée :

- Machard, êtes-vous au courant de ce qui est arrivé ?

- Oui, président, j'en parlais justement avec Sylvia. Je pense que c'est un coup des hommes-chats.

- L'idée m'est venue aussi, mais je ne vois pas l'intérêt …

Michel répéta à son interlocuteur ce qu'il avait déduit auparavant, et ajouta :

- A mon avis, il y en aura d'autres, afin de bien marquer les esprits. Ils espèrent peut-être obtenir ainsi une capitulation rapide.

- Que devons-nous faire à votre avis ? s'enquit le président dont le teint virait au jaune.

Machard répondit par une question :

- Où en est la construction des émetteurs ?

- J'en ai fait monter cinq. En fait, il suffit de modifier les modèles existants, ce qui est plus rapide. Ils sont opérationnels.

- Bien, c'est déjà une bonne nouvelle. Et pour le reste ?

- Quel reste ?

- Eh bien les projectiles. Une arme sans munitions est inutile.

- Oh oui ! Mais de ce côté, j'ai certaines difficultés. Mes contacts ont du mal à admettre votre version.

- Malgré l'enregistrement ?

- Oui, vous savez Machard, nous n'avons pas l'esprit urantien, et il nous est difficile de croire qu'un ennemi veuille nous envahir.

- Je l'admets volontiers, mais il va quand même falloir que les savants et les membres du Grand Conseil en prennent conscience avant qu'il ne soit trop tard.

- Alors, je ne vois qu'une solution ; que ce soit vous qui les convainquiez.

- D'accord, mais selon vos dires, actuellement je ne réussirai pas mieux que vous.

- Et quand pensez-vous y arriver ?

La réponse brutale stupéfia littéralement le Manwarssi :

- Après l'arrivée de la deuxième météorite !

Suffoqué, la bouche ouverte, Kranocks coupa la communication sans pouvoir prononcer une parole.

- Dis donc Michel, tu n'y as pas été de main morte, constata Sylvia qui n'était pas moins surprise que le président.

- Il y a un temps pour la diplomatie et un pour la vérité, même si elle doit faire mal. Sans vouloir le souhaiter, j'espère que les hommes-chats vont me donner raison.

Mais apparemment, ceux-ci ne voulurent pas abonder dans son sens, car un mois galactique s'écoula dans la paix redevenue universelle, et la routine quotidienne pour tout un chacun.

De nombreuses cérémonies se déroulèrent sur toutes les planètes pour célébrer la mémoire des victimes, qui eurent droit individuellement et en détail à leur éloge funèbre. Les familles étant entièrement prises en charge par la Fédération.

Et la vie continua…

Lorsque la deuxième grosse météorite s'abattit sur Tchermiak, une planète essentiellement agricole, mais encore à la périphérie, et dans un secteur peu éloigné en années-lumière de Shauprag ; c'est-à-dire loin de la densité stellaire du centre, le mois galactique se terminait ; il correspondait en gros à 29 jours terrestres. Bien que chaque planète eût son propre calendrier en fonction de sa rotation et de sa révolution autour de son astre, le mois galactique universel permettait à tous les citoyens d'avoir une base commune temporelle sur laquelle s'appuyer.

Comme précédemment, l'astéroïde débloula à grande vélocité, mais fut repéré par un observatoire une demi-heure avant son arrivée. Délai trop court pour réagir efficacement. L'alerte fut néanmoins donnée, et bon nombre de personnes purent s'entasser dans les quelques vaisseaux disponibles, et s'envoler avant le choc. Malgré cet effort désespéré, le nombre de morts s'éleva à près d'un millier ; à peu près autant que ceux qui du haut de l'espace assistèrent au cataclysme.

Lors de l'impact, les rescapés horrifiés virent nettement la planète osciller sous le coup de boutoir gigantesque. La météorite se vaporisa littéralement, tant la chaleur engendrée atteignait une valeur incroyable. Et comme pour Shauprag, le magma expulsé à haute altitude, retomba à grande distance, et se répandit, incendiant les récoltes et la végétation entière.

Les femmes pleuraient les membres de leurs familles qui, habitant à d'autres endroits, n'avaient pu se sauver, faute de rallier à temps le vaisseau salvateur, quand vaisseau il y avait.

Cette fois, plusieurs commentateurs télévisuels commencèrent à douter de la simple coïncidence de la mécanique céleste, et les astronomes interrogés eurent du mal à justifier cette théorie. Suite au silence des autorités qui n'avaient pas évoqué la possibilité d'une menace venue d'un monde inconnu, tout le monde s'interrogeait, sans pouvoir trouver une réponse satisfaisante.

Néanmoins une inquiétude grandissante se faisait jour ; et le fait que la deuxième planète fût agricole, contribua à faire craindre une pénurie, si les météorites continuaient leurs ravages.

Comme annoncé lors de sa conversation, Machard demanda à Kranocks de réunir les savants du groupe détenant les secrets, et ses amis membres du Grand Conseil. Sous la pression des nouveaux événements, les intéressés acceptèrent, non sans quelques réticences tenaces. Pourtant, leur intime conviction commençait à prendre l'eau, car en tant que scientifiques, s'ils respectaient les lois de l'univers, ils se rendaient compte qu'elles semblaient quelque peu et anormalement bousculées.

La réunion eut lieu dans une salle annexe du grand amphithéâtre où se déroulaient habituellement les séances plénières.

A la demande des Français, plus méfiants que jamais, Kranocks fit inspecter soigneusement la pièce par deux androïdes dont il garantissait la fidélité. Il n'y avait ni caméras ni micros dissimulés. Le président de la SING pensait que les Urantiens exagéraient les précautions, mais comme il avait décidé de leur faire confiance, il suivait aveuglément leurs consignes.

Le groupe des scientifiques comprenait quelques femmes de trois races différentes, dont une Manwarssil.

En tant que demandeur et partie prenante, Kranocks ouvrit la séance en prononçant quelques mots, qu'il conclut en disant :

- Je cède maintenant la parole au commandant Machard, qui, je l'espère, vous fera mieux comprendre la situation actuelle.

Michel se leva, tandis que Sylvia, Cindy, et Robert restaient assis, prêts si nécessaire à soutenir leur ami en apportant leur appui par des arguments judicieux.

- Mesdames et messieurs, commença le Français, je vous remercie d'être venus à l'initiative du président Kranocks. Votre temps à tous est précieux, aussi allons droit au but.

Vous connaissez tous l'enregistrement rapporté par la mission d'exploration. Et en prime, si j'ose dire, vous avez eu en cadeau la découverte astronomique du sixième bras. Toutefois, laissons cette avancée technique de côté.

L'interrogatoire de cet homme-chat fait clairement ressortir que ses congénères veulent prendre le contrôle de tout Nébadon.

Ma question sera donc :

- Acceptez-vous cet enregistrement comme véridique ?

Après un bref instant de silence, une main se leva ; c'était celle d'un des scientifiques :

- Oui, professeur ?

- Je parle au nom de mes collègues. Nous pensons qu'il est prématuré de prendre ces révélations pour véridiques.

- Pour quelles raisons ?

- Le patient a pu être influencé par les questions.

- Pourtant vous maîtrisez à la perfection la technologie de l'inconscient…

- Mais elle a ses propres limites comme toute science. Et il s'agit d'un individu d'une race inconnue, résistant peut-être à l'hypnose profonde.

- Autrement dit, si le patient avait été l'un d'entre vous, vous auriez cru à ses réponses ?

- Oui, sans aucun doute.

- Ne poussez-vous pas un peu loin votre prudence ?

- Non, quand il s'agit de soi-disant menaces de guerre.

Machard encaissa la réponse, et jugea qu'il fallait secouer cette pusillanimité qui leur faisait mettre la tête dans le sable :

- Eh bien, mes amis et moi sommes d'un avis contraire, et pour nous l'enregistrement ne laisse place à aucun doute. Si vous pensez sincèrement que cette conquête est un rêve irréalisable, ou une invention destinée à vous leurrer pour vous faire accomplir des actes que vous réprouvez, détrompez-vous ; C'est une réalité pure et dure !

Il martela cette affirmation sur un ton plus élevé qui fit sursauter quelques personnes.

Après un bref arrêt au cours duquel son regard parcourut l'assistance, il reprit d'une voix normale :

- Je comprends vos scrupules à accepter une telle éventualité. Et je suis également d'accord avec vous tous, et mes camarades aussi, pour attendre une manifestation ouverte de l'adversaire pour agir efficacement. Il n'est pas question d'être les agresseurs, tant qu'il n'y a pas eu de déclaration de guerre ou ce qui en tient lieu.

Une main se leva, à laquelle il acquiesça :

- Pouvez-vous préciser ce que vous entendez par là ? demanda un membre du Grand Conseil

- Une nation qui veut en envahir une autre, doit en principe la prévenir à l'avance. Cette courtoisie aussi stupide que la formule '' tirez les premiers'' permet au pays concerné de se préparer à se défendre. Mais il est parfois arrivé – je parle sur Terre évidemment – qu'il n'y ait pas eu d'avertissement afin de mieux surprendre.

- Donc si je comprends bien, vous croyez que ces hommes-chats vont nous prévenir ?

- Je pense que c'est certain. Ils agissent déjà dans l'ombre, mais au moment qu'ils jugeront favorable pour eux, ils se découvriront.

- Vous dites qu'ils agissent dans l'ombre, intervint le savant porte-parole, de quelle manière ?

- Vous êtes au courant du remplacement des androïdes ?

- Oui, mais ce ne sont que des défaillances informatiques et électroniques.

- Et les astéroïdes ?

- hasard de la mécanique céleste.

- Deux en un mois ? Combien de planètes détruites et de milliers de morts vous faudra-t-il pour admettre que vous avez à faire face à une agression délibérée ?

- S'il y en a d'autres !

Plusieurs scientifiques et les membres du Grand Conseil semblaient partager la certitude de leur collègue.

Machard soupira ; Kranocks avait raison, la tâche ne serait pas facile. Le Français commençait par être excédé par ce stupide aveuglement de ces gens béatement installés dans leur paix douillette.

- Bon, dit-il sèchement, si c'est ainsi que vous le prenez, je vais déclencher le plan B que nous avons mis au point, en prévision de votre blocage.

Vous connaissez le '' *Domaine réservé d'Urantia*'' que vous respectez tous. Les hommes-chats ne le toucheront pas non plus.

Nous voulons vous aider, vous refusez ? Très bien. Nous n'avons donc plus rien à faire ici, puisque les hommes-chats en seront les maîtres.

Aussi, je vous fiche mon billet que tous les Urantiens de Nébadon que nous alerterons regagneront la Terre, en vous laissant vous débrouiller seuls.

Au son de cette voix mordante et tonnante, ce fut un abattement total, immédiatement suivi par une protestation unanime. Kranocks lui-même, affalé dans son siège, paraissait avoir encaissé un formidable coup de poing :

Comme pour faire bonne mesure, les trois Terriens assis derrière Machard, firent chorus en hochant vigoureusement la tête pour approuver leur chef et montrer leur détermination.

- Attendez protesta le membre du Grand Conseil qui avait déjà parlé, vous ne pouvez pas faire une chose pareille. Ce serait la ruine des compagnies commerciales interstellaires, sans parler des autres branches d'activité.

- Votre trahison signerait la mort de la Fédération, renchérit un autre.

- De toute façon, votre Fédération sera morte avec les hommes-chats. Alors, prenez-le comme vous voudrez, ce ne sera plus notre problème, répondit froidement Machard.

Il ne voulait pas leur laisser la moindre occasion de reprendre la main.

La scientifique manwarssil, plus calme et pragmatique que ses collègues, posa, au milieu du silence accablé, la question que le Français attendait sans trop y croire :

- Que voulez-vous que nous fassions, commandant Machard ?

Il se garda bien de montrer le soulagement qu'il éprouvait. La veille, en préparant cette réunion, il avait évoqué cette menace, et Sylvia avait objecté :

- C'est vraiment trop gros, ils ne marcheraient pas.

Approuvée par l'autre couple, sceptique lui aussi. Mais Michel expliqua qu'ils n'avaient rien à perdre, les Nébadoniens ignorant le bluff et le chantage. Pour eux, une affaire se faisait ou ne se faisait pas, c'est tout.

Et de fait, pris de court et à la gorge, pas un des participants ne songea que cette gageure était impossible à tenir ; comment convaincre des milliers de Terriens de quitter le paradis pour retourner en enfer ?

A présent, la discussion pouvait reprendre sur des bases plus réalistes et sereines, et Michel s'employa à répondre à la question posée :

- Ainsi que je l'ai dit, et je le maintiens, il n'est pas question d'ouvrir les hostilités sans que l'adversaire se soit manifesté. Notre but c'est de se préparer à combattre. Et pour cela, il nous faut des armes.

- Et si vous vous trompiez ? argua l'irréductible opposant.

- Eh bien, dans ce cas je vous présenterais mes excuses, et les armes rejoindraient leur arsenal.

Mais mieux vaut se préparer pour rien, que de ne pas pouvoir se défendre faute d'équipement.

Les participants méditèrent l'explication, et se rendirent compte qu'elle était raisonnable, surtout après la douche froide qu'ils avaient subie ; ils n'avaient pas encore récupéré de la menace catastrophique de l'abandon des Urantiens.

Ce fut encore la Manwarssil, maîtrisant le plan pratique, qui interrogea :

- Quelles sortes d'armes prévoyez-vous ? N'oubliez pas que les planètes des hommes-chats sont invulnérables, si l'on se fie à l'enregistrement.

- Mais pas leur soleil ! s'exclama Michel.

- Leur soleil ? Je ne vois pas…

- Puisque vous êtes des scientifiques, dites-nous quels seraient les effets provoqués par une diminution ou un accroissement de la radiation émise par les soleils verts ?

Les savants se regardèrent, apparemment décontenancés par la question. Ils se consultèrent à voix basse, puis l'un d'eux prit la parole :

- Votre question est astucieuse. Effectivement, l'homme-chat interrogé a dit que cette radiation leur est indispensable, et qu'elle est la seule à traverser leur champ de force.

Dans les deux cas, réduction ou augmentation, le résultat pourrait être dramatique, en allant jusqu'à la destruction totale de l'espèce; tout dépend de l'intensité en plus ou en moins.

- Je vous remercie, vous confirmez mon hypothèse.

- Songeriez-vous questionna, horrifié, le savant opposant semblant toujours aussi incrédule, à attenter à la vie de milliards d'individus ?

- Pourquoi pas, si ces mêmes individus font bon marché de la vôtre ? Dites-vous bien que l'on ne fait pas d'omelette sans casser d'œufs.

- Que viennent faire des œufs dans ce contexte ?

- Cette expression signifie que dans toute guerre il y a un vainqueur et un vaincu, et aussi pas mal de morts.

- Vous êtes bien des Urantiens, riposta aigrement le savant. Vous êtes tellement plongés dans la guerre que vous voulez la transposer dans tout Nébadon.

- Si c'est vraiment ce que vous pensez, pourquoi êtes-vous venus nous chercher ?

L'autre resta muet, ne trouvant rien à répondre. Michel en profita pour préciser :

- Dites-vous bien que les hommes-chats ne reculeront pas ; ils sont décidés à aller jusqu'au bout, et les météorites sont la deuxième phase de leur plan pour vous faire plier.

Autrement dit ; ce sont eux ou c'est vous !

La Manwarssil décidée à jouer la médiatrice, s'interposa pour mettre fin à l'affrontement :

- Concrètement, commandant Machard, à quel type d'armes pensez-vous ?

- Merci, madame. Si vous aviez en réserve une bombe suffisamment puissante pour accélérer les réactions nucléaires du soleil vert, ou même le faire exploser, ce serait parfait ; avec toutes mes excuses pour ce terme brutal en l'occurrence.

Une fois encore, les savants délibérèrent entre eux, chacun exprimant son avis à voix basse. Enfin, leur porte-parole s'adressa au Français :

- En principe, nous avons ce que vous désirez, avec toutefois une réserve.

- Laquelle ?

- D'après les calculs, elle est tellement puissante que n'avons jamais osé la tester !

- Ce en quoi vous êtes plus sages que les savants terriens, félicita Michel, en songeant à la bombe atomique expérimentale américaine de juillet 1945. Au soir de la veille de l'explosion qui devait avoir lieu le lendemain matin, ses concepteurs : Fermi, Oppenheimer, et les autres étaient incapables de prédire le résultat. Les opinions allaient du pétard mouillé à la propagation en chaîne à toute la planète.

Et pourtant, le lendemain, ils laissèrent poursuivre l'expérimentation [1]

Machard abandonna ses cogitations, pour s'enquérir :

- Qu'a-t-elle de si effrayant cette arme ?

- C'est une bombe hyper-protonique basée sur une matière ultra-dense. Ce sont des roches récupérées dans l'espace, tellement pesantes, qu'elles doivent être conservées dans un coffret de champs magnétiques intenses.

Le Français émit un sifflement appréciateur :

- Je comprends et j'apprécie votre prudence. Mais en théorie, quels seraient les effets ?

Le porte-parole hésita, regarda ses collègues comme pour solliciter leur avis, puis se décida :

- En tenant compte des éléments obtenus par la mission d'exploration, une seule de ces bombes suffirait pour arriver aux résultats que vous évoquiez

- Et vous en disposez de combien ?

- Dix.

- Je suppose que c'est là votre armement suprême ?

- Oui.

La Manwarssil intervint :

- Commandant Machard – elle paraissait se délecter du titre-, en supposant que vous ayez raison et que ces hommes-chats soient nos ennemis, ne pourrait-on pas les avertir que nous avons les moyens de les détruire ? Ils signeraient sans doute une paix définitive.

---

[1] Absolument authentique !

Michel eut un sourire mitigé, moitié sérieux moitié moqueur :

- C'est très louable de votre part de penser ainsi, madame, mais rien ne dit qu'ils abonderaient dans votre sens. D'autant qu'ils sont persuadés que vous ignorez où ils se cachent. D'autre part, avertir un adversaire n'est pas synonyme de capitulation ; il peut au contraire mettre les bouchées doubles pour vous battre de vitesse. Et en le prévenant, il renforcera ses propres défenses.

- Alors, que proposez-vous ?

- Pour le moment, attendre la suite des événements, comme l'affirme si bien notre cher partisan de la mécanique céleste.

Ce dernier ne dit rien, mais jeta au Français un regard aussi noir que son humour qu'il n'appréciait pas.

- Mesdames et messieurs, je vous remercie de votre coopération, conclut Michel, estimant que la séance avait atteint son point culminant.

Dans le brouhaha qui suivit, Kranocks aborda son chef-pilote d'un air inquiet :

- Dites Machard, vous ne nous auriez pas abandonnés dans cette situation ?

Le Français, détendu à présent qu'il avait obtenu gain de cause, éclata de rire et assura sur un ton très professionnel, en prenant ses amis à témoins :

- Mais non, monsieur le président, croyez bien que nous resterons toujours à votre service.

*   *   *

CHAPITRE XVIII.
* * *

Robert Termond, dans la quiétude de la cabine du commandant, fit part à son ami de ce qui le tracassait depuis plusieurs jours ; en fait, depuis la fin du congé généreusement accordé par le président de la SING.

Il avait préféré attendre d'être dans l'espace, à l'abri de toute indiscrétion. Le vol n'était que pure sinécure pour les deux hommes, les androïdes ayant la haute main sur le vaisseau. A part bien sûr, si un incident du genre de celui de Gérec survenait encore. Mais Machard avait rassuré Kranocks à ce sujet ; il ne croyait pas que les hommes-chats se livreraient à une exaction contre un paquebot, aussi luxueux soit-il, après avoir détruit deux planètes ; c'eut été du menu fretin et un retour en arrière par rapport à leur objectif final.

- Tu sais Michel, plus je réfléchis, plus cette histoire d'invitation soi-disant pour nous tester, et ces révélations sur Tir-Na-Noge, cachent en réalité quelque chose de plus sérieux.

- Qu'entends-tu par '' plus sérieux'' demanda Machard en remplissant les verres de la douce liqueur de la planète Delzarqq, celle à l'énorme pesanteur des Krenggii, les hommes-éléphants.

La menace des hommes-chats ne l'est pas assez pour toi ?

- Arrête Michel, tu sais bien ce que je veux dire. Sans qu'on lui demande rien, le petit père Kranocks nous informe que non seulement la planète miracle existe, mais qu'en plus toute l'épopée de Gilgamesh est réelle.

- Oui, et je n'ai pas eu l'impression que c'était pour te déplaire, à toi le spécialiste.

- Je reconnais que c'est même passionnant, mais il n'était pas obligé de se déboutonner ainsi.

- C'est vrai, et en réalité, j'ai été surpris moi aussi ; d'autant plus qu'il a été embarrassé par tes questions sur les shout-abni et l'origine de ces anciens dieux. Il devait pourtant se douter que tu ne laisserais pas passer une pareille aubaine d'en savoir plus.

- Surtout après notre premier entretien. D'ailleurs, souligna Robert, il a été soulagé quand tu lui as tendu la perche au sujet de la mission.

- Et que je l'ai tiré d'affaire quand Cindy a évoqué une autre galaxie.

- Ah pour ça, oui, il était drôlement bouleversé. Et c'est tout cet ensemble qui m'a fait cogiter.

Les deux amis dégustèrent en silence la liqueur qui méritait que l'on s'y consacrât presque religieusement.

- Résumons, reprit Machard après deux ou trois petites gorgées ; nous avons droit à des vacances anticipées, même Cindy toute nouvelle employée, invités à chasser le dinosaure – ce qui n'est pas donné -, et à des révélations impromptues et fracassantes, dont les dépositaires doivent être peu nombreux ; notamment que les dieux du temps de Gilgamesh ont disparu en restant inconnus dans Nébadon.

Le tout accompagné d'une familiarité totalement inattendue.

- Et tout ça avant de nous parler des résultats de la mission, pourtant plus dramatiques et prioritaires, acheva Robert.

Nouvelle gorgée de liqueur favorisant la méditation. Puis Machard exprima sa pensée :

- On pourrait presque se demander si justement la menace des hommes-chats n'est pas pour lui une broutille sans importance par rapport à ce qui le préoccupe.

Robert émit un sifflement modulé sur deux tons pour souligner son étonnement :

- Ben dis donc, si tu as raison, ce doit être drôlement coton.

- Et peut-être en rapport avec cette histoire de galaxie, compléta Michel d'un air songeur. Et pourquoi pas aussi avec l'origine mystérieuse des anciens dieux ?

… Sans se douter que Sylvia et Cindy avaient eu une conversation semblable peu auparavant, intriguées elles aussi par le comportement anormal du Président de la SING. Elles étaient arrivées aux mêmes conclusions sans oser en parler à leurs conjoints qui auraient pu gentiment se moquer de leur imagination trop fertile.

*   *   *.

Le troisième astéroïde se manifesta juste un mois après le second. Et rien que cette régularité calendaire rejetait aux oubliettes la responsabilité de la mécanique céleste naturelle ; pour arriver à trois reprises à cet incroyable écart chronologique, elle aurait dû y mettre une extraordinaire bonne volonté.

Le bloc rocheux fonça droit sur un monde industriel plus proche du centre que les précédents, tout en étant encore assez éloigné. Par une sorte de miracle que les scientifiques, à présent échaudés, jugèrent probablement calculé volontairement – l'angle d'arrivée n'étant pas perpendiculaire -, la météorite ne causa qu'un nombre restreint de victimes et des dégâts matériels certes considérables, mais pas au point d'être irrémédiables.

On eut dit que la taille et la vitesse de l'assaillant avaient été réduites pour montrer que l'on pouvait frapper partout, tout en dosant à volonté son orientation et la puissance dévastatrice.

Ce qui était digne d'une psychologie que la nature ne pouvait produire, mais qui jouait subtilement sur les nerfs des Nébadoniens. Après deux destructions sauvages et impitoyables, une troisième plus nuancée tranchait nettement, tout en montrant la détermination de l'envoyeur et sa maîtrise des forces à sa disposition.

Les astrophysiciens interrogés, on peut même dire assaillis par les médias, affirmèrent unanimement que les astéroïdes étaient sûrement équipés de moteurs les faisant franchir le tunnel intemporel, afin qu'ils sortent à proximité du monde choisi.

Ce qui dénotait indubitablement une parfaite connaissance de la cartographie stellaire de Nébadon et des révolutions des planètes-cibles.

- Croyez-vous qu'il s'agisse d'un agresseur d'une autre galaxie ? demanda un des journalistes.

- Non, absolument pas, répondit le savant qui était justement celui qui s'opposait farouchement à Machard. La précision est beaucoup trop grande par rapport à l'éloignement du plus proche nuage de Magellan. Alors pour des nébuleuses encore plus lointaines…

Et comme pour lui donner raison, ou était-ce en réponse précisément à son affirmation, deux jours après cette déclaration, des sphères furent larguées dans la haute atmosphère d'une vingtaine de planètes disséminées sur toute l'étendue de Nébadon, par des vaisseaux qui disparurent aussi vite qu'ils étaient apparus. C'est tout juste s'ils furent repérés par les stations. Tout semblait parfaitement calculé, et bien orchestré.

A peine sorti du tunnel intemporel en haute altitude, le largage des sphères était effectué à la vitesse de l'éclair, et le vaisseau regagnait l'abri d'où il avait jailli ; inutile d'envoyer une patrouille à sa poursuite.

Les sphères dérivaient sur des milliers de kilomètres avant d'atteindre les couches basses où la pression les faisait éclater, dispersant des tracts qui voltigeaient jusqu'au sol. Les autochtones ruraux et urbains n'avaient plus qu'à les ramasser.

Ils exprimaient tous un message unique, dont la lecture fit pâlir plus d'un habitant ne connaissant même pas le mot '' ultimatum''. Il était clair, net et sans ambages, avec un brin de démagogie qu'un politicien terrestre n'eut pas désavouée :

'' C'était notre troisième avertissement, si vous ne l'avez pas encore compris. Nous, le peuple des Catiglyngu dont vous ignorez l'existence, nous avons l'intention de prendre le contrôle total de Nébadon, pour le plus grand bien des populations.

Nous pouvons détruire vos planètes l'une après l'autre sans que vous puissiez vous y opposer. Cependant, nous ne tenons pas à régner sur des mondes morts.

Aussi, nous vous laissons généreusement un mois de réflexion entre deux frappes.

Le prochain astéroïde arrivera donc au mois anniversaire du troisième. Quelle planète sera la victime ? peut-être la vôtre. Pensez-y et faites pression sur votre Grand Conseil pour qu'il se soumette avant l'échéance. Qu'il donne sa réponse par le canal des informations habituelles.

S'il refuse, le cinquième envoi sera raccourci à quinze jours, puis à chaque fois de moitié. En augmentant les effets dévastateurs.

Dépêchez-vous donc. Il n'y aura pas d'autre message.''

Lorsque cette '' déclaration de guerre'', puisqu'il faut bien l'appeler par son nom, parvint aux autorités et diffusée sur les ondes, Machard n'eut pas besoin de provoquer une nouvelle réunion. Ce furent les membres du Grand Conseil amis de Kranocks qui prièrent ce dernier de faire venir les Urantiens dans la même salle que précédemment.

Et pour la seconde fois, elle subit le minutieux contrôle de fond en comble, l'ennemi cette fois identifié ayant fait la preuve de ses capacités.

Il n'y eut pas de tergiversation, ni d'arguments fallacieux pour minimiser les événements. Toutes les personnes présentes, et principalement les femmes, se montraient suffisamment terrifiées pour ne pas mettre en balance l'autorité de Machard et des Terriens en général.

La seule qui affichait une sérénité que l'on sentait de façade, était la Manwarssil qui avait conscience que grâce à ses interventions pondérées, le pire - c'est-à-dire la rupture totale -, avait pu être évité.

Lorsque tout le monde fut installé, le premier qui demanda la parole se leva ; c'était l'ex-ardent défenseur de la mécanique céleste.

- Commandant Machard, dit-il d'un ton contrit, je tiens à vous présenter mes excuses personnelles pour mon opposition. Les drames qui sont arrivés vous ont donné raison.

Magnanime, le Français ébaucha un geste de la main pour balayer le passé :

- Je vous remercie professeur, et je vous avoue que j'aurais préféré avoir tort.

Malheureusement, nous devons faire face à la réalité, et agir très vite.

Nous avons moins d'un mois pour mettre en place une stratégie efficace, afin d'éviter une catastrophe bien plus grande que les précédentes. Les hommes-chats vont vouloir forcer la décision en frappant fort, très fort.

Une courte pause succéda à ce préambule :

- Nous avons l'avantage de la surprise, l'adversaire étant identifié à son insu. Et lors de la précédente réunion, nous avons évoqué la possibilité de bombarder son soleil. Je propose donc que nous discutions ce plan en détail. C'est-à-dire, la logistique de base, le moyen de transport, l'envoi de la bombe, et les effets à en attendre.

Tout doit être minutieusement réglé, car nous n'aurons qu'un essai, deux tout au plus. Lorsque les hommes-chats se verront découverts, ils accéléreront leur programme, afin de nous prendre de vitesse en ne nous laissant aucune autre chance.

Les Français et la jeune Anglaise scrutaient les visages des Galactiques écoutant ce discours avec une émotion visible. La pâleur des uns ou le jaune de la Manwarssil, la crispation des traits, tout dénotait la profonde stupeur proche d'une certaine angoisse. Et c'était parfaitement compréhensible.

Pour les Terriens un tel langage guerrier résonnait familièrement, puisque s'ils entendaient couramment sur les ondes les rodomontades belliqueuses précédant les conflits, les Nébadoniens le découvraient pour la première fois ; de plus, il évoquait la perspective d'une défaite face à un adversaire farouchement déterminé, et mieux préparé psychologiquement.

Et le plus amusant, si l'on peut dire, c'est que submergé par cette émotion perceptible, pas un ne releva le fait que Machard avait dit '' nous '', comme si les Urantiens se sentaient non seulement concernés, mais Nébadoniens à part entière. Ce dernier réagit :

- Oui professeur, nous vous écoutons.

Le représentant scientifique qui avait dévoilé l'existence des bombes hyper protoniques, s'était levé :

- Justement, monsieur Machard, suite à ce que vous aviez proposé, nous avons étudié le problème plus à fond, dit-il en retrouvant la maîtrise de son domaine.

Il fit une pause un peu théâtrale avant de poursuivre d'une voix altérée :

- Il s'avère que deux bombes plongeant dans le soleil transformeraient celui-ci en nova, anéantissant de fond en comble tout le système.

Le profond silence qui suivit cette déclaration, fut impressionnant par sa durée. On eut dit que tel un magicien ou un gourou, le savant avait figé tous les présents dans une méditation intense.

Les secondes s'écoulèrent, puis chacun sortit de sa torpeur, remuant un bras, bougeant une jambe, secouant la tête ou toussotant ; et le plus incroyable se produisit :

L'astronome récalcitrant puis converti, prit la parole d'un ton catégorique qui stupéfia non seulement ses collègues, mais aussi Kranocks et les Terriens :

- Il n'y a pas à hésiter, c'est la seule méthode à employer !

Paradoxalement, Machard se fit involontairement le défenseur des hommes-chats, en balbutiant, dépassé à son tour par l'ampleur du phénomène astronomique annoncé :

- Mais professeur, je n'avais pas envisagé un résultat aussi catastrophique. Une déstabilisation de leur étoile me paraissait suffisante pour les faire réfléchir et les amener à composition.

- Vous m'étonnez commandant, vous aviez pourtant bien parlé de détruire les hommes-chats.

- Oui bien sûr, mais une transformation en nova…

- Eh bien, à mon tour de vous rappeler votre argument de l'omelette et des œufs cassés.

L'astronome paraissait vouloir se racheter de son obstination irrationnelle, et comme tous les convertis, devenait plus féroce que les partisans.

Machard poussa un soupir résigné :

- Vous avez raison, la guerre n'a que faire des bons sentiments.

Sans se lever de son siège, Robert Termond intervint :

- Il faut aussi tenir compte que les Catiglyngu ont des colonies dans les autres systèmes solaires verts.

- Très juste monsieur Termond, approuva la Manwarssil. Faire disparaître leur principal système ne serait pas forcément un gage de paix.

- C'est vrai, mais les affaiblirait considérablement. Nous pourrions alors imposer nos conditions, opposa Machard.

Pour la première fois, Kranocks prit la parole pour préciser :

- Sur les cinq systèmes, seuls les deux derniers n'ont pas été visités. Et nous savons par la mission que les deux premiers sont à négliger.

- En effet, répliqua sa compatriote, mais cette ignorance ne doit pas être prise à la légère, même si ces colonies seraient épouvantées par l'ampleur du désastre.

- Bien raisonné madame, approuva Machard. Mais je crois qu'il est préférable dans un premier temps, de nous concentrer sur notre principal objectif.

Êtes-vous d'accord ?

Il y eut quelques conciliabules en aparté entre deux ou trois personnes, d'autres se regardèrent attendant une approbation ou un refus. Le représentant des scientifiques se leva :

- Nous pensons que devant l'inévitable nous devons nous incliner, pour assurer l'avenir définitif de Nébadon.

- Bien. Dans ce cas, passons à l'aspect pratique de l'opération. Que proposez-vous ?

- Un vaisseau, protégé par son invisibilité, et placé à cent millions de vos kilomètres du soleil, enverrait simultanément les deux bombes, avant de faire un bon d'un ou deux milliards de kilomètres pour se mettre en sécurité, et suivre à distance les résultats.

- Ils interviendront au bout de combien de temps ?

- La réaction en chaîne devrait commencer aussitôt après l'explosion des bombes ; c'est pourquoi le vaisseau ne doit pas attendre avant de fuir.

- Pensez-vous que la nova restera limitée à ce système où s'étendra-t-elle plus loin ?

Le savant hésita avant de répondre :

- Eh bien, il n'est pas impossible que la nova dépasse les limites du système. Rien n'est certain, faute d'expérimentation préalable. Et dans ce cas, la distance de contrôle préconisée sera insuffisante ; elle ne consistera qu'une étape.

Un silence de cathédrale succéda à ces paroles. Les Nébadoniens imaginaient sans peine l'horreur d'un tel génocide.

Pourtant, ils semblaient avoir pris la réelle mesure du danger, et mis au pied du mur, se rangeaient unanimement derrière le raisonnement de Machard ; ce sera eux ou vous !

- D'accord, finit par dire le Français. Mais comme pour la mission d'exploration, je suggère qu'un second vaisseau parte équipé également de deux bombes, au cas où le premier aurait des ennuis.

La voix de Kranocks s'éleva à nouveau :

- Me doutant que vous le demanderiez, j'ai fait équiper en conséquence le '' *Chen-Zu*'' et le ''*Xi-No*''. Les équipages se tiennent prêts à partir, et n'attendent plus que la livraison des bombes.

Un brin ironique, Machard lança en guise de boutade qui déclencha quelques rires:

- Mon cher président, à notre contact, je vois que vous devenez un véritable Urantien.

* * *

CHAPITRE XIX.

* * *

Suivant une suggestion de ses amis terriens auxquels il faisait entièrement confiance au sujet d'une stratégie dont il ignorait le moindre mot, ce ne furent pas deux, mais trois vaisseaux affrétés par Kranocks qui participèrent à l'opération '' nova'', dénomination plus discrète que '' soleil vert'' un temps envisagé, et qui aurait pu attirer l'attention d'oreilles ennemies aux aguets ; mieux valait envisager le pire, et rester prudents.

Si pour la mission d'exploration, il était logique, selon les conventions officielles, que ce soit la SING qui se chargeât de l'organisation, dans le cas présent, il s'agissait d'une opération militaire, normalement dévolue aux autorités.

Néanmoins, celles-ci, c'est-à-dire le Grand Conseil en général, n'étant pas au courant, en tant que potentielle cible des Catiglyngu, et bien que ces derniers aient dévoilé leurs intentions, il n'y avait que les quelques représentants accrédités auprès de Kranocks et des scientifiques, pour prendre les décisions en secret, mais sans aucun moyen opérationnel ; ainsi, par la force des choses, c'était à la puissante compagnie d'assurer la logistique pour l'envoi d'une mission commando –autre terme inconnu des Nébadoniens- qui sauverait peut-être la Galaxie d'un asservissement.

Il n'était pas question de livrer bataille dans l'espace, à l'instar des romans de science-fiction mettant en ligne des centaines ou des milliers de croiseurs et destroyers de combat, et dont de nombreuses unités de part et d'autre explosaient, se désintégraient et se volatilisaient silencieusement à chaque coup reçu, dans une fulgurante gerbe de flammes aussitôt étouffées par le vide sidéral ; dans le présent contexte, il s'agissait de garantir uniquement la sécurité avec un minimum de vaisseaux, moins faciles à détecter qu'une armada.

La décision de modifier les plans initiaux par l'ajout de ce troisième appareil devant servir de couverture face à d'éventuels intrus, amena à renforcer le dispositif en équipant, non pas un seul, mais les deux d'un émetteur et de deux bombes hyper protoniques ; ceci pour le cas d'une défaillance, voire de la destruction de l'un des bombardiers.

Excès de précautions que nul ne contesta.

Donc, faisant confiance aux équipages ayant précédemment visité le sixième bras, Kranocks fit équiper de la sorte le '' *Chen-Zu*'' et le '' *Xi-No*'', auquel il adjoignit le '' *Houang-Ti*'' en guise de chien de berger.

Sur l'insistance des Terriens, et notamment des femmes qui voulaient participer, à la fois pour montrer leur attachement à la sauvegarde de la paix pour Nébadon – c'était aussi leur gagne-pain qui était en jeu !-, et aussi par curiosité d'assister en direct à un événement cosmique extraordinaire provoqué par l'homme, leur employeur ne put que s'incliner, conscient que si cette aventure aboutissait au résultat espéré, ce serait à eux qu'il le devrait.

Suivant les directives des scientifiques, édictées lors de la réunion et finalisées par les modifications apportées ultérieurement, les trois vaisseaux devaient être synchronisés de manière à disparaître simultanément dans le tunnel intemporel, et ressortir en même temps au même endroit, sitôt les bombes arrivées au centre de l'étoile. Ce qui demanderait une durée beaucoup trop courte pour que chaque équipage réagisse à la fraction de seconde près, avec les risques que cette différence entraînerait.

Si tout se passait bien – et pourquoi en serait-il autrement ?-, une fois le processus pour atteindre le stade nova enclenché, les astronomes féminines tsientsienxono enregistreraient son évolution jusqu'à sa conclusion provisoire qui devrait être rapide. Ce n'est qu'après avoir la certitude que le système des hommes-chats était entièrement et définitivement annihilé, que les vaisseaux rentreraient à leur base.

Plus tard, des astronefs équipés spécialement suivraient les progrès de la nova jusqu'à ce qu'elle soit arrivée à une stabilité assurée.

Cette procédure avait été adoptée après avoir eu connaissance des nouveaux renseignements obtenus par l'interrogatoire de Wsewigt Loprtvaq, l'homme chat toujours prisonnier sous contrôle.

Il avait permis de se faire une idée plus précise de la civilisation et de l'organisation des Catiglyngu.

La première question fut :

- Vous nous avez dit avoir conquis tout le sixième bras. Mais par ailleurs vous êtes tributaires de vos soleils verts. N'y-a-t-il pas contradiction ?

- Non, les peuples soumis à notre domination peuvent continuer à vivre normalement, leur armement étant détruit. Ils sont contrôlés périodiquement afin qu'ils ne se révoltent pas, et ils paient un tribut annuel.

- Qu'en est-il pour ceux des autres soleils verts ?

- Ils sont une branche annexe de notre race, et jouissent des mêmes privilèges que nous, sauf qu'ils ont des droits inférieurs.

- Qu'entendez-vous par là ?

- Eh bien, ils sont totalement libres, mais ne peuvent prendre de décisions importantes qu'avec l'accord de nos dirigeants.

Cette phrase fit dire à Machard :

- C'est exactement ce qui se passe sur Terre, aussi bien sur le plan politique que religieux. Les convertis ou assimilés sont tout juste tolérés, tout en étant méprisés.

- Et qu'en concluez-vous ? demanda un des membres du Grand Conseil.

- Je propose de traiter séparément avec eux après la destruction du système principal. Normalement, ils devraient préférer la paix plutôt que de subir un sort identique.

- Et pour les autres peuples ?

- Ceux-là ne poseront aucun problème en recouvrant leur liberté et en acquérant leur autonomie au sein de la Fédération.

Conclusion qui avait l'accord des trois autres Terriens, et que les Nébadoniens jugèrent également logique.

Elle aboutit à prendre la décision de procéder en deux temps ; le premier étant :

La fin de la domination de la civilisation-mère des Catiglyngu.

*   *   *

L'éclair annonçant le début de l'explosion simultanée des deux bombes hyper protoniques restait éblouissant en dépit des filtres protecteurs pourtant réglés à leur intensité maximale.

Puis la lumière redescendit à un niveau moins brutal, rendant visible la palette de couleurs se déployant sur toute la surface solaire.

Des raies d'un mauve devenant rapidement plus violet foncé se croisaient ou se chevauchaient avec d'autres d'un bleu intense, prenant le dessus sur le vert naturel de l'étoile.

Des langues gigantesques de pourpre jaillissaient en grappes, se transformant en orange clair, tandis que le diamètre initial enflait comme un ballon gonflé trop vite, dont la membrane étirée accentuait encore le déploiement de l'incendie qui gagnait en énergie furieuse les territoires qui semblaient vouloir lui échapper.

En l'espace de quelques dizaines de secondes, trop brèves pour être comptabilisées en minutes, les deux millions de kilomètres du diamètre originel centuplèrent, engloutissant la planète la plus proche, et menaçant la principale de la race des Catiglyngu.

C'était la féérie étrangement belle et fascinante de la mort titanesque d'un astre encore en pleine jeunesse, et qui se débattait avec une fureur désespérée pour gagner des miettes de temps afin de retarder son trépas inexorable.

Ou plutôt son changement de statut le transformant en une monstrueuse nova dévoreuse des planètes de son propre système.

Tout se déroulait admirablement selon le plan élaboré. Outre le secret de l'expédition punitive par elle-même envers le Grand Conseil et les populations qui ressentaient encore le choc de l'ultimatum des Catiglyngu, rien n'avait été négligé pour en assurer le plein succès.

- Oui, je sais que nous poussons le bouchon un peu loin, répliqua Machard en réponse à une objection de son patron. Cependant, songez que la moindre négligence paraissant anodine pourrait être à l'origine d'une fuite alertant les hommes-chats. Ils mettraient alors tout en œuvre pour nous barrer la route ; sans compter les représailles inévitables sur les populations.

Et Kranocks s'inclina, conscient du bien-fondé de l'argument.

En effet, les Terriens qui formaient un bloc commun, avec le compagnon de Sylvia comme porte-parole, avaient exigé que les androïdes et les équipages humains des trois vaisseaux, y compris eux-mêmes ainsi que les membres scientifiques et du Grand Conseil, soient testés et vérifiés médicalement afin de prouver que pas un d'entre eux était devenu une créature soumise à l'ennemi.

L'enjeu, c'est-à-dire la sauvegarde de la tranquillité millénaire de Nébadon, était trop important pour laisser place au moindre doute.

Une fois assurés de ne craindre aucune trahison, c'est avec une grande confiance que les équipes embarquèrent. Suivant un processus parfaitement connu de celles qui avaient effectué la mission de reconnaissance, elles se retrouvèrent de l'autre côté de la barrière, avant de filer vers le lieu de rendez-vous fixé, sous le couvert de l'invisibilité et tous les détecteurs en action.

Les membres du '' Houang-Ti'' eurent le temps d'admirer le merveilleux spectacle qu'offrait le bras extérieur dans toute sa splendeur, avant que leur astronef dirigé comme les deux autres par les cerveaux hyper quantiques, parte en direction du soleil vert.

Aux abords de celui-ci – abords représentant quelque cent-dix millions de kilomètres -, le ''Houang-Ti'' se positionna à l'endroit prévu par rapport à ses deux compagnons, plus avancés.

Très loin en arrière, les détecteurs signalèrent les feux de position de deux gros cargos qui se dirigeaient vers la première planète, sans que leurs équipages se doutassent qu'ils accomplissaient leur dernière rotation. Tout autour, l'espace était vide.

Le '' Chen-Zu'' et le '' Xi-No'' s'avancèrent vers l'emplacement choisi, séparés par une dizaine de kilomètres, et stoppèrent.

L'instant fatal approchait ; les bombes hyper protoniques étaient à leur place, prêtes à être expulsées par les téléporteurs lorsque les ordinateurs jugeraient le moment favorable, car l'action de lancement suivie presqu'aussitôt du retrait des vaisseaux à la distance minimale d'une heure-lumière, soit environ un milliard de kilomètres, étaient au-delà de la rapidité de réaction humaine, et même de celle des androïdes.

Tout le monde se taisait, l'esprit tendu vers ce qui allait advenir.

Soudain, sans avertissement, ce fut l'aveuglement de la noirceur du vide. Le soleil vert brillait toujours dans le lointain, mais beaucoup plus faiblement.

- Que se passe-t-il, c'est raté ? s'inquiéta Cindy d'une petite voix à moitié étranglée.

- Non, mademoiselle, rassurez-vous, répondit le commandant Tsientsienxo.

Les trois vaisseaux ont été propulsés à une heure-lumière de l'étoile comme prévu. Les explosions des deux bombes ont déjà eu lieu, mais nous ne les verrons que plus tard, le temps que leur lumière nous parvienne.

La rapidité du phénomène vous a surpris, mais il est le résultat de l'application de '' *la compensation super-lumière*'' dont vous avez dû apprendre l'existence.

C'était le seul moyen de reculer à cette courte distance de sécurité dans un temps quasiment nul avec l'aide des ordinateurs.

Il avait évidemment raison, mais bien que prévenus de cette attente, celle-ci sembla s'éterniser pour les observateurs, au point de douter de la réussite ; les bombes non testées auparavant étaient-elles vraiment opérationnelles ? Ou lorsqu'elles s'étaient matérialisées au centre du soleil, celui-ci les avait-il neutralisées par une réaction due à des rayonnements inconnus ?

Toutes ces interrogations s'évanouirent avec un immense soulagement, lorsque l'aveuglante lueur jaillit spontanément, faisant sursauter les spectateurs tout en les rassurant. Il ne s'agissait plus à présent que de suivre l'évolution du phénomène.

De nouvelles radiations probablement nées d'une mutation alchimique du rayonnement spécifique de l'étoile, se combinèrent avec les anciennes, et multipliant leur puissance grâce à cette association, jaillirent dans l'espace à une vitesse dépassant celle de la lumière.

Précédant l'énergie bouillonnante qui calcinerait les planètes, elles pénétrèrent sans difficulté les boucliers protecteurs, et se chargèrent d'asphyxier tout ce qui vivait en neutralisant l'oxygène de l'atmosphère.

La catastrophe fut si rapide que pas un être humain ne put se rendre compte de ce qui arrivait.

Privés de contrôle, tous les appareils en vol s'abattirent sans rémission avec leurs passagers inconscients.

Certains vaisseaux cargos, et deux ou trois paquebots qui assuraient les liaisons régulières entre les mondes, eurent à peine le temps d'envoyer un message de détresse aussitôt tronqué, avant d'être engloutis par la furieuse marée des rayonnements déchaînés.

Par mesure de sécurité supplémentaire, les trois vaisseaux reculèrent encore d'une heure-lumière, ce qui s'avéra suffisant au stade actuel de l'évolution du cataclysme, qui risquait dans les jours, semaines ou mois à venir de s'agrandir encore, rendant l'ensemble du système totalement inabordable.
Toutefois, dans l'immédiat le principal avait été accompli ; le royaume des Catiglyngu avait disparu dans la tourmente, et il n'existerait plus que dans la mémoire des peuples.

*   *   *

CHAPITRE XX.
*   *   *

Deux jours après le retour des trois vaisseaux, les amis de Kranocks, accompagnés de deux des savants appartenant à ce que les médias appelèrent par la suite '' *le complot Urantio-Nébadonien* '' se réunirent, sur leur demande expresse, avec le président et le vice-président du Grand Conseil.

L'entrevue exceptionnelle bouleversant l'agenda présidentiel – mais l'intéressé ne le regretta pas - dura deux bonnes heures, car ils durent expliquer en détail tous les tenants et aboutissants ; entre autres, pourquoi ils avaient dû faire sécession.

Le visionnage des films montrant la transformation de l'étoile verte en nova, et l'annihilation de l'empire des Catiglyngu impressionnèrent vivement les hauts personnages, et ils reconnurent que leurs collègues avaient fort bien agi pour éradiquer cette menace, même s'il avait fallu en arriver à cette horrifiante extrémité.

A la suite de ces révélations, il fut convenu que le président lancerait un appel sur les ondes, comme l'avaient ordonné les hommes-chats. Cependant, ce ne serait pas pour présenter une capitulation attendue, mais pour proposer aux peuples soumis de se joindre à la Fédération avec le statut de planètes libres, en envoyant des émissaires auprès du Grand Conseil, pour signer le protocole de paix.

Toutefois, pour inciter à accepter cette main tendue, le communiqué laisserait discrètement comprendre que ce qui était arrivé aux Catiglyngu pourrait se reproduire pour ceux qui voudraient reprendre le flambeau de leurs anciens maîtres.

Avant de lire ce communiqué, le président expliqua sur toutes les chaines ce qui s'était passé depuis la réception de l'ultimatum des hommes-chats. Tout, sauf les moyens utilisés pour vaincre de manière aussi radicale que rapide. Ils resteraient un secret d'Etat, et cette méthode inconnue serait un perpétuel avertissement pour ceux qui penseraient jouer à leur tour les trouble-fête.

Toute cette partie psychologique avait été proposée par les Terriens, qui firent remarquer qu'une mansuétude devait s'accompagner d'une certaine fermeté indiquant que le vainqueur ne s'en laisserait pas conter.

Ce discours fut d'autant plus écouté que deux jours auparavant, une annonce générale invitait toutes les planètes à ne pas manquer la retransmission.

Et comme les Nébadoniens vivaient dans l'angoisse d'une offensive des Catiglyngu, c'est avec une crainte presque palpable qu'ils attendirent cette émission.

Au fur et à mesure de son déroulement, le soulagement gagna progressivement jusqu'à la délivrance du communiqué destiné à apaiser les tensions et à faire naître un espoir de sérénité retrouvée pour tout Nébadon.

Paradoxalement, la destruction totale d'un système solaire pour obtenir ce résultat passa presque inaperçue.

S'il avait fallu en arriver à cette extrémité, la faute en incombait aux Catiglyngu qui n'avaient pas hésité à envoyer des astéroïdes pour détruire des planètes au mépris de la vie humaine ; il était donc juste qu'ils en paient le prix, aussi élevé soit-il.

Enfin, pour finir son allocution, le président mit particulièrement l'accent sur la participation des Urantiens '' *qui sont les artisans de cette belle victoire, car sans eux, nous aurions été vaincus.''*

Hommage mérité qui était souligné par les portraits des quatre Terriens, qui sans le vouloir, devenaient les idoles d'un millier de mondes. Ils ne surent que bien plus tard, que c'était Kranocks qui avait insisté pour qu'ils soient ainsi honorés.

Il va de soi que les habitants du sixième bras n'avaient pas attendu le discours du président du Grand Conseil pour se rendre compte que le système solaire des Catiglyngu s'était considérablement modifié.

Les observatoires avaient enregistré l'apparition de la nova, tandis que brusquement, toutes les communications avec les planètes des hommes-chats s'étaient interrompues sans aucun signe précurseur.

Des astronefs de transport de passagers et des cargos marchands se trouvèrent piégés par la rapidité du phénomène, et disparurent corps et bien ; certains avaient toutefois pu émettre vers leurs bases situées dans d'autres systèmes un message de détresse n'expliquant pas – et pour cause – la nature et l'origine de cette débauche d'énergie qui les agressait.

Bizarrement, même le constat définitif de la mort de toutes les planètes et de leurs habitants, ainsi que la destruction de tous les équipements, faisant de ces mondes calcinés des tombes que nul ne visiterait jamais, n'amena aucun raisonnement à faire le rapport avec d'éventuelles représailles des Nébadoniens, tant elles paraissaient éloignées de leurs possibilités technologiques.

Sans parler du fait avéré pour tous ces peuples, puisque martelé sans cesse par les Catiglyngu arrogants et sûrs d'eux, que la Fédération était incapable de pouvoir découvrir leur domaine parmi les milliards d'étoiles.

Les arguments échangés tournaient tous vers une modification inopinée de l'étoile, et que les observations pourtant assidues n'avaient pu prévoir.

Cependant, quand tous les peuples se mirent à l'écoute de l'allocution télévisée, l'immense impact ressenti par la connaissance de la vérité fut tel, qu'ils se raccrochèrent comme à une bouée de sauvetage au fait qu'ils pouvaient redevenir autonomes au sein de la Fédération.

C'est donc avec un empressement servile dans la plupart des cas, qu'ils donnèrent rapidement leur accord à l'envoi d'ambassadeurs ; même les pseudos-Catiglyngu, ceux qui étaient considérés de race inférieure par leurs congénères, préférèrent suivre la voie de la raison, qui leur redonnait leur pleine autorité, que de s'exposer à subir le sort de leurs anciens maîtres.

Bref, les réactions se manifestaient exactement comme Michel Machard l'avait prédit.

Le plus gros du travail était à présent dévolu aux élus du Grand Conseils qui devaient gérer cet afflux massif de nouveaux membres portant à plusieurs centaines d'unités supplémentaires le nombre de planètes faisant désormais partie de la Fédération des Mondes Interstellaires. Tâche gigantesque mais que tous avaient à cœur de mener à bien.

L'avenir positif de Nébadon ne faisant plus de doute, le plus heureux de ce dénouement était Kranocks qui voyait l'empire de la SING augmenter et étendre ses comptoirs dans des proportions inimaginables auparavant. C'était bien tout le bras extérieur s'étendant sur des milliers d'années-lumière, qu'il convenait de couvrir de lignes commerciales ouvertes aux passagers du reste de la Galaxie. Et il ne ménagea pas ses efforts pour prendre des contacts dans ce sens, en se faisant subtilement aider par les quatre Urantiens qu'il avait dégagés de leurs fonctions habituelles pour les intégrer à son Etat-Major.

Les deux couples occupaient à présent sur Telvak, à proximité du siège de la SING, des appartements proches l'un de l'autre, luxueux à l'extrême, offrant une vue superbe sur un parc fleuri à profusion, et avec pour chacun, deux androïdes prêts à obéir à leurs moindres directives.

Parallèlement, leurs salaires grimpaient jusqu'à atteindre des sommets jamais égalés jusqu'alors.

Sylvia Lambard gardait le contact avec Josiane Codet qui avait à présent une autre co-équipière, mais la brune marseillaise resta dans l'ignorance des événements qui avaient présidé à la disparition de la menace des hommes-chats.

Pour les autorités, il restait un cas particulier à résoudre ; celui de Wsewigt Loprtvak, le prisonnier gardé toujours endormi. Son rôle avait été déterminant par ses précieuses révélations involontaires, mais à présent il convenait de lui rendre la liberté ; ce qui posait un sérieux cas de conscience.

C'était un homme-chat bon teint, donc un ennemi qui, de plus, avait perdu non seulement sa patrie, mais toute sa famille et ses amis avec toutes ses illusions.

Le renvoyer tel quel (pour aller où ?) revenait à en faire un déraciné plus aigri que jamais.

Heureusement, la technologie de l'inconscient remédia facilement à ce problème. Nanti de faux souvenirs plus vrais que les réels, il fut intégré à une équipe d'astronomes sur une planète d'un des soleils verts, où il se maria et fonda une nouvelle famille, sans jamais avoir aucune réminiscence de son ancienne vie, même au plus profond de ses rêves.

*   *   *

L'essai mené par la malheureuse équipe scientifique de la non moins pitoyable planète Shauprag, sur la désagrégation du nuage gazeux, et qui avait eu pour résultat inattendu de le voir se régénérer, fut repris par des astrophysiciens étonnés de cet échec.

Cette fois, et conformément aux lois de la physique, une bonne partie de la masse gazeuse se disloqua et se volatilisa sous l'action des hypersons, sans reprendre son aspect antérieur.

Cette réussite ranima une question qui avait été soulevée ; les astronomes de Shauprag ont-ils commis une erreur les amenant à croire que le nuage se condensait à nouveau ?

Des scientifiques qui connaissaient bien certains membres de la défunte colonie prirent leur défense, en proposant notamment un scénario qui ne fit pas l'unanimité dans un premier temps ; et si quelque chose agissait en sens contraire quand on voulait disloquer le nuage ?

- Pourquoi alors avant et pas maintenant ? se récrièrent les opposants.

- Peut-être parce que le ou la responsable n'existe plus, rétorquèrent les partisans.

- Quoi ? Vous voulez dire que le nuage serait artificiel ?

- Pourquoi pas ? Ce qui expliquerait sa densité plus élevée et sa profondeur plus importante que pour les nuages naturels.

- Et la machine qui le produirait aurait disparu subitement ? allons donc !

- C'est possible avec la destruction du système des Catiglyngu.

Le silence se fit dans les deux groupes ; les esprits travaillaient fiévreusement sur cette possibilité.

- Si vous avez raison, reprit de manière nuancée un opposant, il y aurait alors des émetteurs cachés dans le nuage, et qui réagiraient en fonction des directives reçues depuis la planète-mère. Celle-ci morte, les émetteurs seraient devenus inactifs. Ce qui expliquerait notre réussite.

Pour vérifier la justesse de ce raisonnement, des vaisseaux équipés de projecteurs d'hyper-sons prirent position devant le nuage, et avancèrent de concert en balayant l'espace devant eux. Les molécules se disloquaient comme du beurre chauffé, et le nuage fondait, fondait.

Cependant, étant donné l'énormité du travail à accomplir, et malgré la puissance des projecteurs, il fallut plusieurs jours pour venir à bout de l'imposant et encombrant obstacle.

Et à certains endroits à présent dégagés, les vaisseau détectèrent et récupérèrent pour analyse de grandes structures métalliques, toutes identiques, aux formes faisant apparemment appel à des mathématiques compliquées.

Il s'avéra qu'il s'agissait bien d'émetteurs d'un gaz d'un genre très spécial, et que les Catiglyngu avaient placés pour créer cette barrière protégeant leur univers du reste de Nébadon.

Celle-ci enlevée, le sixième bras devint entièrement accessible visuellement, faisant la joie des astronomes aussi bien amateurs que professionnels.

*   *   *

CHAPITRE XXI.
*   *   *

Bien avant que Sylvia Lambard soit intégrée à l'équipe française de la SING, et alors même que Michel Machard ne songeait pas à poser sa candidature auprès de l'agence Intint, Storks Kranocks mettait au point, et réalisait par personnes interposées, un projet qui lui tenait à cœur depuis son enfance.

Toutefois, ce n'est qu'à l'âge adulte, après que sa position sociale et familiale fût bien assise, qu'il put songer à concrétiser cette opération. Il la garda secrète à double titre ; d'abord par ce qu'il en résulta, totalement inattendu, et ensuite, parce que c'était le genre d'aventure dans laquelle les Nébadoniens en général n'aimeraient pas se lancer, et qui aurait pu les détourner d'emprunter les vaisseaux de la compagnie, jugeant que son président-directeur général avait perdu la tête.

Par ailleurs, les seuls qui osèrent accepter de prendre le risque, et sur lesquels le Manwarssi savait pouvoir compter, étaient les Tsientsienxo, ces voyageurs impénitents toujours prêts à partir en quête de mondes nouveaux. Sauf que dans le cas présent, il fallait sortir du cocon maternel.

Entendons par cette expression, qu'il ne s'agissait plus de naviguer à la recherche de riches potentialités planétaires prometteuses de substantielles primes à l'intérieur des bras de la Nébadon bienaimée, mais bien d'en sortir pour aller à la rencontre de l'inconnu.

Autrement dit, voguer vers d'autres galaxies.

Dans son for intérieur, Kranocks considérait qu'il était temps de tâter le terrain en vue de l'établissement de futures lignes extragalactiques, devançant ainsi encore plus ses concurrents. Et une fois le pari réussi, il espérait vaincre la réticence actuelle, le premier pas étant franchi.

Seulement, voilà…

Comprenant un effectif humain réduit au chef de bord, son adjoint, et une femme astronome, un seul vaisseau prit le départ, après que son commandant eut déposé règlementairement chez les contrôleurs un itinéraire fictif, destiné à brouiller les pistes.

Conscient du caractère plus qu'exceptionnel de cette démarche, Kranocks n'avait pas lésiné sur les salaires, emportant une adhésion somme toute refroidie quand le but fut dévoilé. Paradoxalement, la femme astronome était la plus excitée en se voyant déjà être la première à apporter une contribution majeure à sa discipline.

Le '' *Kouen-Lun* '' se dirigea vers la plus proche des galaxies naines satellites de Nébadon. Située à quarante-deux mille années-lumière, sa dénomination uranienne était le Grand Chien, et découverte depuis peu à cause de sa faible luminosité. [2]

Le patron de la SING qui avait potassé son sujet depuis des années, avait prévu, si tout se passait bien, de s'approcher, en plus du Grand Chien, des deux Nuages de Magellan ; le grand et le petit ainsi dénommés par les Terriens. Les deux membres de ce duo cosmique peu éloignés l'un de l'autre se tenaient à près de deux-cent mille années-lumière. Et aussi de terminer par Léo 1, la plus lointaine des compagnes de Nébadon, ultime station placée à six-cent mille années-lumière.

Bien entendu, l'équipage restait en rapport direct avec Kranocks et son poste récepteur personnel, de longueur d'onde particulière et inviolable. En son absence, les messages seraient enregistrés.

En apparence, tout était donc prévu, sauf…

Sur le plan astronomique, les Nébadoniens avaient depuis longtemps répertorié de manière ultra-précise tout l'espace s'étalant jusqu'à la limite de Léo 1 ; c'est-à-dire que sur six-cent-mille années-lumière, les ordinateurs connaissaient parfaitement '' chaque buisson'' pourrait-on dire, ce qui signifiait que l'on pouvait sortir n'importe où du tunnel intemporel, le milieu étant sécurisé.

Cependant, le commandant du '' Kouen-Lun'', ne voulut pas prendre un risque inutile, le temps n'étant pas compté, et ayant carte blanche ; il se contenta de prévoir un premier saut qui enverrait son vaisseau un peu à l'extérieur de Nébadon. Ce qui figurerait comme une sorte de nouvelle naissance, après un trajet le plus long jamais accompli.

Ensuite, on couperait symboliquement le cordon ombilical, pour franchir une nouvelle étape.

Ayant une certaine hâte à atteindre ce premier objectif, le commandant décida d'y arriver en l'espace d'une petite demi-heure, ce qui était raisonnable. Le '' Kouen-Lun'' était un astronef de dernière génération, et la puissance de ses moteurs lui autorisait la plus haute vélocité. C'est ainsi que lancé à pleine vitesse dans l'espace extragalactique, il aurait pu arriver aux abords de la nébuleuse d'Andromède le temps de prendre un petit déjeuner. En faisant évidemment abstraction des dangers existant aux alentours de cette région inconnue.

Toutefois cette notion était purement subjective, et inatteignable en elle-même, car il fallait tenir compte de l'accélération pour arriver à la vitesse nécessaire, puis de la réduction progressive jusqu'à la limite de la frontière luminique, afin de pouvoir sortir du couloir intemporel.

Si par exemple on voulait parcourir la distance en un an, il aurait alors fallu imprimer au vaisseau une accélération instantanée de deux millions cinq cent mille fois la vitesse lumière, correspondant à la

---

[2] Les quatre satellites existent. Le Grand Chien ne fut découvert qu'en 2003.

distance d'Andromède en années ; et ainsi de suite par multiplications successives suivant la durée du trajet souhaitée. Ce qui était évidemment impossible de cette manière directe.

A part sans doute, et exceptionnellement, si l'on utilisait '' *la compensation super-lumière* '' que seuls les cerveaux hyper quantiques étaient à même de gérer efficacement, à cause de l'extrême brièveté de l'action.

Celle-ci consistait, en cas de danger immédiat, à imprimer instantanément au vaisseau un multiple choisi de la célérité luminique, afin de basculer aussitôt dans le tunnel intemporel.

C'est ce qu'avaient accompli les ordinateurs lors de l'opération '' Nova'' pour envoyer les trois vaisseaux à une heure-lumière de l'étoile.

Mais dans le cas présent, ces calculs qui portaient bien leur adjectif d'astronomiques, n'étaient pas de mise, puisque l'on restait dans la banlieue galactique ; et effectivement, la demi-heure écoulée, le '' *Kouen-Lun*'' émergea du tunnel dans une zone libre, qui montrait d'un côté la faible lueur du Grand Chien, et de l'autre, dépassant tout le champ visible, Nébadon dans toute sa majestueuse grandeur. C'était probablement la première fois que des explorateurs pouvaient la voir telle quelle, les chroniques ne relatant aucun précédent.

Après un long moment de contemplation et de recueillement, le commandant ordonna aux androïdes de lancer le nouveau départ, afin de couvrir les quarante-deux mille années-lumière séparant le '' *Kouen-Lun*'' du prochain arrêt.

Toutefois, et bien qu'il n'y eut en principe aucun danger, le trajet fut tronçonné en deux moitiés. Rien ne pressait, et suivant la mentalité des Nébadoniens, après être sortis de la nébuleuse-mère, il valait mieux prendre son temps, et s'octroyer une marge de manœuvre.

Aussi, le premier saut se fit seulement sur dix-huit mille années-lumière franchies en une heure qui passa vite, chacun trouvant à s'occuper sans s'ennuyer ou se morfondre ; toujours grâce à cette immuable patience qu'un Urantien ne saurait jamais comprendre.

L'apparition hors du tunnel n'apporta aucune surprise ; Le Grand Chien se montrait bien visible et plus étendu, rayonnant d'une lueur accrue du fait de la distance réduite. Et l'astronome confirma le chiffre restant le séparant du '' *Kouen-Lun*''.

Néanmoins, fidèle à sa tactique, le commandant n'accorda aux androïdes qu'un parcours de vingt mille années-lumière, afin de garder une réserve de sécurité ; la nébuleuse devrait alors couvrir tout le champ des hublots à quatre mille années-lumière.

Or, la deuxième heure écoulée ne montra que le noir du vide, ponctué des lueurs des étoiles et galaxies lointaines. Alors que les spirales de

Nébadon s'étalaient, à présent plus distinctes, mais moins lumineuses qu'auparavant.

Les androïdes furent suspectés en premier lieu d'avoir commis une erreur – ce qui semblait impensable -, et vérification faite, il s'avéra que tout était correct ; le vaisseau stationnait bien à la distance prévue. Ce que confirmait d'ailleurs la vision de Nébadon.

Et pourtant, il n'y avait rien, strictement Rien.

Si un Terrien s'était trouvé à bord, il aurait certainement sorti une plaisanterie du genre :'' le Grand Chien est allé arroser un arbre.''

Mais les tsientsienxo ne possédaient pas cet humour caustique, et pour l'heure, baignaient dans l'incertitude la plus complète. Ce n'était pas encore l'affolement.

Evidemment, l'astronome fut interrogée, étant la mieux placée pour émettre un jugement, ou du moins une hypothèse valable. Les deux seules qu'elle proposa, et qui paraissaient logiques, furent que la petite galaxie avait disparu depuis plusieurs milliers d'années; et donc que son extinction n'était pas encore parvenue aux observatoires, à cause de la lenteur de la vitesse luminique.

Cette hypothèse fut jugée plus recevable et moins farfelue que celle, émise avec prudence, de la non-existence ; ce qui allait à l'encontre des enregistrements, photos, et évolution des phénomènes cosmiques.

Se raccrochant à la mort de cette petite galaxie, le commandant convint, après discussion avec son commanditaire persuadé également de l'extinction, de mettre le cap sur les Nuages de Magellan, second objectif inscrit au programme.

Situés dans une région sidérale assez éloignée de celle du Grand Chien, il convenait que les ordinateurs traçassent la route la plus directe, tout en la fractionnant en plusieurs tronçons. Avec le rallongement imposé, il fallait franchir pas moins de deux-cent-cinquante mille années-lumière.

En espérant que le même phénomène de disparition ne se reproduise pas pour l'un ou l'autre des frères.

Tout alla bien jusqu'au quatrième segment ; à cinquante mille années-lumière du Grand Magellan, celui-ci se distinguait parfaitement, et Nébadon devenait visible sur toute son étendue ; les parties sombres entre les spirales, là où les étoiles étaient en très faible quantité, tranchaient nettement sur la barre centrale.

Après plusieurs heures terriennes de translations, l'ultime section, que le commandant réduisit encore à trente mille années-lumière gardant la dernière tranche de vingt-mille en réserve tant sa prudence était devenue excessive, provoqua un chavirement des esprits.

A cette énorme distance, il n'y avait plus de grand Nuage, et plus loin, dans la région céleste où aurait dû se trouver son petit frère, c'était le noir, le vide complet, avec toujours en arrière-plan lointain, les étoiles et galaxies, aussi froides distantes et indifférentes les unes que les autres.

C'est avec une voix frisant l'hystérie que le commandant appela Kranocks pour lui communiquer l'invraisemblable absence. Avec un calme relatif en apparence, le président de la SING encaissa le choc ; seul, son teint virant au jaune vif trahissait une émotion extraordinaire, stade rarement atteint.

Néanmoins, comme il n'était pas sur place avec les explorateurs, la sensation éprouvée se limitait à l'agitation de son interlocuteur. Sur Urantia, on appelait ce regard lointain '' *point de vue de Sirius*'' qui incitait l'observateur à un certain détachement. Pour lui, il était possible que des cataclysmes cosmiques extérieurs à Nébadon, aient pu provoquer la destruction pleine et entière de trois des quatre galaxies satellites.

C'est ce que le Manwarssi s'efforça de faire comprendre à son pitoyable correspondant qui en arrivait à bégayer sans arrêt. En dépit de ses propres troubles qu'il essayait de dissimuler, et malgré la couleur révélatrice de son visage, Kranocks réussit petit à petit à redonner un peu de moral au commandant, et finit par obtenir qu'il emmène le '' *Kouen-Lun*'' vers le dernier objectif, Léo 1.

Pour le président, il représentait l'ultime chance de croisière intergalactique. Et plutôt que de rester sur des échecs répétitifs, il valait mieux aller jusqu'au bout de l'aventure prévue au contrat. L'octroi d'une prime supplémentaire participa en partie à insuffler à l'équipage la volonté de continuer.

Il avait bien besoin de cet encouragement financier, car une course record de près de huit cents mille années-lumière l'attendait, Léo 1 étant aux antipodes des Nuages de Magellan.

Prenant la résolution contraire à ce qu'il avait fait jusqu'à présent, le commandant ordonna aux androïdes d'agir pour le mieux avec les ordinateurs pour que ceux-ci raccourcissent au minimum la durée de parcours de chaque tronçon, tout en faisant en sorte qu'ils soient suffisamment longs pour en réduire le nombre, en garantissant une sécurité maximale.

Ce ne fut donc pas sans une appréhension certaine qu'à chaque émergence du tunnel intemporel, la femme et les deux hommes s'empressaient de regarder par les hublots si Léo 1 brillait toujours ; ce qui s'avéra être encore le cas, alors que cent mille années-lumière les en séparaient, et qui leur rendit un peu de confiance, la frayeur qui les taraudait commençant à s'estomper.

Pour renaître avec une vigueur décuplée à la sortie de l'avant-dernier saut ; Léo 1 figurait aux abonnés absents.

Ce coup de grâce acheva l'équipage.

L'astronome poussa un hurlement de terreur et s'effondra, évanouie.

Le second demeura prostré, hébété, les yeux regardant fixement le vide, le visage restant collé au hublot.

Quant au commandant, le cerveau tout aussi atteint que ses compagnons, il ricana sauvagement et se précipita comme le fou qu'il était devenu, vers la chambre des moteurs dans laquelle il s'enferma.

L'ultime message que reçut Kranocks, transmis par les androïdes qui n'avaient pu que constater la déchéance de leurs maîtres sans pouvoir intervenir et y apporter le moindre remède, disait simplement :

'' *Le commandant est dans la chambre des moteurs, et les instruments indiquent qu'il les a mis hors phase. Le vaisseau va expl...*''

Le visage de celui qui parlait n'exprimait aucun sentiment et sa voix restait calme. En tant que machine, il annonçait un fait certain et une conclusion inévitable n'ayant aucune prise mentale sur lui et ses congénères.

La communication tronquée à cet instant indiquait clairement que l'expédition s'achevait sur cette fin tragique. A l'analyse, il parut à Kranocks que si le chef de bord en était arrivé à cette extrémité funeste, son esprit ayant à l'évidence complètement craqué, c'est que le résultat pour Léo 1 était identique aux deux autres.

Ce qui ne résolvait nullement le mystère des disparitions à l'approche de ces galaxies, alors que de Nébadon on les voyait en permanence. Il faudrait probablement organiser une autre mission qui pousserait plus loin les investigations, afin de pouvoir enfin trancher définitivement la question.

*   *   *

CHAPITRE XXII.

* * *

De tout temps, il s'est avéré que les confidences sur l'oreiller ont bien souvent changé la face du monde.

Bien plus modestement, celles faites par Robert Termond à Cindy Robson concernant sa discussion avec Michel Machard, encouragèrent cette dernière à lui révéler que Sylvia et elle étaient arrivées à une conclusion identique.

Ce qui amena le Français à envisager d'attaquer à nouveau de front le président de la SING. Il se sentait suffisamment intime à présent avec ce haut personnage, surtout depuis que la menace des Catiglyngu était définitivement écartée, pour parler sans détour.

Cependant, et à sa grande surprise, il n'eut pas à demander une entrevue, car c'est Kranocks lui-même qui lança l'offensive, sous la forme d'une invitation pour les deux couples à venir dans sa résidence.

Depuis leur entrée dans leurs nouvelles fonctions pour aider leur employeur dans ses négociations avec les autorités des astroports des différentes nouvelles planètes inscrites à la Fédération, les deux hommes occupaient leur propre bureau à proximité de celui du grand patron.

Leurs compagnes jouaient à la fois le rôle de secrétaires et d'ambassadrices de charme lors des entrevues. Leur présence aplanissait les discussions et fascinait les interlocuteurs, qui n'ignoraient nullement que c'était grâce aux Urantiens s'ils avaient été libérés du joug des Catiglyngu.

Un matin, Kranocks vint les rejoindre, et leur fit une proposition qui enchanta particulièrement les femmes :

- Mes amis, il est temps pour moi de vous faire part d'un projet dont je voudrais voir l'aboutissement, maintenant que l'avenir de Nébadon est assuré.

Toutefois, auparavant, je tiens à tenir une promesse faite à nos charmantes demoiselles ; visiter la planète de l'éternelle jeunesse.

- Wahou ! s'écrièrent les deux femmes spontanément.

Le Manwarssi sourit, enchanté de cette exubérance, tout en précisant :

- Mais là encore, vous allez apprendre des choses qui doivent rester secrètes, afin de préserver ce joyau unique en son genre. Cependant, inutile de jurer de le garder par devers vous, je vous fais entièrement confiance.

Paroles qui touchèrent bien évidemment les quatre Terriens. Robert Termond, pitre à ses heures, mit la main droite sur son cœur, et s'inclina solennellement en silence ; son attitude faussement cérémonielle fit pouffer sa compagne.

- Comme rien n'est volontairement prévu dans notre agenda pour les trois jours à venir, reprit Kranocks, nous allons partir maintenant. Et après cette visite, je vous invite dans ma résidence.

Tous ayant une valise toujours prête contenant des effets personnels en plus d'une trousse de toilette, ils sortirent du bureau, et il les précéda jusqu'à un ascenseur dissimulé derrière une porte qu'il ouvrit avec une clé spéciale, après avoir tapé un code confidentiel. Une fois à l'intérieur, il tapa un autre code et prononça :

- Outa-Napishtim.

- Bigre, ne put s'empêcher de remarquer Robert Termond, c'est effectivement très impressionnant.

- Et vous n'avez pas encore tout vu, prévint le président.

L'ascenseur s'arrêta à un niveau très bas. Malgré sa rapidité et la brièveté de la course, les passagers eurent l'impression de descendre jusqu'aux entrailles du globe. Sensation trompeuse due à l'étrangeté de cette nouvelle révélation.

Au bout du trajet, la porte s'ouvrit sur une pièce relativement petite, aux murs nus, et ne contenant qu'un seul appareil que les Terriens reconnurent aussitôt : un téléporteur.

- Il est en relation directe avec Tir-Na-Noge ? interrogea Machard.

- Oui, vous avez parfaitement compris. C'est de cette manière que transitent nos employés urantiens à leur retraite.

- Et comment font ceux qui veulent quitter la planète pour une autre destination, comme Renato Battaglia ?

- Eh bien, ils empruntent les transports officiels pour rejoindre un astroport.

- Mais alors, en dehors de ce téléporteur-ci, il existe des liaisons entre les différents mondes et Tir-Na-Noge ?

- Oui et non. Cette relation existe, c'est vrai, sinon il n'y aurait pas de transmission de marchandises. Mais le fait de connaître le code de destination ne veut pas dire que n'importe qui peut s'y rendre.

- Comment cela ?

- Vous pensez bien que la sécurité concernant cette planète est maximale. Seuls peuvent y aller que ceux dont la fréquence personnelle à sa correspondance dans la liste enregistrée par les cerveaux hyper quantiques.

En réalité, il y a peu de personnes qui sortent de la planète miraculeuse.

- Sans doute à cause du vieillissement qui reprend le dessus ?

- Tout juste. Et je vais vous apprendre une dernière confidence. Chaque siège des compagnies de transports a cet ascenseur et ce téléporteur privés. Toutefois, chaque directeur ne peut agir que dans son propre cadre. Je serais bien incapable de me rendre dans une autre compagnie et d'accomplir les mêmes gestes, à supposer que j'en aie le droit ; la clé et les codes sont différents, afin de réduire les indiscrétions.

- Et pour les Terriens travaillant ailleurs ?

- Là, j'ignore le processus ; sans doute utilise –t-on les téléporteurs officiels.

Machard claqua brusquement des doigts :

- Je ne doute pas Storks, que vous soyez enregistré, mais nous ?

- C'est vrai, prononcèrent en même temps les deux femmes.

- Vous n'avez rien à craindre, car j'ai pris la précaution de vous faire inscrire. Ainsi, pour pourrez, si cela vous plaît, vous rendre n'importe quand sur Tir-Na-Noge. Je pense que ce n'est pas pour déplaire à vos charmantes compagnes.

Les intéressées, bouleversées par cette générosité, ne savaient quoi répondre pour remercier leur hôte.

- Dites-moi Storks, demanda Robert Termond à son tour, en arborant une expression soucieuse, comment allons-nous revenir ?

- Tout simplement par le même chemin, puisque je détiens la clé et les codes.

- Ah bon ! Vous me rassurez. J'avais peur de finir DEJA mes jours sur Tir-Na-Noge, répondit-il en mettant l'accent sur : déjà.

Ses paroles et la mimique qui les accompagnait déclenchèrent un rire général.

Ils se matérialisèrent dans une vaste salle où des androïdes s'affairaient à ranger des caisses de produits divers :

- C'est l'unique téléporteur de la planète, expliqua Kranocks. Il permet d'acheminer les denrées qui n'existent pas ici, comme les vêtements et des nourritures spécialement demandées par des résidents ; mais aussi les matériaux pour la construction des maisons, et les pièces de rechange pour les navettes et les appareils ménagers.

Ici, il n'y a ni industrie ni agriculture, la planète se suffit à elle-même ; elle produit tout ce dont on a besoin pour vivre : trois sortes de céréales sauvages qui font un pain délicieux, des arbres fruitiers en abondance, des champignons au goût délicat, et divers légumes qui poussent naturellement et ne demandent qu'à être récoltés. Les rivières et la mer sont très poissonneuses.

Il n'y a que quatre variétés d'animaux en totale liberté non dangereux, plus pour animer le décor champêtre, car il n'est pas question de les domestiquer ; quelques races d'oiseaux au plumage multicolore, et les insectes nuisibles sont inconnus. Ceux qui existent sont d'une magnifique beauté.

- Et ce subtil parfum que l'on respire ? interrogea Sylvia.

Le Manwarssi eut un sourire indéfinissable :

- Chère demoiselle, c'est le grand mystère de Tir-Na-Noge que vous respirez ; sa composition reste inconnue, et l'on suppose, faute de mieux, qu'il est à l'origine de la jeunesse éternelle.

- Vous voulez dire que c'est grâce à lui si les gens vivent si vieux ?

- En principe oui, car nous n'avons trouvé aucun autre élément qui pourrait expliquer ce bienfait.

- Et bien entendu, intervint Robert Termond, vous l'avez exporté sur d'autres mondes pour voir les résultats ?

- Bien déduit Robert, mais ce fut un échec total, même dans un lieu réduit en vase clos. Apparemment, il n'a d'effet réel qu'ici, et nous ne savons pas pourquoi.

Un court silence s'établit suite à cette révélation capitale.

- Venez, reprit Kranocks, nous allons prendre une navette et survoler la planète.

Il donna les ordres en conséquence à l'androïde pilote, et continua ses explications :

- Il n'y a qu'une agglomération qui s'étend au fur et à mesure des besoins, c'est-à-dire de l'arrivée de nouveaux retraités. Les maisons individuelles avec pelouses sont bâties sur le même modèle, sans étage, mais suffisamment vastes pour une ou deux personnes selon les cas.

Comme vous pouvez le voir, les routes sont inexistantes, tous les transports sont aériens et gratuits. On peut se promener librement à pied dans la nature, ou si l'on veut aller plus loin, il suffit d'appeler le service transport pour obtenir une navette comme celle-ci, et aller piqueniquer par exemple aux antipodes, ou se dorer au soleil sur une plage à mille kilomètres.

- Le montant des loyers et des repas – les seuls services payants – sont si modiques, que les primes versées en vue de la cessation d'activité pendant les cinquante ans de leur travail, même sans les intérêts, sont suffisantes pour vivre plusieurs milliers d'années. Je suppose que c'est un peu la même chose sur Urantia ?

- Pas du tout, grommela Robert Termond. Au contraire, le mot d'ordre général des gouvernements, notamment en France est : retraités, débarrassez le plancher au plus vite !

Cette mise au point inattendue d'une réalité sordide, causa un léger malaise très vite dissipé.

- Je suis désolé, affirma sincèrement Kranocks, je ne suis pas très au courant de toutes les coutumes de votre planète.

Revenant au côté pratique, Machard interrogea :

- Vous parliez des fruits, des légumes et des poissons ; mais personne ne mange de viande ?

Sa question déclencha un léger rire de son patron :

- Vous posez une question qui est celle de presque tous les retraités arrivant ici pour la première fois, puisqu'ils n'en ont jamais entendu parler auparavant. Robert a été le premier à subodorer son existence.

Aussi, quand le moment arrive, nous leur proposons cette option en essai. Nos psychologues savent très bien qu'après plusieurs dizaines d'années à notre contact, il est difficile pour un Urantien de retourner sur Terre.

- Et il y a beaucoup d'échecs ?

- Quasiment pas, un pour dix-mille peut-être, et je ne suis pas sûr que ce retraité ne le regrette pas.

Mais pour en revenir à votre question, la viande est effectivement au centre des préoccupations. Or, et toujours sans que nous en connaissions la raison, au bout de quelques jours, elle disparait, de même que le besoin de café qui est avantageusement remplacé par une des excellentes céréales. Vous aurez l'occasion de la goûter et de me donner votre appréciation.

- Donc, si nous vous suivons bien, cette planète agit pour le mieux de la santé de ses habitants ?

- On peut le dire ainsi.

- C'est vraiment une planète miraculeuse.

- En fait, nous pensons qu'elle a été créée par les Dieux du temps d'Outa-Napishtim, pour eux seuls, car elle ne suit pas les critères traditionnels de la création cosmogonique des systèmes solaires.

Entre autres, chose très rare, son axe est droit et donc elle bénéficie d'un printemps éternel, ni trop chaud ni trop froid.

Le paysage qui défilait sous un soleil généreux, ne présentait rien de particulier.

Forêts encadrant des étendues d'herbe verte coupées par des cours d'eau paresseux, ou par des montagnes peu élevées. Trois grands continents se partageaient la planète, dont les plages de sable fin étaient bordées par des mers aux eaux d'un bleu clair, qui ne devaient jamais subir de tempêtes.

Un grand embarcadère donnait accès à des navires mus par énergie magnétique, silencieuse et non polluante, toujours prêts à larguer les amarres pour une croisière au large, ou une partie de pêche.

Kranocks précisa d'ailleurs que les vents dépassaient rarement le stade de la brise légère, sans atteindre des vitesses élevées. Même la pluie tombait toujours doucement.

Après deux heures de cette course aérienne, la navette revint et survola la cité. Les passagers purent remarquer que des stades et des courts de tennis y étaient disséminés.

- Oui, confirma Kranocks de manière ironique, il faut bien que ces jeunes gens se dépensent physiquement. Certains bâtiments ont même une piscine couverte.

- A vous entendre, insinua Termond sur le même ton, on a l'impression que le personnel médical passe son temps à jouer au golf.

- Pas les androïdes soignants, uniquement les retraités. Mais vous avez raison, il n'y a occasionnellement que des petites foulures, des blessures sans gravité, ou des tendinites dues à de trop longues heures de tennis.

L'appareil se posa à proximité de deux maisons inoccupées :

- Ce sont celles où vous dormirez cette nuit ; les androïdes les ont préparées à votre intention. Moi, j'ai la mienne en permanence.

L'apothéose de la journée du lendemain, consacrée à faire connaissance avec les résidents de diverses époques et nationalités, fut la rencontre mémorable avec Outa-Napishtim et son épouse. Robert Termond fut particulièrement enchanté et enthousiasmé de discuter de l'épopée de Gilgamesh avec les vénérables doyens de la planète bienheureuse.

Le couple béni des dieux, qui portait gaillardement son cinquième millénaire, se prêta de fort bonne grâce à cette discussion qui le ramenait loin en arrière ; d'autant qu'il avait très rarement l'occasion d'avoir un interlocuteur passionné par ces aventures.

Les deux époux lui apprirent bien des détails ignorés des spécialistes, car n'ayant pas été traduits, ou les tablettes qui les expliquaient n'ayant jamais été retrouvées.

Au cours de la discussion, le rappel de l'épisode des pains fabriqués par son épouse, et placés près de Gilgamesh pour lui prouver à son réveil qu'il s'était endormi pendant sept jours, égaya fort Outa-Napishtim.

Au moment de la séparation, il fit promettre à Robert de revenir les voir à sa convenance ; ce dernier étant bien décidé à tenir parole.

Puis, ce fut le retour, afin de participer à la deuxième partie du programme prévue par Storks Kranocks.

Tout en traversant la grande salle pour rejoindre le téléporteur, le président de la SING précisa :

- Si je vous avais décrit avant de vous les montrer les merveilles de cette planète, vous auriez été en droit de douter de mes paroles. Il valait donc mieux vous rendre compte par vous-mêmes. Je pense d'ailleurs que si un prêtre d'une de vos religions venait ici, il dirait que Tir-Na-Noge est l'archétype du Paradis.

- Effectivement, approuva Cindy, déclenchant un rire général par sa remarque. Au point que personnellement, je m'attendais à rencontrer Saint- Pierre. Mais sans doute n'a-t-il jamais travaillé à la SING ?

* * *

Comme lors de la première visite suivant la chasse aux dinosaures, après un excellent repas au cours duquel tout le monde s'exprima sur différents aspects de la vie nébadonienne, l'amphitryon parla en privé à cœur ouvert.

- Mes amis, commença-t-il, cette réunion est l'aboutissement d'une longue série d'actes et de réflexions.

Ce prologue sibyllin eut bien entendu le don d'aiguiser la curiosité de ses auditeurs, qui devinrent très attentifs à chaque parole.

- Voyez-vous, je suis le seul détenteur d'un secret dont je ne connais que la première des deux parties, et qui demande à être vérifiée pour en faire un tout.

Je précise que ce secret a déjà causé la mort d'un équipage et la destruction de son vaisseau. Et j'en suis le premier navré.

Une ombre passa sur le visage de l'orateur, tandis qu'un frémissement quelque peu angoissé parcourait le corps de ceux qui l'écoutaient. Y avait-il une autre menace qui planait sur la Galaxie ?

- Je m'expliquerai plus clairement dans un instant. Auparavant, laissez-moi vous dire que je remercie Atlyok de vous avoir conduits vers moi.

Les femmes rosirent légèrement sous le compliment à peine déguisé. Les hommes ne bronchèrent pas, attendant une suite qui promettait beaucoup.

S'adressant à Termond, Kranocks précisa :

- Robert, c'est vous qui avez donné l'impulsion initiale quand vous m'avez interrogé sur la planète de l'éternelle jeunesse. J'ai naturellement nié son existence, ne sachant pas encore si je pouvais vous faire confiance.

Puis, je vous ai testés avec cette chasse aux dinosaures, à la suite de laquelle je me suis '' déboutonné'', pour employer une de vos expressions familières.

Mais comme entre-temps, les hommes-chats se sont montrés de plus en plus menaçants, la priorité était de régler ce problème. Et là, vous avez vraiment démontré votre valeur, et c'est bien grâce à vous si nous savons maintenant que rien ne viendra plus troubler la sérénité de Nébadon.

D'ailleurs, après l'allocution du Président du Grand Conseil, vous savez que vous êtes reconnus comme tels par tous les mondes fédérés.

Si, si, ne protestez pas, ajouta-t-il devant le geste de dénégation ébauché par ses interlocuteurs, je ne vous flatte pas, je dis ce qui est, et nous vous prouverons notre reconnaissance soyez-en sûrs. Sans votre détermination et votre volonté toutes urantiennes, nous serions certainement dominés actuellement par les Catiglyngu.

Après une courte pause, il reprit :

- Maintenant que la paix est assurée, et que j'ai pu commencer les tractations pour l'instauration de lignes régulières avec le sixième bras, il est temps de revenir à mon projet initial.

Cependant, pour moi ce qui importe c'est que je puisse vous mettre dans la confidence de mon secret, tout en vous avouant que cette révélation n'est pas altruiste.

Il marqua une courte pause avant de poursuivre sous les regards attentifs :

-Vous savez que je suis toujours à la recherche de nouveautés en matière de croisières. Depuis très longtemps, j'avais dans la tête l'idée de sortir de Nébadon pour aller vers d'autres galaxies.

'' Nous y voilà'' pensèrent simultanément Machard et Termond, tandis que les deux femmes poussaient un léger cri de surprise incrédule ; leurs réflexions n'avaient pas envisagé pareille hypothèse.

- Oui mesdemoiselles, ce projet peut vous paraître un peu fou. Pourtant, imaginez l'impact en cas de réussite.

- Mais les Nébadoniens seraient-ils prêts à se lancer hors de la Galaxie ? interrogea Machard.

- C'est évidemment un point faible, mais comme vous dites : qui ne risque rien n'a rien.

Il y eut un instant de silence méditatif, puis Kranocks reprit :

- Toujours est-il qu'il y a un peu plus de trois ans, j'ai mis sur pied une expédition. Vous n'ignorez sans doute pas qu'autour de Nébadon gravitent quatre petites galaxies satellites.

C'est vers elles que je lançai un vaisseau chargé de préparer en quelque sorte un avant-projet.

Afin de ne pas alourdir cet exposé, je vais vous faire visionner ce que le commandant a transmis au fur et à mesure de sa progression. Nous poursuivrons cette conversation après.

Il se leva :

- veuillez me suivre dans mon bureau.

C'était une pièce où il n'y avait qu'un fauteuil et une table de travail assez simple, un classeur et divers appareils, dont un grand écran muni d'un enregistreur.

Le contraste spartiate avec le luxe du reste de la maison, frappa les visiteurs. Visiblement, il s'agissait d'un repaire strictement personnel.

Les Terriens restèrent donc debout pendant que leur cicérone mettait l'enregistreur en marche ; ainsi, ils purent entendre et voir les différents rapports et images des galaxies successives, d'abord bien visibles, puis disparaissant subitement, comme effacées par un coup de gigantesque chiffon, pour laisser la place au néant absolu.

La dernière phrase lancée par l'androïde, et la coupure soudaine de la retransmission, fit tressaillir les spectateurs et une certaine angoisse leur crispa le cœur.

Après un temps de recueillement, Kranocks arrêta l'enregistreur, et dit :

- Retournons au salon pour parler de la suite.

Une fois réinstallés dans leurs confortables fauteuils, avec des rafraîchissements à portée de main, le président reprit :

- Comme vous l'avez entendu, et pour aller au plus court, la question qui reste en suspens est : soit la destruction par un désastre cosmique, soit une non-existence de ces galaxies.

D'un seul mouvement instinctif, les quatre têtes opinèrent pour marquer leur accord.

Machard tira tout naturellement la conclusion qui s'imposait :

- Et vous voudriez que nous allions vérifier quelle hypothèse est la bonne ?

- Vous avez parfaitement saisi ma pensée. Cependant, je dois préciser que la décision vous appartient entièrement. Si vous refusez, je ne vous en tiendrai absolument pas rigueur, et nos relations resteront toujours aussi bonnes.

Vous avez pu constater que c'est une entreprise éprouvante ; d'autant plus que pour trancher dans un sens ou dans l'autre, j'ai prévu qu'il faudra aller plus loin.

Et j'ai opté pour ce que vous appelez la nébuleuse d'Andromède.

Robert Termond siffla doucement :

- deux millions et demi d'années-lumière, pas mal !

Machard resta sur le plan pratique :

- Et je suppose que nous ne serons pas seuls ?

- Non, j'ai déjà contacté l'équipage du '' Houang- Ti'' que vous connaissez ; sans préciser toutefois l'objectif à atteindre, puisque pour le moment, vous êtes les seuls avec moi à être au courant.

Néanmoins, j'ai obtenu l'assurance que si vous êtes à bord, les quatre Tsientsienxo vous suivront les yeux fermés.

- Quatre ? Ils n'étaient que trois lors de la mission.

- Cette fois, il y aura une deuxième astronome.

- Je constate que vous et eux nous accordez une sacrée confiance.

- Vos nerfs sont plus solides que ceux des Nébadoniens, et vous connaissez les premiers résultats. Je crains que si les Tsientsienxo partent seuls, leurs esprits ne résistent pas plus que ceux du '' *Kouen-Lun''*.

Machard se fit un brin sarcastique :

- Merci pour la pommade, mais je ne crois pas que nous en ayons besoin ; du moins en ce qui me concerne.

Il savait très bien, et les trois autres aussi, qu'il leur était pratiquement impossible de refuser une telle mission sans froisser leur employeur, quoi qu'il en dise, alors qu'ils représentaient le seul recours, en baissant qui plus est dans la considération des tsientsienxo.

Il consulta du regard ses amis :

- Bof ! fit Termond désinvolte mais aussi réaliste que Michel, mourir de ça ou d'autre chose.

- Et comme le dit la chanson, compléta Sylvia faisant chorus, nous aurons fait un beau voyage.

- Où Robert va, j'y vais aussi, décréta Cindy, en ajoutant, faussement jalouse :

- Pas question de le laisser seul avec deux charmantes astronomes.

Il lui adressa un sourire malicieux accompagné d'un clin d'œil.

Le visage devenu vert intense tant il était ému, Kranocks se contenta de dire :

- Merci mes amis, je suis sûr que vous réussirez.

*   *   *

CHAPITRE XXIII.

*   *   *

Le " *Houang-Ti* " filait vers la galaxie d'Andromède - dénommée aussi Messier 31 du nom de l'astronome français- à allure modérée, bien que très au-delà de la vitesse luminique.

Dans le doute de la réalité ou non des galaxies autres que Nébadon, inutile de se presser au point de se fourvoyer dans une zone remplie de pièges qui finiraient par avoir la peau du spationef et de ses passagers.

Lors de la préparation du voyage, il avait été convenu entre Kranocks, les Terriens et les Tsientsienxo de l'équipage, dont les membres étaient les mêmes que lors de l'expédition de destruction du système solaire des hommes-chats, complétés par la deuxième astronome, qu'il ne serait pas nécessaire de vérifier les assertions de leurs malheureux prédécesseurs.

Les images transmises parlaient d'elles-mêmes, et étaient suffisamment éloquentes pour se passer d'un contrôle qui ne ferait que confirmer la disparition des quatre galaxies satellites naines.

Il valait mieux s'enfoncer directement dans un espace plus lointain qui permettrait de trancher à coup sûr l'épineuse question : disparition suite à une série d'accidents cosmiques, ou non-existence pure et simple ?

Afin de parvenir à un résultat définitif et sans appel cette fois, non seulement la nébuleuse d'Andromède serait le premier objectif situé à deux millions cinq cent mille années-lumière – ce qui en ferait une bonne référence -, mais une autre galaxie bien plus éloignée encore servirait d'arbitre indiscutable.

Si par exemple Andromède n'existait plus, la suivante marquerait le point final.

Celle qui avait été choisie par les astronomes Tsientsienxono (o final pour le féminin pluriel) se nommait la galaxie des Antennes, à cause des longs filaments qui s'évadaient de ces deux galaxies spirales en interaction. Elle se plaçait majestueusement à soixante-deux millions d'années-lumière de Nébadon.

Toujours existante, cette certitude indiquerait que les autres avaient subi le sort qui est celui de toute évolution, c'est-à-dire une mort naturelle ou accidentelle.

Disparue à son tour, et c'était un verdict indubitable de non-existence de tout ce qui entourait la Galaxie, avec la kyrielle des angoissantes questions qui en résulterait.

Le plan, sans doute exagérément timoré, du commandant du " *Kouen-Lun* " consistant à scinder le trajet vers chaque satellite en plusieurs parties, s'avérait dans le cas présent hautement indispensable.

Si cette précaution se révélait trop poussée dans une banlieue archi connue des atlas astronomiques, il n'en était pas de même dans l'espace extragalactique. Celui-ci étant immense, et les corps célestes de différentes tailles ne représentant qu'une fraction négligeable, en principe les craintes d'une rencontre fâcheuse se trouvaient réduites à un minimum proche du zéro.

De toute manière, en l'occurrence l'opinion des Terriens n'était que consultative, le commandant Tsientsienxon (n pour le masculin singulier) restant le seul maître à bord ; il s'agissait d'une mission spéciale, et non d'une croisière sur une ligne régulière.

D'autre part, et du fait de l'éloignement des objectifs, tous savaient que l'expédition durerait au moins un mois, et plus probablement deux. Le délai n'était pas le plus important, et c'est d'ailleurs par mesure de sécurité que le '' Houang-Ti'' avait emmagasiné des vivres pour une période dépassant largement un trimestre terrestre. Ce n'est donc pas la famine qui viendrait à bout de l'équipage, même si aucune planète accueillante ne venait se présenter pour lui offrir ses délices.

Durant les passages dans le tunnel intemporel, on se livrait à des jeux de groupes, on visionnait des films, ou on se plongeait individuellement dans la lecture, l'écriture ou autres activités personnelles.

Mais surtout les conversations générales portaient sur le sujet-phare du voyage. Les commentaires allaient bon train, et les Tsientsienxo ne cachaient pas leur inquiétude quant à une possible non-existence de l'univers entourant Nébadon.

- Mais enfin, je ne comprends pas, disait notamment Liu-No, une des astronomes. Il est impossible que ce qui est au-delà de Nébadon n'existe pas. Tout prouve le contraire ; les trous noirs, les quasars, les pulsars, les explosions de novas et supernovas, la matière noire, l'énergie noire. Rien que l'expansion démontre l'évolution constante.

Arguments péremptoires contre lesquels nul ne pouvait s'opposer. Les Terriens, bien que n'ayant pas la certitude du contraire, s'efforçaient de les rassurer, tout en laissant entendre que si tel était le cas, il n'y avait pas de quoi perdre l'esprit, à l'instar du commandant du '' Kouen-Lun''.

Ce serait bien sûr un coup terrible, mais qui n'empêcherait pas de vivre comme auparavant, en sachant toutefois que les voyages extragalactiques seraient définitivement interdits.

Ainsi que le fit remarquer Machard aux deux astronomes féminines, leur spécialité serait notablement amputée et diminuée en se réduisant à ce qui se passait à l'intérieur de Nébadon.

Et comme à chaque fois que l'on en arrivait à cette restriction, il terminait en disant :

- Mais nous n'en sommes pas encore là !

Et de fait, à chaque '' sortie à l'air libre'', suivant l'expression ironique de Robert Termond pour désigner le retour à l'espace normal, un rapport filmé était adressé au patron de la SING, qui enregistrait soigneusement le suivi de l'expédition. Et M 31 se faisait toujours plus lumineuse et étendue…jusqu'à ce qui devait être l'avant-dernier tronçon.

Cent-mille années-lumière, selon les instruments, séparaient le vaisseau des abords du terminus…qui s'était volatilisé ! Alors qu'au saut précédent, il semblait encore à portée de main.

Dire que la déception fut grande chez tous les êtres humains du bord, est un euphémisme.

L'espoir d'accidents cataclysmiques s'éloignait, tandis que le spectre de la non-existence ricanait de toutes ses dents.

Bien que touchés eux aussi, les deux Français se firent violence pour faire bonne contenance devant leurs compagnes et les Tsientsienxo.

- D'accord, dit carrément Machard, jugeant inutile de minimiser le spectacle du vide qu'ils avaient sous les yeux, c'est mal parti. Mais il faut aller jusqu'au bout, et se rendre vers les Antennes. S'il y a une toute petite chance, ce sont ces deux galaxies qui nous la donneront.

Nous avons promis à Kranocks de ne rien négliger pour arriver à une certitude. Il compte sur nous, et nous ne devons pas le décevoir.

Après un long moment de flottement, et sans grand enthousiasme, les deux astronomes firent le point avec les ordinateurs, pour tracer l'itinéraire vers le juge-arbitre.

La galaxie des Antennes se situait très loin de M 31. En plus des soixante-deux millions d'années-lumière initiales, il convenait de dépasser Nébadon en la contournant ; détour qui porterait le '' total kilométrique'' (autre fantaisie de Robert Termond), à près de soixante-dix millions d'années-lumière. Un record qui ne serait pas près d'être battu quel que soit le résultat de l'expédition.

Si au départ de Telvak le moral était relativement au beau fixe, à présent le baromètre affichait mauvais temps. Les jeux et les discussions n'avaient plus la même saveur, et chacun traînait son ennui, en essayant malgré tout de faire bonne figure.

Ainsi que Kranocks l'avait pressenti, c'est la présence des Terriens qui maintenait la cohésion de toute l'équipe. Les Tsientsienxo hommes ne voulaient pas se trouver en état d'infériorité vis-à-vis des Urantiens, et les femmes agissaient de même à l'égard de Sylvia et Cindy. Par contrecoup, celles-ci sentaient qu'elles devaient être à la hauteur de ce qu'on attendait d'elles.

C'est ainsi que le voyage vers les Antennes se déroula dans une ambiance tendue certes, mais où personne ne désirait montrer sa faiblesse.

On peut dire que ce *modus vivendi* sauva l'expédition, quand une fois de plus, et trois semaines après le départ de l'emplacement où aurait dû se tenir M 31, le scénario désormais bien connu se reproduisit.

Les deux galaxies des Antennes n'existaient pas.

Dominant la consternation générale, Machard s'exprima ainsi :

- Il faut se rendre à l'évidence ; Nébadon et tout ce qu'elle contient sont la seule réalité au milieu d'un univers d'illusion.

- Déesse Xiar- Larxi, comment cela se peut-il ? balbutia Liu-No, complètement désemparée, les larmes coulant sur son visage pâli. Sa collègue était encore plus effondrée qu'elle.

Cindy Robson, qui était sans doute la plus mystique du groupe, renchérit :

- Pourquoi un Dieu aurait-il créé seulement un semblant d'univers ? '' *Le ciel et la Terre* '' de la Bible se résumeraient-ils à notre Galaxie ?

Puis brusquement prise d'un accès de colère :

- Tu parles d'un Dieu créateur ! C'est plutôt du travail d'amateur.

Son compagnon sauta sur l'occasion pour abonder dans son sens, en espérant détendre l'atmosphère :

- Peut-être faut-il y voir l'œuvre d'un étudiant apprenti-dieu afin d'obtenir son certificat d'études ou son brevet élémentaire ?

Sa boutade d'un humour potache n'amena que des sourires crispés. Machard entra à son tour dans le jeu :

- Eh bien, j'ai l'impression qu'il a été recalé.

- Sûrement pas. Sinon les examinateurs auraient tiré un trait en travers de la copie, et inscrit un grand : NUL ! Or, j'ai beau regarder, je ne vois rien de semblable.

Cette fois, Robert obtint un éclat de rire nerveux de Sylvia et Cindy ; toutes les deux imaginant l'immense ligne droite barrant tout l'univers, et les gigantesques lettres éblouissantes se détachant sur le fond noir.

Les Tsientsienxo eux, ne réagissaient pas de la même façon. N'eut été la présence rassurante des Terriens, ils auraient probablement été au bord de la panique malgré ce résultat somme toute prévisible.

D'ailleurs, le président de la SING l'avait bien reconnu en disant que les Terriens étaient les sauveurs de Nébadon. Sans leur pugnacité, leur volonté d'agir en allant jusqu'aux menaces de scission par Michel Machard, il est tout à fait probable que les Catiglyngu seraient devenus les maîtres de la Galaxie sans rencontrer d'opposition.

Les seuls qui restaient impassibles à leurs postes de travail, étaient les androïdes qui ne se sentaient absolument pas concernés par la situation.

Néanmoins, ce moment de décrispation n'était qu'une façade. On ne vit pas tout une existence en étant persuadé que l'univers est constitué de milliards de galaxies aussi vivantes les unes que les autres, et apprendre subitement que : '' Illusion des illusions, tout n'est qu'illusion.''

Même pour une âme bien trempée, il faut pouvoir encaisser le choc. Chacun réagissait donc en fonction de son tempérament, de son mode de vie, selon sa conviction profonde et intime sur le sujet, et sa résistance morale devant la révélation d'une telle énigme.

Les Nébadoniens étudiaient les manifestations extragalactiques depuis tellement plus longtemps que les Urantiens, qu'il leur semblait impensable qu'elles puissent être autre chose qu'une réalité.

Habitués à une paix lénifiante que ne troublaient jamais ni les conflits inter-ethnies par le fait d'une seule race par planète, ni les tensions politiques ou sociales, chacun mangeant à sa faim et vivant largement décemment, les Nébadoniens en général et dans le cas présent les Tsientsienxo, n'avaient pas la même volonté que les Terriens pour absorber la violence de la révélation d'un tel phénomène.

Comme quoi un esprit supérieur en Connaissances peut être plus facilement désarçonné qu'un '' sauvage'' dont la limitation cérébrale le protégeait d'un événement dont il n'entrevoyait pas la stupéfiante portée. Et dans le cas présent, ce terme de '' sauvage '' entre guillemets pouvait facilement s'appliquer aux Terriens, sans que cette appellation soit une injure, bien au contraire, puisqu'elle les valorisait par rapport aux '' civilisés''.

Ce fut encore Machard qui rompit le silence angoissé menaçant de prendre le dessus, en s'adressant au chef de bord d'un ton ferme qui équivalait à un ordre :

- Commandant, il est temps d'informer notre patron du résultat final, et de rentrer à Telvak. Nous n'avons plus rien à faire ici.

* * *

Quand ils atterrirent, Kranocks avait eu tout loisir de réfléchir à la nécessité de garder absolument secrète cette sensationnelle information qui aurait fait la une de tous les médias si elle était divulguée, en bouleversant sans aucun doute les esprits des peuples, et allant peut-être même jusqu'à la déstabilisation définitive de l'économie de Nébadon, avec tout ce qui s'en suivrait ; c'est-à-dire la fin de la Fédération et par contrecoup celle de la Galaxie.

En ce qui le concernait, il se sentait de taille à affronter le spectre d'un univers en réduction ; sa première expérience l'avait en quelque sorte fortifié et préparé à cette finalité.

S'il pouvait compter avec une certitude absolue sur le silence et la complicité en quelque sorte protectrice de ses amis urantiens, encore plus aguerris que lui, il n'en était pas de même pour les tsientsienxo.

Aucune prime, aussi élevée soit-elle, ne pourrait garantir qu'ils ne parleraient pas un jour, leur mental fragile pouvant se détraquer à tout moment. Bien sûr, personne ne les croirait. Cependant, à force de répéter dans leur délire la même litanie, multipliée par quatre individus - dont deux femmes astronomes – réputés pour leur expérience en tant qu'explorateurs, le président d'une autre compagnie finirait par avoir l'idée d'aller vérifier leurs divagations.

Ce qu'il fallait à tout prix éviter.

Aussi, conformément à la mentalité Nébadonienne ayant le respect de l'être humain, et en présence des Terriens, le patron de la SING s'en ouvrit franchement aux intéressés.

Ceux-ci reconnurent d'autant plus le bien-fondé de la requête, qu'ils ne se sentaient pas capables de supporter un poids aussi lourd, qui durant le voyage de retour leur taraudait le cerveau en permanence.

C'est d'ailleurs à cause de cette douleur mentale, et sachant désormais qu'aucun danger n'existait hors de Nébadon, que le chef de bord fit accomplir à son vaisseau les deux tronçons du parcours en un temps ultra-réduit.

C'est donc très volontiers, et avec un immense soulagement que les quatre membres acceptèrent unanimement de subir un lavage de cerveau, la technologie de l'inconscient leur procurant une nouvelle version de leur mission ; c'est-à-dire un scénario tout à fait classique de recherche de mondes stériles mais prometteurs, au cours de laquelle rien de particulier ne s'était passé, sans aucun Urantien à bord du vaisseau. Et bien que cette exploration se soit soldée par un fiasco, il leur valut une gratification conséquente, geste exceptionnel de leur employeur, pour les remercier de leur fidélité.

Désormais, suite à cette thérapie sécuritaire, cinq personnes seulement détenaient ce super-secret, et elles se réunirent dans le bureau de Kranocks pour en discuter.

* * *

CHAPITRE XXIV.
* * *

Le couple entra silencieusement dans le bureau de la secrétaire du président de la SING avec une autorité que n'affichaient généralement pas les visiteurs.

Newark leur accorda un œil interrogateur, mais avant qu'elle pût formuler le moindre mot, l'homme lui dit d'une voix ferme accompagnée d'un sourire aimable teinté d'un peu d'ironie :

- Mademoiselle, veuillez annoncer à votre patron qu'Ishtar et Shamash viennent le voir.

- Je suis désolée, mais monsieur le président est en réunion.

- Oui, nous savons ; avec les quatre Urantiens, et c'est pourquoi nous sommes là.

Newark interloquée se demanda comment ils pouvaient être au courant. Peut-être les avaient-ils vus entrer ?

Devant son hésitation, l'individu se fit plus incisif :

- Ecoutez Newark – elle sursauta à l'énoncé de son prénom-, dites à Kranocks que nous venons de très loin pour parler Histoire ancienne.

Et comme elle ne bougeait toujours pas, il gronda :

- Appelez-le ou nous y allons directement !

Quelque peu effrayée par le changement de ton, la jeune fille appuya sur le bouton d'appel :

- Qu'y a-t-il Newark ? s'informa impatiemment Kranocks.

- Monsieur le président, dit-elle d'une toute petite voix, il y a deux Manwarss qui voudraient vous parler d'Histoire ancienne.

- Deux Manwarss, Histoire ancienne ? Je n'ai pas de temps pour ça, dites-leur de revenir un autre jour.

L'individu fit un pas en avant, et maintint le doigt de la secrétaire pour l'empêcher de couper le contact :

- Kranocks, prononça-t-il d'une voix de commandement, c'est Shamash qui parle. Je suis ici avec Ishtar. Nous venons au sujet de l'épopée de Gilgamesh et de celle de vos quatre Urantiens.

Il relâcha sa pression sans attendre une réponse. Faisant signe à sa compagne, il se dirigea vers le bureau présidentiel. La secrétaire resta clouée sur son siège, comme retenue par une force invisible.

- Qu'est-ce que c'est que ce sans-gêne ? rugit Kranocks estomaqué par cette intrusion.

- La ferme, créature ! aboya sèchement Shamash. Nous nous déplaçons tout spécialement pour mettre les choses au point avec vous, et votre accueil n'est pas très chaleureux.

- Mais qui êtes-vous et de quel droit ? balbutia Kranocks décontenancé par l'apostrophe, sous le regard intrigué des Terriens.

- Décidément, railla la femme, il ne comprend pas vite.

- En effet, approuva son compagnon. Et s'adressant au patron de la SING :

- Pour répondre à vos deux questions, du droit de vos créateurs !
Machard qui avait rapidement analysé la situation, s'interposa :
- Excusez-moi, mais malgré votre apparence vous n'êtes pas des Manwarss.
Un rire léger secoua Ishtar :
- Enfin quelqu'un d'intelligent. Bravo commandant Machard. Mais vous préférez sans doute celle-ci ?
Et instantanément, une deuxième Sylvia Lambard, debout celle-là, se tint à ses côtés. Tandis que Shamash devenait Robert Termond sous les yeux écarquillés de ce dernier. Ce sosie l'interrogea :
- Pour deux tiers il est dieu, et pour un tiers il est homme. Cette phrase te-dit-elle quelque chose Robert ?
- Gilgamesh répondit-il machinalement, dérouté de se voir interroger par lui-même. Puis il se ressaisit :
- Mais alors, vous êtes les dieux antiques qui pouvaient se transformer ?
- Oui, mon cher, et voici notre aspect réel qui vous convaincra définitivement.
La blonde Sylvia et le brun Robert disparurent progressivement pour laisser apparaître deux personnages pour le moins insolites. Ils étaient la réplique exacte d'une figurine ayant appartenu au musée de Bagdad, et que le Français connaissait bien pour en avoir vu souvent la photo publiée dans un des livres de sa bibliothèque.
- Vous êtes les dieux sumériens, les protéiformes de l'astroport du mont Mashou !
Et s'adressant particulièrement à Shamash :
- Vous étiez le chef de la base en tant que dieu soleil.
- Bravo, je savais bien que votre érudition serait utile, apprécia Shamash un brin moqueur.
Kranocks et les Terriens étaient subjugués par cette tête ophidienne aux énormes yeux obliques lumineux, lisses sans pupille, couleur émeraude. Curieusement, le nez et la petite bouche aux lèvres minces lui conféraient une note humaine. Elle était surmontée d'une masse sombre ressemblant à une toque de fourrure posée sur le crâne ovoïde, et soutenue par un cou puissant, disproportionné sans être disgracieux. Les larges épaules droites amincissaient davantage un torse étroit à la taille fine et plate. Les bras longs et ronds, articulés en trois parties, apportaient une note insectiforme à ce mélange de lézard et de criquet.
Une longue tunique vert pâle serrée par une large ceinture jaune, un pantalon d'un tissu brillant bleuté, et de courtes bottes vêtaient ces êtres fantastiques.
A l'un et à l'autre, il ne manquait que quelques centimètres pour égaler le mètre quatre-vingt-cinq du spécialiste des Traditions.

Pourtant, ce curieux ensemble n'était pas désagréable à regarder. Sylvia et Cindy se sentaient particulièrement fascinées par la femelle dont les seins, assez volumineux pour son corps, formaient deux bosses soulevant exagérément l'étoffe du vêtement.

Il fallut un long moment aux cinq membres de la SING pour s'accoutumer à cette étrange rencontre. Le comprenant très bien, les visiteurs leur laissèrent le temps nécessaire pour recouvrer tous leurs esprits. Ensuite de quoi, ils reprirent l'apparence des Manwarss.

- Mesure de prudence, Sous cette forme, nous passons inaperçus, précisa inutilement Shamash, tant il était évident qu'ils ne pouvaient se produire dans les rues sous leur aspect naturel.

Kranocks fut le premier à revenir à la réalité, peut-être parce qu'il voyait des compatriotes et non des étrangers :

- Vous vous dites nos créateurs, mais de quelle manière ? demanda-t-il.

- Par le biais de l'informatique bien sûr.

- L'informatique ? mais c'est impossible. Même nos ordinateurs super puissants ne pourraient créer qu'un monde en réduction donnant l'apparence de la vie, avec seulement un semblant d'univers plus ou moins statique.

Shamash émit un rire indulgent en répondant :

- Vos ordinateurs hyper quantiques dont vous êtes si fiers, ne sont que des hochets, des bibelots, et pour tout dire des fanfreluches pour bébés, à l'image des pitoyables et enfantins jeux vidéo des Urantiens. Reconnaissez que le nôtre est nettement supérieur.

Sans laisser le temps à Kranocks de protester, il enchaîna :

- Songez que nos ordinateurs doivent gérer un univers entier pour donner l'illusion d'une activité cosmique intense et en perpétuelle évolution durant un temps qui vous paraît durer une éternité.

Sursautant brusquement, Machard claqua des doigts :

- J'ai lu un jour dans une revue d'astronomie, un article qui évoquait une théorie semblable. Elle émanait d'un astrophysicien américain. Il avait même calculé le nombre d'opérations par seconde que l'ordinateur – du volume de la lune selon lui-, devrait effectuer pour que tout fonctionne parfaitement.[3]

Sa remarque fit éclater franchement de rire les deux visiteurs :

- C'est nous qui, par amusement, lui avons insufflé cette théorie ; et il se l'est appropriée pensant qu'elle venait de lui. Mais comme toute idée ou innovation extraordinaire ou paraissant farfelue, il ne fut pas suivi.

Sa compagne, Ishtar, prit le relais :

3(1)   article paru dans la revue '' Ciel et Espace ''.

- Afin de voir comment la communauté scientifique et la population vont réagir, nous lançons parfois ce genre de révélation pour juger de l'impact et du niveau de mentalité atteint. Cela nous amène à constater que nos créatures refusent systématiquement l'évidence comme issue d'un cerveau dérangé.

Cette précision donna à Robert Termond l'occasion de déduire :

- Donc, en venant nous trouver pour vous faire connaître en tant que créateurs, vous savez que si nous révélons la vérité personne ne nous croira.

- Non seulement, on ne vous croira pas, même avec votre statut d'Urantiens, mais c'est la compagnie SING qui en subira les conséquences ; plus aucun passager ne voudra monter à bord de ses vaisseaux, la confiance étant tombée à zéro. Storks Kranocks le sait mieux que quiconque.

Le jaune intense du visage du Manwarssi et l'expression de ses traits profondément creusés confirmaient éloquemment cette sentence en forme de couperet.

- Alors pourquoi êtes-vous venus ? demanda Machard.

Shamash haussa les épaules, comme si la question n'offrait que peu d'intérêt :

- Parce que vous avez eu le courage d'aller au bout de votre recherche, et que vous avez supporté le choc en retour. Ce qui ne fut pas le cas de l'équipage du '' Kouen-Lun'' dont les cerveaux n'ont pas résisté.

En récompense – il ébaucha un sourire matois – nous avons décidé de tout vous dire.

- Cadeau empoisonné, murmura Robert Termond.

Durant un bref instant, le visage du pseudo- Manwarssi prit l'aspect de celui du Français :

- Sois réaliste Robert, dit-il se parlant à lui-même, narquois, avant de se recomposer, tu détiendras la vérité suprême.

Machard, faisant diversion, posa une question importante :

- Et pour Urantia, qu'en est-il ? Pour quelle raison est-elle si particulière ?

Le visage de Shamash exprima une expression pensive tandis qu'il répondait :

- Nous l'avions créée spécialement pour notre plaisir, afin de nous ressourcer et de nous délasser auprès des belles mortelles et des jeunes éphèbes ; en plus de servir de laboratoire en mêlant plusieurs races différentes sur un même monde.

Il fit une grimace :

- Nous avons été débordés par la prolifération des populations, qui du coup se livrèrent à des guerres de conquêtes. Eh oui – reconnut-il - même des dieux peuvent être dépassés par leurs créatures. Nous avons fini par abandonner ce qui pour nous était un paradis pour dieux fatigués.

- Pour vous réfugier sur Tir-Na-Noge, je suppose ? émit Sylvia.

- Non jeune fille. Au début nous nous l'étions réservée, Outa-Napishtim étant une exception. Puis, après avoir quitté Urantia, nous avons constaté que cette planète était dévolue aux anciens travailleurs de la Terre.

- Vous auriez pu vous y opposer.

- En effet, mais pour des raisons qui ne vous regardent pas, ceux qui voulaient la garder n'obtinrent pas gain de cause. Et nous partîmes.

Oh, à ce propos, ne vous faites pas d'illusions ; l'éternelle jeunesse ne dure qu'un temps dont je ne vous indique pas la limite. Elle dépasse bien évidemment cinq mille ans, Outa-Napishtim étant toujours vivant. Cependant, il ne s'agit pas de l'immortalité.

- Vous êtes partis il y a longtemps, et pourtant vous n'êtes pas tellement vieux, dit ingénument Cindy.

Nouvel éclat de rire du couple qui semblait se délecter de la situation :

- Quel âge nous donnez-vous, Cindy Robson ?

Robert vint au secours de son amie embarrassée par la question :

- Tu te trompes Chérie. Tu oublies que ces personnes viennent d'un supra univers où le temps n'est pas le même que pour nous.

Il regarda Shamash :

- A première vue, je dirai que vous avez quitté la Terre, il y a un an de votre époque.

Le pseudo Manwarssi émit un petit sifflement appréciateur :

- Pas mal déduit, même si vous êtes loin du compte. En fait, il y a exactement deux de nos mois.

Il y eut un mouvement général d'incrédulité.

- Vous voulez dire que cinq mille ans terrestres sont l'équivalent de deux mois chez vous ?

- Non, pas du tout. C'est plus compliqué que cela. Je vous ai dit que nos ordinateurs géraient votre univers de manière à le faire vivre comme s'il était réel. Mais pour des raisons pédagogiques, nous pouvons faire varier le rapport temps entre nos deux continuums. Si nécessaire, un million d'années ou plus encore ici correspondrait à un de nos jours.

- Attendez, dit Machard, vous avez parlé de raisons pédagogiques. Qu'est-ce que ça signifie ?

- J'attendais cette question que vous ne manqueriez pas de poser. Autrement dit : à quoi bon créer un univers complet illusoire autour d'une Galaxie peuplées d'êtres vivants ?

Eh bien justement pour que nos étudiants en sociologie, philosophie, astronomie et autres sciences, puissent soumettre des suggestions, des problèmes d'étude. Et les ordinateurs agissent en conséquence pour leur donner satisfaction. D'où entre autres, les variations de temps que j'évoquais.

- En fonction de ces études, ne seriez-vous pas par hasard les auteurs de la disparition des dinosaures sur Terre ?

Le couple éclata de rire une fois de plus à l'audition de cette question, avant que Shamash réponde :

- Mais oui bien sûr. C'est un groupe d'étudiants en biologie qui en a eu l'idée, et envoyé cette météorite téléguidée. Il fallait bien donner une chance aux petits mammifères de montrer ce dont ils étaient capables. Et c'est aussi pourquoi plus tard, ils ont créé '' Dinosaure un, deux et trois'' pour les garder en réserve en vue d'autres expérimentations.

Vous constaterez que nous ne vous cachons rien.

Robert Termond saisit la balle au bond, et voulut profiter de cette ouverture pour en savoir davantage en déclenchant une série d'interrogations :

- dans ce cas, et puisque nous ne pouvons rien révéler, alors, dites-nous ce qu'étaient les shout- abni ? Si les installations de l'astroport du mont Ararat sont toujours en place ? Sont-elles accessibles ? Le mont Mérou du''Mahabharata'' se confond-il bien avec le mont Mashou ? Où est cachée l'Arche d'Alliance ? Est-ce que David et Salomon ont vraiment existé ? Qu'en est-il réellement de la vie de Jésus ? Les récentistes ont-ils raison d'affirmer que l'Histoire officielle du Moyen-Âge est totalement inventée sur plus de mille ans ?

Il reprit son souffle après avoir sorti d'une traite cette énumération que n'eut pas désavouée le fameux raton-laveur de Prévert, tandis que le pseudo-Manwarssi s'esclaffait en écoutant ce pilonnage hétéroclite :

- Non, Robert, non. Je reconnais que c'est bien joué, et ces questions sont pertinentes. Mais quand j'ai dit que nous ne vous cachons rien, c'est uniquement ce que vous devez savoir. Il n'entre pas dans nos intentions de dévoiler tous les tenants et aboutissants des expériences qui sont menées. Et encore moins ce qui nous concerne directement.

- Tant pis, s'inclina philosophiquement le Français, au moins j'aurai essayé.

Soudainement, une idée lui traversa l'esprit :

-- Eh attendez ! Et les abeilles ? pourquoi sont-elles omniprésentes sur tous les mondes ?

Le couple se consulta du regard, et sur un signe discrètement approbateur d'Ishtar, Shamash répondit :

- Bon, d'accord, nous pouvons vous faire cette concession. Le miel est notre principale nourriture, et nous considérons les abeilles comme les grandes prêtresses du nombre d'Or. C'est pourquoi nous les avons donc implantées dans toute la Galaxie.

- Grandes prêtresses du nombre d'Or ???
- Oui, mais vous n'en saurez pas plus à ce sujet. Le ton péremptoire dissuadait d'insister.

Ce fut au tour de Kranocks de s'immiscer dans la conversation pour la première fois depuis sa rebuffade au sujet des ordinateurs hyper quantiques :

- Ce que je ne comprends pas, c'est comment vous pouvez vous intégrer dans notre monde en venant d'un supra univers ?
- C'est un peu difficile à expliquer, car ce sont les ordinateurs qui se chargent de cette opération, comme du reste. Cependant, en gros et en simplifiant à l'extrême, je dirais que nos corps sont endormis et placés dans une pièce spéciale, tandis que nos esprits sont transférés dans un corps synthétique ; ce que nous pourrions appeler : illusion tangible. Ce qui est antinomique, tout en étant le plus approchant.
- Et si vous mourez ici ? demanda Sylvia.
- Nous disparaissons, et notre esprit regagne son corps.
- Comment avez-vous pu avoir des enfants avec les belles mortelles, et les déesses enfanter avec un corps d'illusion ?
- Illusion tangible, belle Sylvia ; tout est dans tangible. Ces corps possèdent les mêmes fonctions que les véritables.

Shamash poussa un soupir de découragement :

- C'est pourquoi j'ai dit que c'était compliqué, et je crains que tout ceci vous dépasse. Sachez seulement que lorsque notre esprit rejoint son véritable corps, il conserve tous les souvenirs acquis lors de notre séjour.
- Et donc, dit Machard, les déesses qui ont eu des enfants en gardent également le souvenir ?
- Bien entendu, acquiesça Ishtar. Je suis bien placée pour répondre à cette question.

Un silence s'installa, s'éternisa. Tout semblait être dit, pourtant il y avait tant de questions à poser… qui ne recevraient probablement pas de réponses.

Ce temps mort fut soudainement réveillé par une interrogation totalement inattendue, émise par Cindy Robson, la plus axée sur la spiritualité et le mysticisme des quatre Terriens, et à laquelle les deux visiteurs ne s'attendaient certes pas. En plongeant également ses amis et le Manwarssi dans un profond étonnement :

- Au sujet de la réincarnation, que pouvez-vous nous dire ?

Seul à réagir, Robert leva un pouce avec un regard admiratif et de connivence envers sa compagne.

Les représentants divins de l'ultra-monde se regardèrent, visiblement embarrassés, et c'est avec une certaine gêne que l'ancien dieu soleil répondit :

- Vous nous prenez en défaut, car c'est du domaine des Porteurs de Vie, que vous nommeriez : professeurs des sciences psychiques. Je sais seulement que parfois des étudiants utilisent ce principe pour soutenir leur thèse, et font des expériences sur certains Urantiens, afin de se rendre compte à quoi peut aboutir une vie plusieurs fois répétée en introduisant divers paramètres évolutifs. Ce que permet facilement la variation du rapport temps entre les deux univers. Suivant le souhait de l'étudiant, un individu peut ainsi vivre plusieurs centaines ou plus d'existences différentes.

- Et certaines de ces expériences génèreraient de curieux parallèles à un siècle d'écart, tels les destins absolument identiques dans les moindres détails, des présidents Abraham Lincoln et John Kennedy ?

- C'est possible, tant les variations sont nombreuses, aussi bien individuelles que familiales. Mais quant à faire une généralité de ce principe de réincarnation pour l'ensemble de Nébadon, je ne m'aventurerais pas sur ce terrain.

Cindy ni personne d'autre ne fit aucun commentaire, car l'explication promettait de longues heures de réflexions, discussions et méditations. Shamash estimant qu'ils avaient accompli ce pour quoi ils étaient venus, brusqua le départ, après avoir toutefois ajouté cette précision :

- Sans crainte d'être trahi, je peux dévoiler qu'au dix-neuvième siècle, les Porteurs de Vie décidèrent de programmer de nombreux individus dans le domaine des arts, et plus spécialement sur les plans : littéraire et musical. Il en résulta notamment la famille Strauss, les génies de la musique classique, et les prolifiques écrivains français. Expérience qui ne fut pas renouvelée au vingtième siècle, afin de constater si cette impulsion donnerait de nouveaux fruits.

A présent, vous êtes les seules personnes de toute la Galaxie à être au courant de tout ce que nous avons révélé. C'est un privilège dont vous pouvez être fiers.

Sur un ton où perçait une certaine ironie teintée de mélancolie.

- Privilège ? Un de plus, mais celui-là est particulièrement pourri, marmonna Robert Termond, en songeant qu'ils étaient les uniques Urantiens à connaître la téléportation sans récepteur, les bombes hyper-protoniques et ce à quoi elles avaient servies, en plus de Tir-Na-Noge la merveilleuse, et dans une moindre mesure, la réalité de l'épopée de Gilgamesh.

Shamash ébaucha un sourire ambigu, comme s'il avait perçu ses pensées :

- Vous comme nous, savons que c'est un secret encore plus lourd à porter que les autres. Aussi, prenez-le comme vous voudrez. Nous verrons si vous avez l'esprit assez solide pour le supporter.

- C'est donc une des raisons de votre visite et de vos révélations, dit Machard toujours aussi réaliste. Et que prévoyez-vous en plus comme autre épreuve pour nous tous ?

- Mais absolument aucune, mon cher Machard, à part vous laisser poursuivre votre route. Que Kranocks continue à prospérer avec la SING. Avec le sixième bras à sa disposition, il y a de quoi faire pour installer de nouvelles lignes commerciales ; ce en quoi vous lui serez utiles, tout en profitant de votre situation actuelle jusqu'à votre retraite sur Tir-Na-Noge.

Quant à nous, nous allons regagner notre univers, et continuerons à poursuivre nos expériences, en vous surveillant.

Avant de quitter la pièce, Ishtar étant déjà sortie, Shamash conclut :

- N'oubliez cependant jamais que nous sommes vos créateurs. Et qui dit création, dit aussi…

Il laissa la phrase en suspens, telle une épée de Damoclès, tandis que la porte coulissait derrière son dos.

* * *

F I N

www.ingramcontent.com/pod-product-compliance
Lightning Source LLC
Chambersburg PA
CBHW051136020726
47501CB00005B/1527